男爵令嬢の領地リゾート化計画！

～悪役令嬢は引きこもりライフを送りたい～

相原玲香

illustration 昌未

ICHIJINSHA NEO

CONTENTS

この作品はフィクションです。
実際の人物・団体・事件などには関係ありません。

男爵令嬢の領地リゾート化計画！〜悪役令嬢は引きこもりライフを送りたい〜

第一章　本日より、貴族ですわ！

「これより、エレーネ王国国王クラウス＝ロイ・フローレンス……我が名において、叙爵の儀を執り行う！」

大陸中央部に位置する、四方を大国に囲まれた内陸国。小国でありながらも、長い歴史と美しい芸術品を誇るエレーネ王国の謁見の間は、新しく「貴族」となる者を——今、まさに迎え入れようとしていた。

国王の宣言ののち、場の貴族たちは好奇に沸き立つざわめきをひそめ、厳粛な面持ちで一斉に頭を垂れる。

一瞬、謁見の間は水を打ったかのように静まったが、代わりに響き渡るのは大陸にも名高い、エレーネ王国宮廷楽団による荘厳かつ盛大な演奏。

ほどなくして、二人の近衛騎士に守られるようにして、一組の夫婦とまだ八歳の幼い娘がしずしずと入場してきた。彼らこそがこの叙爵式の主役。永代貴族「男爵」の爵位を賜る、アシュリー一家である。

平民からの成り上がり。平民から貴族に、しかも一代貴族ではなく、子孫代々に地位の受け継がれる永代貴族である。これほどの名誉ある出世は他にないだろう。

一商人、商人の妻、娘に過ぎなかったアシュリー一家。このどこまでもきらびやかな空間で、彼らは今——……白目をむいて放心していた。喜びにではなく、あまりの絶望に。まあ一応、誰にも見られないように。

「ヴィンス・アシュリー。貴殿の我が国エレーネへの忠義、貢献をここに讃《たた》える！　汝《なんじ》ら、アシュリー家に本日を以《もっ》て男爵位を授けるものとする！」

威風堂々とした、国王による名誉の宣下。新たな忠君の尊い血筋を迎え、謁見の間は歓喜と祝福に沸く。

……それは威厳と栄誉に満ち溢《あふ》れた、栄光ある叙爵の宣下であるはず。しかし場の主役たるアシュリー家の面々――私達には、もはや国王直々の処刑宣告にしか聞こえていなかった。

私と母様は設《しつら》えられた長椅子に案内され、静かに腰を下ろし、遠い瞳で目の前の父様を見守る。

「有り難き御宣旨、しかと受け賜ります。敬愛する陛下、王国のため。貴族として、持てる者の義務《ノブレス・オブリージュ》を決して忘れず、栄誉に恥じぬ献身をここに誓います」

父様は陛下の御前に恭しく跪《ひざまず》き、一家を代表し忠誠の誓いを述べる。

あたかも今自ら考えたかのようにつらつらと喋《しゃべ》るのは、母様と私と、アシュリー商会の従業員みんなで必死に考え、今日まで幾度となく練習した台詞《せりふ》。

栄誉と喜びに打ち震え、紅潮する頬と緩み切った表情。……そんな状態こそ、本来この場には相応《ふさわ》しいのだろう。

だが、父様の顔は渋い。苦渋に引きつる表情が隠せていなかった。否、父様だけではない。私の今生の母様、エイミー・アシュリーの表情もまた、以心伝心の苦渋に歪《ゆが》んでいた。ちなみに私は今、白目をむきながら絶望に打ち震え、口は半開き状態で微笑《ほほえ》んでいる。さながら貼りつけた能面。ホラーそのもの。

それもそのはずだ。家でゆっくり過ごすひととき。誰にも邪魔されず文句も言われない、各々の穏やかな時間。貴族の仲間入りによって、その全てが失われてしまうのだから……。

これからお茶会だのパーティーだのに出席したり、たびたび王宮やら他の貴族家に出仕しなければならないのだろう。高位貴族の夫人や令嬢に仕えさせられることも有り得る。税収や領地管理などの問題で、領民ともめたり、宮廷貴族様との板挟みになることもあるかもしれない。

さらば、快適引きこもりライフ――

華やぐ歓声の中、意識が徐々に薄れゆくのを感じる。

話が違う。身分も財産も出世も、なんにもいらないって言ったよね？

私ルシア・アシュリーは今、私たち一家がこの残酷な刑に処され……否、栄誉極まる叙爵を賜ることになったきっかけであるあの日の出来事と共に、「前世」の記憶もゆっくりと思い返していた……。

◇◇◇

私がかつて望んだ願い。ここではない世界で生きていた記憶。

私は、吉川祈里《よしかわいのり》という名の日本人だった。

吉川祈里は、今世――引きこもり一家・アシュリー商会の一人娘、ルシアとなんら変わりのない性質の人間であった。生粋のインドア派。家にいるの大好き人間。

ただ違うのは、彼女の容姿、そして日々の生活のみ。

地毛ではない染めた赤髪。黒髪にブリーチと染色を繰り返し、毎日のトリートメントでも取り繕えなくなった傷んだキューティクル。紅花のような、二次元のキャラしか持ち得ないような、子供の頃から望んだ理想の赤髪とは程遠かった。

本当は一日中ベッドで過ごしていたい。もふもふすべすべに埋もれて微睡《まどろ》んでいたい。読みかけの漫画も読みたいし、ハマっている乙女ゲームも進めたい。

しかし、現実は無情。現代地球は国民総現役時代。

働かなくては生きていけないのである!! 「働きたくないでござる」とか言っている場合ではないのだ！

いや別に、働くこと自体がそんなに嫌なわけじゃないんだよ。ただ外に出るのが嫌いなだけで。昔から通学はもちろんのこと、友達と遊びに行くのすら億劫《おっくう》だったほどだ。通勤の必要がない在宅ワークには心底憧れていたけど、私のスキルでは余裕ある収入は得られないのがネックだった。

食費に光熱費、雑費。引きこもりの友である、漫画に小説、ゲーム代……インドア生活にだってお金はかかるのだ！

せめて帰宅後におうちライフを満喫すべく。憂いなく休日ヒッキー生活を送るべく。その日も祈里は涙を飲み、仕事に打ち込んでいた………。

生まれ変わったら平安貴族になりたい。一生部屋から出ずに、歌を詠んだりして心穏やかに過ごせるなんて最高じゃない？　あっ、あと赤髪。地毛で赤髪になりたい。

よし、転生後の夢は赤髪の平安貴族に決定。いや、どんなだよとは思う。死んだ後のことを考えてる場合じゃないだろと自分でも思う。思うが、もはやこういうことを考えていないと、仕事中に心が折れそうになる……。

自分自身が旅行している気分を味わえるかと思い、あとなおかつ福利厚生が良かったため、選んだ観光事務のお仕事。

しかし現実は、これから楽しい時間を満喫されるのだろうお客様を見てはうらやみ、時間に忙殺される自分とのギャップを少し辛《つら》く感じる日々だった。

山あいの歴史ある名門リゾート地観光。……もしここで長期休暇を過ごせたなら。自然いっぱいで、他者の目や時間を気にする必要なんてなくて……。

ああ、でも。できるなら休暇を過ごすだけではなく、こんな山あいの村に一軒家を建てて、ずっとそこで暮らしていけたとしたら。それはどんなに素敵なことだろう？　そして毎日心穏やかな、「どこかに通わなくてもいい生活」を送るんだ……。

……まあ、それを叶《かな》えるためにも仕事だ、仕事！　そのための資金稼ぎだと思って割り切ろう。

そんなことを考えていた、ちょうどその日だった気がする。突如としてその時は訪れた。

（こんなに終わらないとは思わなかった……！　もう一刻も早く寝たい！　家に帰りたい！）

夜半を大きく回った残業終わり。街灯の薄明かりだけが夜道を照らす街並みを、はやる気持ちで進んでいた。自覚なく覚束《おぼつか》ない足取りは、きっといかにも危なげなものだった。

そして。アパートの階段から足を踏み外し、後ろ向きに落下。——転落死。

吉川祈里の短い生涯は、あまりにあっけなく幕を閉じた。個人事故であり、巻き込んだ人がいなかったのが幸いであった………。

◇◇◇

「……あれ………ここは……？」

身体《からだ》いっぱいに浴びる、暖かな黄金の光に気がついて目を覚ました。

そこは異質な空間。目が覚めたその瞬間、見知った場所どころか、地球の風景ですらないことがわかった。

辺りを見回すと、大地には「ありとあらゆる時代の建築物」が林立している。

バロック建築の荘厳な教会。古代ギリシャの神殿に、神々の彫刻。ロシアのクレムリン。五重の塔。中国皇帝の住むような宮殿。現代の高層ビルやタワーマンション。よく見れば、魔法によるオーラを纏《まと》った城や、ペガサスを当然のように乗りこなす騎士の像など、地球のものではない建築物も。

宇宙の全ての時空を押し込めた空間に、「たった今建てられたような真新しい姿」でそれらはあった。

この明らかな異空間の中、私は不安と困惑でいっぱいだった。

だがややしばらく途方に暮れていると、やがて人当たりの良さそうな一人の男性が駆け寄ってきた。

背中に生えた、白銀の羽を揺らしながら。

「あぁ、お目覚めでしたか！　いやぁすみませんね、お待たせいたしました、はい。吉川祈里さん、『地球　日本』の所属。享年二十四歳の女性。死因は頭部強打による脳挫傷と、出血性ショック死、と。……以上の情報でお間違いございませんね？」

「あっ、……ええ、はい」

（やはり私は死んだのか……）

「私、この度吉川さまの転生処理を担当させていただく者でしてね、えぇ。これからいくつかご質問してまいりますので、ご協力お願いいたしますよ。まずですね、えー……あ、これだこれだ。吉川さまの来世についてなんですけどね、何か具体的なご希望はございますでしょうか？」

「……ん!?　来世の希望ってそんな軽い感じで……え？　どんなものでもいいんですか？　いや違う、待ってください。私、現世や地球に対して特になんの功績も残してませんし、運命が取り違えられたような人生を送ってきたわけでもなければ、壮絶な死を迎えたわけでもありませんし……来世への希望なんて、そもそも聞いてもらってもいいものなんですか？」

「えぇえぇ。もちろんでございます。その辺りも含めまして、担当の私の方からご説明させていただきますのでね。まずはこの場所と、私共の立ち位置についてお話ししていきましょうかね」

曰《いわ》く。目の前の「私の担当」と名乗る、輝く羽を持つ男性は、やはり神様であるとのこと。ただ彼が創造主というわけでも、彼だけが神様だというわけでもない。神々は他にもたくさんいるのだそうだ。

そしてこの異空間は、死後の世界であることは間違いないが、いわゆる「天国」ではない。その前段階で、いわば「転生受付処理室」といった一室にあたるらしい。

数々の建築物があるのは、「いろいろな世界」で亡くなり転生受付処理室に来たばかりの人を、少しでも安心させるためだという。故郷にそびえる馴染《なじ》み深い建物は、人間の心にシンボルとして記憶され、幾分不安を和らげるのだそうだ。

辺りを見渡せば、現代日本のビルやマンション、スカイツリーなんかも視界に入った。普段は気にも留めていなかった、しかしよく見慣れたそれらは、完全アウェイな異世界感を打ち消し、私にある程度の落ち着きを確かに感じさせてくれていた。

　やがてその状況を受け入れかけた頃には、湧き出るように数々の疑問、質問が浮かんできた。そんな私に対し、目の前の神様は飄々《ひょうひょう》と語った。

　この宇宙の中に無数に浮かぶ世界には、地球に住まう民が「異世界」と呼ぶ場所も多々存在する。例えば、人々が当たり前に魔法を使う世界。例えば、妖精やユニコーンなどが普通の生物として存在している世界。地球はあくまで、その中の一つに過ぎないのだという。

　その異世界に暮らす人間同士も、全く無縁というわけではない。知らず知らずのうち、各世界は互いに干渉し合っている。私が思わず想像した……宇宙人との交信などといった直接の交流ではなく、もっとごく間接的に。

　今も人間の与《あずか》り知らぬ水面下で、世界と世界は干渉している。結果、他のとある世界の記憶が、そこに暮らす誰かのもとへ「降ってくる」のだとか。アイディア、企画、インスピレーションとして。

　小説や絵本、漫画、ゲーム、ドラマに映画、絵巻、劇。あるいは地球には存在しない媒体……。

　そう。誰かが創作したはずの、「架空の物語」として。

「それゆえにですね、はい。吉川さまが生前好まれていた〝観照射反映体〟……吉川さまの所属地域ですと漫画、ゲームなどと呼称されるものになりますかねぇ。そうした世界もまた、当然存在しているということです、えぇ。つまり当然選択肢のうちでして、ご転生先としてお選びいただけますので。来世につきまして、ご希望の限りですね、ぜひともご遠慮なく聞かせていただければと……」

「え⁉　漫画の世界とかって選べるんですか⁉　いや、選べる云々《うんぬん》より先に……じゃあ、私がこれまでに読んだり見たりしてきた作品に登場する世界、登場人物たちなんかは、皆どこかに実在しているってことですか？　いかにも架空な世界であっても……？」

時折空中に映し出したホログラムの映像説明を交えながら、少し冗長なほどに丁寧な神様の話を思わず遮ってしまった。こういう喋り方の先生いたな。

いや、それより。地球と言語や文化こそ違えど、似たような文明を辿《たど》っている世界なんかはまだわからなくもない。でも能力やら魔法やらで戦ったりするような、いかにも架空！　どう考えてもファンタジー！　と言える世界観、人々が現実の一つであると言われても……にわかには信じがたい。

それを受けて、神様は先程の無礼を歯牙にもかけない様子で、独特の調子の説明を再開した。

「もちろんでございますとも。大変失礼かとは思いますけれども、あえて説明いたしますと。そうした世界の方にとっては、これを逆にですね。吉川さまの暮らしこそ『いかにも架空』と言えるわけでございますよ」

「え？　どういう……私の生活なんて、それこそごく普通の……」

口をついた呟《つぶや》きは当然のもののはずだった。

「『水地が陸地より遥《はる》か広く、鉄の馬が地を駆け、鉄の鳥が空を飛ぶ異質な世界。その一角、女性がひとり。彼女は水と光に満ちた銀の箱、遠隔会話ができる糸を操って、特権階級のほか許されないはずの娯楽旅行へと市民を誘《いざな》う、奇々怪々な職に従事する』……と、吉川さまのことでございますね。異文明の住人の方には、こう感じ取ることが可能なわけです」

……しかしこう続いた説明に、その疑義もたちまち掻《か》き消える。なるほど。私にとっての異質な世界の人々からは、確かに私こそが異質、かつ架空と言えるんだ。実際にそちらの世界では、今の説明のように、地球の暮らしがなんらかの物語として反映されているらしい。

それからの説明には、もはや口を挟むこともなかった。世界の仕組みをおよそ捉えられた気がしたし、もう何を聞いても「そういうものだ」と受け止め、納得せざるを得なかった。

「うーん……。なんとなく理解できました。人間の転生は、宇宙を維持するために必要なこと。だからこそいろんな世界……いろんな可能性が用意してあって。生まれ変わりを渋られないためにも、さっさと転生させるためにも、人間皆の来世の希望を極力叶えてあげる方が効率がいいってことですね」

「呑《の》み込みが早い方で助かります。よって吉川さまのご希望も、私の方で承りますよ。抽象的な理想であっても構いません。私共で適切な世界と人物像を抽出いたしまして、ご対応させていただきますので。はい」

神様は満足げに、大きく二度三度頷《うなず》く。それを待たずして、一瞬の間もなく即答した。

「来世は、通学通勤する必要のない身分で！　あと、赤髪赤目でお願いします！　ほぼ外出せず、のんびりインドア生活ができる家と家族のもとに生まれたいです！」

「あっ、はい。かしこまりました。その他、何かご希望は？」

私担当の神様は、こちらには目を向けず、問診票のような書類に記入しつつ質問を続ける。

「ありません。以上で！　これらが叶うなら、本当になんでもいいですので！」

他に希望などあるはずもない！　子供の頃からの夢だった、綺麗《きれい》な地毛の赤髪。どこかに通わなくてもいい生活。悠々自適、インドア引きこもりライフが確約で手に入るのだから！

瞳が輝き、口元は緩み、胸が躍る。

「え、よろしいのですか？　いやまぁ、はい、承りますがね。…………『赤髪赤目』で、『通勤通学』はしなくていい人物。『ほぼ』インドア生活ができるのであれば、『なんでもいい』、と」

ん？　今何か言った？　なんか最後の方、ぼそっと呟かれて聞こえなかった。

「次は、えー……世界、あるいは身分等についてですね。何か特段のご希望はございますかね？」

「いえ、それらに関してもなんでも大丈夫です。さっきの希望を叶えていただけるんなら！　平安貴族みたいな生活をするのが、ずっと夢だったんですよ。夢の引きこもりライフ、叶えていただけるんですよね⁉」

「平安貴族、平安貴族……あぁ、はいはいこちらの。文明は約千年前……『地球　日本』における執政階級の人間ですね。このような暮らしぶりが吉川さまの理想だったと」

おそらく実際の過去映像なのか、今度は平安貴族たちの姿がホログラムで映し出された。画像ではなく動画で。高貴な雰囲気の人物を囲み、行事か式典の準備を行っている光景だ。

「そうですそうです！　身分も財産も出世も、なんにもいりません。こういう静かで穏やかな感じののんびりライフが希望です！」

「えぇえぇ。なるほどですね。承ります、はい。では次に移行いたします。――吉川さまは………」

聞き取り調査はしばし続いた。その後は、神様たちが転生先の決定や準備にあたっている間、私は天国で過ごすように指示を受けた。お言葉に甘え、このうえなくゆっくり過ごしたことを今でも克明に覚えている。

やがて、私の転生担当の神様が訪れた。体感からするとだいぶ早かった。私の出した希望通りの世界が会議の末に決定したと伝えられ、転生直前の準備が滞りなく進められていった。

「……よってですね、ごく稀《まれ》に、前世の記憶や転生処理における記憶が残存してしまう可能性がございますので、そこはご了承ください」

「はい、大丈夫です！」

「それでは吉川祈里さま、お疲れさまでございました。新たな人生がより良いものであらんことを、私共もお祈り申し上げます。――いってらっしゃいませ」

◇◇◇

そして生まれ落ちたこの世界――「アトランディア」には、私の望んだ全てがあった。

「父様とおんなじ、ふわふわの赤い髪。母様みたいな、くりくりの赤い目。わたしとっても大好きよ。アシュリー商会とお店のみんなも、全部ぜんぶだいすき」

物心がついた時からの、ルシアの口癖。

はねグセの強い赤髪が特徴的な父・ヴィンス。生まれつき赤毛を持つ者は珍しい。商会を両親から継ぎ、取引や仕入に出向くようになってからは「から紅のアシュリー」と呼ばれ、一発で顔と名前を覚えてもらえて、便利な髪だ――と朗らかに笑うが、幼い頃は奇異の目で見られることも多く、ずっとコンプレックスを感じていたらしい。祖父母はごくありふれた濃い茶色の髪と瞳だったそうなので、なおさらだろう。

銀色に光る髪、夫の赤毛をそのまま写し取ったかのような赤い瞳を持つ、母・エイミー。あまりに薄い、薄すぎる色素。おそらく母様はアルビノなのだと思う。

頭の回転が速く、優しい母様は、年齢と比例せず「愛らしい」という言葉が似合う。柔らかい笑顔に私と父様、お店の従業員は癒《いや》され心が温まるが、透き通る雪白の肌に、凛《りん》と輝く紅の目。人によってはキツく冷ややかな、気位の高い女性に見えるのかもしれない。

「王都アシュリー商会」の当代店主夫妻である両親には、齢《よわい》四十を数えてなお、後継者の生まれる気配がなかった。

……体力が衰え、引退を考える日がいつか訪れる。店を畳むことになっても、家で過ごすのが好きな自分たちは、田舎でのんびり隠遁《いんとん》生活を送れればそれで構わない。だが、従業員たちを路頭に迷わせてしまう……。

嗚呼《ああ》、女神エレーネよ。建国の王神ロイよ。どうか我等に、愛《いと》しき子を授けたまえ――。

真摯に朝晩祈りを捧《ささ》げた甲斐《かい》あってか、やがてお腹《なか》に宿った新たな命。産まれてくるその日を、従業員も含めた商会の皆で心待ちにしていたのだという。本当は皆、半ば諦めかけていた矢先のことだったそうだ。

そうして両親の特徴を見事に併せ持ち、商会の皆に強く望まれ。咲き誇る紅花の如《ごと》き、ワインレッドの髪と瞳。愛情を一身に受けて、ルシア・アシュリーは今世に生を受けた。

今世の私の生家、王都アシュリー商会。

エレーネ王国の王都にこぢんまりとした店舗を構える、先祖代々続く雑貨店である。小売の傍ら、注文があれば貴族家への出入り卸も行っている。取り扱う品々は、生活必需の日用品からオシャレ工芸品など、幅広い。

ここ、内陸国であるエレーネ王国は、他国からの資源や食物を積極的に仕入れる必要がある。

小国とはいえ貿易に栄え、東西南北に位置する大国から日々届けられる、技術や物珍しさに優れた様々な物資であふれる王都。街の人々は、見栄えする品も特にない地元の日用雑貨店にさほどの需要を感じていないのも実情である。

しかしアシュリー商会にとって、それはさしたる問題ではなかった。

贅沢《ぜいたく》や浪費を是とせず、静かで落ち着いた生活を好むアシュリー家。利益は従業員への給与、そして生活費と余暇にあて、細々楽しく暮らしてきた。

堅実で従業員思いの経営に、働いてくれる者からの信頼は厚い。

その嗜好《しこう》するところは、読書や裁縫、編み物、芸術鑑賞。そして睡眠。

つまり、先祖代々のインドア趣味家族。受け継がれし引きこもり一家なのである。

そんな商会の日常は、老獪《ろうかい》なベテラン従業員は初孫、若い従業員からは末の愛妹のように。お嬢様こと私を溺愛する日々だ。一人一日につき五回は可愛《かわい》いと言われ、愛《め》でられまくっている。

父様は読書家。家には書斎が設えてあり、休日と余暇はほぼこもりきりだ。代々読書家の多いアシュリー家が長い年月の末に構築した、自慢の書斎。まさに引きこもり垂涎《すいぜん》の地ともいえるこの一室には、ありとあらゆるこの世界の書物がひしめく。

別に父様専用というわけではなく、よく私を招き入れてはいろいろな本を読み聞かせてくれる。本の世界は広い。座りながら、寝転がりながら、自分とは違う人生を追体験できる。優しく頭をなでられながら、膝の上に座らせてもらい。父様と一緒に、物語の世界を「冒険」するひとときが、私は大好きだ。

母様は刺繍《ししゅう》がとても上手。もともと病弱だったらしい母様は、父のもとに嫁ぐ前から室内生活を極めていた。一日の店番が終わり、会計を締めた後は家族用居間《パーラー》にまっしぐら。暖炉の前のカーペット全体が母様の領土だ。

刺繍に編み物、染織物。現代地球で言えばハンクラ嫁な母様は、白く細長い手でなんでも作り上げてしまう。ロッキングチェアをふかふかに仕上げるクッションも、私の部屋のぬいぐるみたちも全て母様のお手製である。

私にも教えてくれようとするが、手先が不器用な私にはまだ難しい。母様の魔法のような手の動きをぼんやり眺めている方が楽しかった。店じまいの後は、暖炉で爆《は》ぜる橙《だいだい》の暖かな炎の如き、ゆったりとした母娘の時間が流れている。

——二歳か三歳の頃、「転生時の記憶」に気がついた私。「前世の記憶」もあるにはあるが、覚えているものと、靄《もや》がかかったようにかすんで思い出せないものがある。

その覚えている記憶とやらも大したものではない。

家族構成、生きていた国。自分がどういう人間だったのか。その実、今と全く変わらない思考の持ち主だったこと。死の直近、ハマっていた小説やゲーム、漫画の薄ぼんやりとした内容。そして死した後、転生時に何を願ったのか。それくらいである。

逆に転生時のこと、天国でのことをやけにはっきり記憶しているのは、最初から覚えていたのではない。思い出したためだ。

物心ついて自我を認識できるようになった時、「夢じゃなかった！　本当に叶えてもらえたんだ！」

……と、無意識に強く感じた。

大商家には遠く及ばぬ中流商家の一人娘。利益よりも余暇、遊びよりも休息。「ゆっくりするために頑張る」がモットーの、筋金入りのインドア一家。

通勤とも通学とも無縁、休日は家族で引きこもり生活！

神様ありがとう！　思う存分、一生のんびり暮らします！

――あの日までは、そう思っていた。一生揺るがないささやかな暮らしが確かに続くはずだった。

しかし運命の歯車は、すでに廻《まわ》り始めていたのだ。


頬をなでる風が心地好い夏の夜だった。

「父様、遅いわね。何かあったのかしら。……もしかして、事故？　馬車に轢《ひ》かれてしまったり、賊に襲われたりして動けないのかも」

「ううん、母様も心配だけど……でも、あそこに立ち入る馬車なんていないはずよ。貴族様や貿易商人、それに賊やゴロツキだって、あの周辺に用事などないと思うわ」

その日、在庫整理に行ったまま一向に戻らない父を、母と二人で心配していた。

アシュリー商会の在庫を保管している、王都商店会の共有倉庫。自宅兼職場であるこの商会からはやや距離があるが、十分徒歩で行き来が可能な場所だ。

もうすぐ二十一時を告げる、夜二の鐘が鳴る。それはどれほど整理に手間取っていたとしても、未《いま》だ帰宅していないのはおかしいと断言できる時間帯だった。普通ならばどこかで寄り道しているだとか、行き逢《あ》った知り合いと話し込んでいるといった可能性も有り得るだろう。しかし私達アシュリー家は、仕事や用事に伴う最低限の外出を終えたなら、迷わず直帰を選択する性質の持ち主なのだ。

父がなんらかの事故か事件に巻き込まれたとしか、もう考えられない状況だった。

「……遅くなってしまったわね。母様はもうしばらく待ってみるから、ルシアはもう休みなさい」

心配と不安だけが募る中、母様は私をベッドへと促した。

幼い私に無用な心配をかけまいとする母の心遣いだと、すぐ気が付く。釈然としない思いを呑み込み、大人しく寝室へ向かおうとした――まさにその矢先。

額に玉の汗を浮かべ、肩で息をする父が無事な姿で帰ってきてくれた。

「父様！」「あなた！」

私と母様の声が見事に重なった。

「ただいま、二人とも。心配をかけたね。……すまないが、すぐに温かい食事と湯を用意してほしい」

「その子は……!?」

父様は両腕に、亜麻色の可愛らしい天使を抱えていた。

絶え絶えの息を整えながら、父様は話してくれた。

日が落ちた直後、作業に区切りをつけ、第一倉庫を施錠し後にしようとした。その折、悲鳴のような高く細い声が断続的に聞こえたこと。風の音か動物の鳴き声かとも考えたが、子供の泣き声である可能性に思い至ったこと。そして第二倉庫に座り込み、独り泣いているこの子を見つけたことを。

第一倉庫は日用雑貨や工芸品、第二倉庫には食料品が保管してある。雑貨屋であるアシュリー商会では、第一倉庫のみを利用している。だからこそずっと作業をしていても、いざ外に出て声を認知するまで、子供の存在に気づかずにいたのだろう。

そもそもあの倉庫、比喩ではなく本当に滅多に人が来ないのだ。

王都商店会共有と言えば聞こえはいいが、利用しているのは細々やっている小さなお店や副業商家、商売下手、それから利益度外視のバカ。そうした有象無象の商家の物置同然なのである。大商家や貿易商人さんが利用することはなく、立地自体も細い裏路地をずっと行った下町の先にある。

馬車が入れないから貴族様をお見かけすることもなければ、面白味がないのでゴロツキも立ち入らない。そして住宅街でもないゆえ、商人以外の平民も特に用はない。そんな場所。

つまり誰かに気づいてもらえる可能性は非常に低く、商品管理のため風通しの良い造りになっており、気温が低い時には外気よりも冷え込む。風邪で済めばまだいいが、最悪の事態も考えられる。

私よりも幼く見える男の子。たった一人、あの倉庫で震えていたのね……。

偶然だったとはいえ、父が気づけたのは幸運だった。私達家族三人、以心伝心に口を揃《そろ》えた。

父からそっと受け渡され、母の腕に抱かれ。蜂蜜色の瞳いっぱいに涙を浮かべる少年は、寒さにか恐怖にか、小刻みに震えていた。さぞ寒く、怖かったことだろう。

保護者とはぐれて迷子になったのか、一人で遊んでいて迷い込んでしまったのか。あるいは友達との喧嘩《けんか》や悪戯《いたずら》の末、置いていかれてしまったのか……。

哀情に顔を引きつらせながら話し合っていた両親だったが、見ず知らずの第三者がそれを探っていたところで、答えなど出ない。自然とその話題は立ち消えていた。

やがて呼吸が落ち着いた父は、改めて私達にお願いしていた。しばらくうちでこの子を預かりたいことと、入浴と食事の提供についての指示。強く頷いた私達に、ようやく安堵《あんど》の息を吐く。

父は迷子を保護している状況を届け出るため、これから王城へと向かうらしい。続いて交流のある商家や貴族家を回り、情報と協力を仰ぐという。

顔見知りの子供であれば良かったけれど、この辺りでは見かけない子だ。直接親元に送り届けることができない以上、最適な行動だと思われた。

やがて母の胸に抱かれるこの子を託して、父は再び王都の闇の中へと駆け出していった。

不安げに父の背中を見守る少年をぎゅっと抱き留め、母様は柔らかに笑う。

「もう大丈夫よ。怖かったでしょうね……私達家族があなたを守るから、安心してね」

母の言葉と態度に安心してくれたらしく、彼は暴れることもなく、静かに身を委ねていた。お店の毛布を引っ張ってきた私に、ぐるぐるもふもふに巻かれながらも。

肩より少し短い亜麻色の髪、蜂蜜色の丸い瞳。男の子に対する表現として相応しくないかもしれないが、花が綻ぶような、生まれたての小動物のような、思わず守ってあげたくなる極上の愛らしさだった。キラキラでふわふわ。なんて可愛い子なんだろう……！

その可愛さ、まさに神級！

父を見送り、ひとまずパーラーへ来た私達。抱っこしていた少年を暖炉前のソファへ優しく降ろした母は、その場を私に任せお湯を沸かしに向かった。

この世界では、湯浴み用の桶、あるいは洗い場と浴槽が備えつけられた家が多く、入浴事情は先進的だ。もっともお湯は別途沸かし、都度浴室に持ち込む必要があるが……。

アシュリー商会には、それなりの量を沸かせる、そこそこ高品質な入浴用の湯沸かし器がある。

大人用ならともかく、この小さな子一人分のお湯であれば、沸かし終わるまでさほど時間はかからないだろう。おそらくお話ししている間に用意ができるはずだ。

「ねえ、あなたのお名前はなんていうの？　私はルシア。ルシア・アシュリーよ。好きに呼んでね」

そういえば、まだ名前すらも聞いていなかった。笑顔で右手を差し出す。

「……ルシア、ちゃん……ボクは、リアム。……リアム・スタンリー」

長い前髪をかき分け、上目遣いでおずおずと自己紹介を返してくれた。

毛布をマントみたいに羽織り、頬を赤くして。手は伸ばしたまま、握っていいものか躊躇《ためら》っている。

可愛いな、ホント。リアムっていうのか。というかそれより、ルシアちゃんって呼んでくれた！

テンションの上がった私は、ぎゅっとその手を握りしめ、上下にぶんぶんと振る。少し驚いたように目を見開いているが、気にしない。

「よろしくの握手。私たち、これからはお友達で姉弟《きょうだい》よ。よろしくね、リアム！」

「！　……うん！」

そっとその顔を覗《のぞ》き込んだ私と目が合った瞬間、ぱっと明るい満面の笑みを見せてくれた。

さすが私の弟。ウルトラ可愛い。もうこの子……リアムは誰がなんと言おうと私の弟だ。親が見つかるまでと言わず、ずっとうちに住んでくれたらいいのに。幸いお金に余裕はあるし。

無事におうちに帰れた後も、たびたびうちに遊びに来てくれるといいなあ。きっと父様も母様も喜ぶ。二人が息子認定するのも時間の問題だろう。

リアムを膝の上に乗せ、しばらくお話ししていると母様がやって来た。どうやらお風呂が沸いたらしい。

私達の様子に微笑み、交互に髪をなでる。彼の名前を私に問うと、その名を呼びながらリアムの脇に手を差し入れ、抱き上げた。……持っていかれた。

「さぁリアム、お風呂が沸いたわよ。ゆっくり温まってからお食事にしましょうね。ルシア、悪いけれどキッチンにあるものを温めておいてくれるかしら？　すぐ戻るからね」

「え？　……え？」

「わかったわ」

持っていかれたものは仕方ない。というより、お腹を満たし暖を取らせることが最優先事項だった。

あまりの可愛さにうっかり失念していた。え？　というのはリアムの声である。

今わりと有無を言わさぬ感じで連れて行ったからな……。

だが、子を持つ母は強し。娘と同じ年頃の男の子に、母様はわずかな躊躇《ちゅうちょ》もなかった。綺麗に洗ってあげて、抱きかかえてでも肩まで湯に浸《つ》からせなければ。おそらくその一心のみ。

リアムの戸惑いなどなんのその、これから彼は身ぐるみを剥ぎ取られ、全身を洗い尽くされるであろう。合掌。

さあ、私はその間、食事の準備だ！

スープとパイを温めながら、先程の父様の言葉を回想する。しかしそれは言われるまでもないことだった。少しの期間だけだとはいえ、安心してうちで過ごしてもらえるようにすることこそが、私に課せられた義務だろう。

キッチンにあったのは、スティルトンチーズスープとコーニッシュパスティ。

どちらも母様の得意料理であり、まごうことなき絶品。きっとリアムも喜んでくれるはずだ。

パイは竈《かまど》の中に、スープ鍋は竈上部にそれぞれ火をかけ、丁寧に熱を加えてゆく。少しでも美味《おい》しく食べてもらえたらと、新たにチーズとクリームを溶かしつつ。

（そうだ。クラッカーと具材が一緒にあった方がいいわね）

チーズスープはそのまま食べても美味しいけれど、いろんな具材を浸して食べた方がより美味しい。

ブルストとじゃがいもを軽くボイルし、バゲット、にんじんにパプリカ、ブロッコリーを一口大に切り分ける。軽く焼き上げたクラッカーをフォンデュポットに並べ、準備完了だ。

まだ幼い私ではあるが、母によって基本的な家事は教え込まれている。とはいえ、前世で一人暮らしに必要な程度の家事経験がある私にとって、覚えるべきことは竈の使い方くらいであった。

逆に言えば、それさえ覚えてしまえば包丁さばきなどに問題はなく、母が期待していた以上の動きをしては、両親や従業員に過剰に絶賛される日々を送っている。

商家や役人あたりを狙っていくのなら、将来嫁の貰い手に困ることもないはずである。……多分。

……きっと。

そんなこんなで、鍋に火をつけスープを流し入れ、再び毛布にくるまれて戻ってきたリアムをお膝の上に奪還する。

それまで少し微睡んでいた彼だが、チーズがとろける様に興味を惹《ひ》かれたのか、瞳をキラキラさせて眺めている。そっと差し出した木製のスプーンを受け取ると、待ちきれない様子で食事を始めた。

「これ、初めて見た！　このスープもとっても美味しいし、こっちのパイも美味しいよ！」

一口、一口を楽しそうに、とても美味しそうに口へ運んでいく。

……しかし……スープもパイも珍しい食材なんて一切使っていないし、そもそもこの国ではどこでも食べられるような、ごく一般的な家庭料理なんだけどなあ。

物珍しげに食事を進めるリアムの様子からは、どれも初見であるように見受けられる。

もしかして他国から来た子？　それとも結構なお金持ちの子だろうか。よくよく見れば着ている服は上等な織物仕立てだし、振る舞いや食事の仕方にも品がある。それで庶民の食生活を知らないのかな。

などと考えているうちに、リアムはぺろりと完食していた。

やはり大層お腹を空《す》かせていたのだろう。

「片づけは任せて、あなたたちはもう寝なさい」との母の言葉に時計を見遣《みや》れば、すでに時刻は二十二時半を回っていた。

時間を意識すると、途端に眠気が襲ってくる。リアムは満腹感と疲労感が相まって、うつらうつらと舟を漕《こ》いでいた。

明日にもまだ遊ぶ時間はある。それに父様からは、きっといい報告が聞けるはずだ。

無理に起きている必要はない。母様の言う通り、もう休むことにした。

「そうね。母様、おやすみなさい。もし父様が帰ってきたらおやすみって伝えてね。じゃあリアム、ベッドはこっちよ。行きましょう」

「うん……え？　一緒に寝るの？」

「そうよ。リアムはもう私の可愛い弟なんだもの。大丈夫よ、私のベッドは広いから」

リアムの手を引き、半ば強制的に子供部屋に連れ込むが、意外にも彼は抵抗の素振りを見せるどころか、私にぴたりと身体を寄せてくれていた。

マントさながらにくるんでいた毛布を、身体の上を覆うようにかけ直す。

肩まで布団がかかっていることを確認し、私もベッドに身を埋めると、リアムはもう寝息を立て始めていた。

責任持って寝かしつけるつもりだったが、その必要はなさそうだ。

彼は握りしめた私の手を離さず、深い眠りへと落ちていた。

耳元で聴こえる規則的な呼吸に誘われるようにして、抗《あらが》えぬ強烈な睡魔に身を任せる。

「おやすみ……リアム」

今日の怖かったことは全部忘れて、楽しい夢を見ていてほしい。

呟く声と共に、静かに意識を手放した。

――普段は一人で使用しているベッド。隣で身動きを取り何者かが起き上がる気配に、深い睡眠状態にあった脳が混乱する。

……えっと……昨夜は大変なことがあったんだっけ。そうだ、それでリアムと一緒に寝ていたんだ。

ああ、今起き上がったのもリアムか。うん……じゃあ大丈夫だ……。

「ルシアちゃん、朝だよ。おはよう！」

朦朧《もうろう》とした頭でようやくそこまで思い至り、再び意識を沈めようと……したところで、眩《まばゆ》い笑顔で挨拶され、現実に留め置かれた。あぁ……なんでか天使が覗き込んでいる……。

え？　朝？

徐々に覚醒した重い身体を起こし、時間を確認すれば、もうすぐ朝二の鐘が鳴る時間。朝一の鐘にも、窓から差し込む朝日のまぶしさにも一切気づかず、今の今まで眠りこけていたのか。

リアム抱き枕（ゆたんぽタイプ）の心地があまりにも良すぎたとはいえ、遥かに疲れきっていたはずのリアムより爆睡していた自分に愕然《がくぜん》とした。

しばらくねぼけた頭でぼんやり考えていたが、愕然としている場合でもないことに気づく。

よく寝た自分は疲労感ゼロだけど、リアムの疲れは取れたのだろうか。そう言えば朝ごはんは？　何が大丈夫なんだよ！　リアムにだけは食べさせなくては！

「リアム……おはよう。起こしてくれてありがとうね。よく眠れた？　朝ごはんは食べた？　まさか、私が起きるまで待っていたの？」

「おはようルシアちゃん！　きのうはありがとう。だいじょうぶ、ボクも今起きたところだから」

いくつか質問を繰り返し、顔色を観察したが、無理をしている様子はなかった。

それにしても、寝起きからこの笑顔と受け答え。「今来たばかりだから待ってないよ」的な王子様感を感じさせる。起き出した後、すでに身支度を整えてから私に声をかけてくれたようだ。

半開きの目、クセ毛にさらに寝癖がついた私とは大違いである。歳上《としうえ》としてのどころか、女子力でも負けている気がした。

その後、寝間着から室内着に着替え、髪を整えるまで少し待ってもらい、リアムの手を引いてキッチンへ向かった。

母様は店の方に出ている可能性もあるが、朝食を作って置いてくれているだろう。

その道すがら、「ごはん、持ってきてもらうんじゃなくて、食べに行くんだね」と呟いたのを、私は聞き逃さなかった。

あれか。普段はメイドさんがお部屋に運んできてくれたりするような暮らしということ？

くっ……やはり金持ちか……！

だがキッチンに着くと、そこには意外にも両親が揃っていた。朝食は今しがた済ませたようで、母は食べ終えた食器を洗っているところだった。どうやらお店は、番頭のジョセフに一任してきたらしい。私達二人に話がしたくて待っていたのだそうだ。

おはようの挨拶を互いに交わすと、誰に促されるでもなく、リアムは「昨日はありがとう、ぐっすり眠れたよ」と両親にお礼を言っていた。

やっぱり、相当しっかりしている。なんていい子なのか。

リアムは本来、物怖《ものお》じしない利発な子なのだろう。

昨日はそれを打ち消すほどの思いをしたのだ。一人で寒い真っ暗闇の中にいたら、誰だって怖い。

私達一家で少しでもその恐怖感を癒す手伝いができただろうか。……彼の様子を見るに、どうやらその心配は不要なようだった。

その後すっかり定位置となった私の膝にリアムを乗せ、母様が用意してくれたホットサンドを二人で頬張りながら。母様も今初めて聞くという父様の報告を聴くことにした。

「実はね。もう今日にはお迎えが来てくれるらしいんだ」

「……え⁉　えぇ⁉　い……いくらなんでも早すぎじゃない？」

きっといい報告だと信じていた。でも正直、ここまでのいい話とは思っていなかった。母様に至っては驚く声も出ない様子だ。いったい何がどうしてそんな急展開になったのか？

「私もまだ少し驚いているんだ。最初は昨日伝えた通り、城門の兵士さんに報告をするだけのつもりだったんだよ。今迷子を保護している、こういう事情があるから、夜に街を駆け回ることを許してもらいたいと。でもそのままお城の内部に連れて行かれて、なんと貴族様と将校さんが直接お話を聴いてくださってね」

まず感じたのは、夢か妄想の話を聞いているようだということ。私も母様も目を白黒させていた。

大きな争い事もなく、平和を体現した小国であるエレーネ王国。王家や王宮を守護する王国騎士団でさえも、いつも柔和で穏やかな雰囲気だ。

しかし、昨夜はなぜか様子が違っていたという。

門番の人数も目に見えて多く、辺り一帯が張り詰めた空気。騎士団と軍部の方々だけでなく、宮廷《ロード・》貴族様《カーター》たちさえ必死な形相で疾走している有様。素人目にも厳戒態勢であることが明らかだったとか。

「不思議なお話ね。何か事件があったとも聞かないし……」

聞いていた私も、母様に完全同意だ。この平和な王国で、これまでそんな警戒をしていたためしがない。喧嘩があった、泥棒が出たという話もないしなあ。不思議としか言いようがない。

家族三人がそう呟き合った後、母自身が「何か貴重なものを捜されていたりしたのかしら。それにしても真夜中に、しかも貴族様まで一緒になった混乱だなんて、やっぱり不思議だけれど……」と一つの可能性と新たな疑問とをつけ足していた。しかし、

「むしろ混乱していたからこそ、いきなり高位の方に取り次いでもらえたとも思うんだ」

そう回想しつつ答えた父に、

「そうね、その通りだわ。いつもの平和なご様子だったなら、門番さんに話を聞いていただいて、街に向かう許可をいただいて。それで終わりだったでしょうしね。そうして解決できた保証もないわ。何日も何ヶ月も、リアムに悲しい思いをさせてしまっていたかもしれないものね」

と、提起した疑問を取り下げる。

「ああ。お会いしたのは、軍服にたくさんの勲章がついた将校さんと、きっと諸侯貴族様《ロード・フューダー》なんだろう、気品ある老紳士だったよ。そんな殿上人にお目にかかれたうえ、知り合いの商家も貴族家にも行く必

要はない、こちらですぐに対応すると確約してくださったんだ。しかも『此度《こたび》のご協力、誠に感謝申し上げる』とお礼まで言っていただけてね……」

今も何が何やら、夢を見ている気持ちだと感嘆し、昨夜の出来事を噛《か》み締める父。それも納得だ。

実際話が終わった後には、部下と思《おぼ》しき人々にすぐさま伝達がなされており、安心して帰路についたとのこと。事務処理や情報の確認など、行うべきことを終えたらすぐに……といった雰囲気だったらしい。私とリアムがぐっすり眠っていた日付の変わる頃には、すでに帰宅していたそうだ。

「確かにそんな機会、きっとこの先一生訪れないわね……。それになんて真摯で、民思いのお心配りなのかしら……」

「そうなんだ。何から何まで、本当に幸運に恵まれたと思う。きっと続きだったんだ。リアムを見つけてあげられた幸運が、一晩ずっと続いていたんだよ」

両親の呟きにうんうんと頷くばかりだ。まさにその通りだと、そばにいるリアムを見て思う。

今こうして元気にしてくれていること、私達が仲良くなれたことは、昨日の父様との出会い。その幸運と奇跡の延長だったんだ。

それにしても、見るからに高位貴族な老紳士かあ。きっと渋く、それでいて優美な、素敵な方だったんだろうな。

たまーに商会にお買い物にいらっしゃる、非爵位貴族様《ヤンガーサン》あたりをお見かけすることはある。でも父様の言うように諸侯貴族様《ロード・フューダー》であったなら、本来一生遠目に見ることもできないような御方だ。そんな雲の上の方とお話しして、お礼まで言われただなんて……。

「うらやましいわ。ねー？　リアム」

特に同意を求めたかったわけではないが、抱きかかえたリアムの顔を覗き込み、今の考えを話しながら問いかけてみる。

でも、「んー？　うん、そうだねー」とどこか興味のなさげな返答。

（ふふ。難しいお話ばかりで飽きちゃったのかしら？）

先程からずっとお膝の上で大人しくしていたし、眠くなってしまったのかもしれない。その根拠というべきか、ぬいぐるみのように抱きしめつつ頭をなでると、こそばゆそうに目を細めていた。

「長くなってすまないね、リアム。というわけで、もうすぐにでもお迎えが来てくれるはずなんだ」

「少しの時間ではあるけれど……それまで、うちでゆっくりしてね」

そうしたリアムの様子に気づいたのか、両親は一旦会話を中断し本題を再開する。

リアムは私と対面の姿勢を父のいる方向に向き変え、私達全員と視線を合わせ、キラキラの瞳でお礼を言ってくれた。

「アシュリーさん……エイミーさん、ルシアちゃん。ホントにありがとう。見つけてくれたのがアシュリーさんでよかった」

「いやいや。こちらこそありがとう、リアム。私達家族は引きこもりがちでね、友人もあまりいないんだ。娘と仲良くなれたようで何よりだ。娘とたくさん遊んでやってくれ」

そして見せてくれたあの花の綻ぶ笑顔に、こちらの心も一様に綻んだのだった。

父様の報告は想定以上のいい話だったけど、ちょっぴり残念でもある。たっぷりあるかと思っていた時間は、案外リミットが近そうだ。

そのため朝食の後は、すぐにリアムを遊びに誘った。

リアムが望むなら公園や広場に連れて行くことも考えたが、読書をして我が家で過ごしたいと言う。引きこもりにとって「外で遊ぶ」という発想は基本ない。ありがたく提案を受け入れ、アシュリー家自慢の書斎で過ごすことにした。

……正直私に気を遣ってくれたのかと思った。しかし意外にも、いろいろな本に興味を示す。物語だけでなく、経済本や評論書、歴史書や画集に至るまで。しかも内容をきちんと理解して読んでいるようだった。やはり元々素養と教養がある、非常に賢い子なのだろう。

私を見上げ「ルシアちゃん、これ読んで！」とお願いされるものの、当の私が意味のわからない本もあった。しかしこれほど可愛くおねだりされ、断れるはずもない。

今日はお店には出なくてもいいと言われたため、ひたすらリアムに読み聞かせをして過ごすことに決めた。

そんな私達を見て、両親や従業員もまた幸せそうであった。途中昼食やおやつを挟み、リアムにおやつを全て与えたりしながら、穏やかな時間をほとんど二人きりで過ごしたのだった。

――もう少しで日が落ちようとしている夕刻。お店を閉めて従業員の皆を帰した直後のこと。

滅多に鳴ることのない門環鐘《ドアノッカー》がけたたましく音を立て、両親と私は訝《いぶか》しげに顔を見合わせた。

いったい何事か？　父が恐る恐るドアを開け、私と母は後ろから顔を覗かせる。するとそこには、これまでに見たこともない豪奢《ごうしゃ》な馬車が停まっていた。

「大変お待たせいたしまして申し訳ありません！　ただいまお迎えに上がりました！」

二頭立ての馬車にはエレーネ王家の紋章。つまり馬車から降りて気がはやる様子で駆け寄り、こちらに向かって敬礼する人々は、世にあらたかな王神の守護者、エレーネ王国騎士団員ということだ。

……やけに丁寧だな。いや、丁寧というより平身低頭すぎる。

たかが商人の家に子供一人を迎えに来るくらいで、こんなにかしこまる必要ある？

そもそも私達は、連絡を受けたリアムの保護者が迎えに来るものだとばかり思っていた。貴族様や門番に迷子の届け出か何かがあったからこそ、すぐ対応できると約束してくださったのだろう。捜し出すあてがきっとあるのだろう、と。

不信感とまでは言わないまでも、恐縮さに似た訝しさは消えなかった。

まあおそらく、民をむやみに奔走させるより、城から直接遣いを出し、そのまま送り届けよという命令が下ったのだろう。両親も同じことを考えたのか、納得と不可解の合間のような顔をしている。

なんというか、つくづく行き届いた対応だ。

騎士の方々は手際よく準備を整え、リアムを馬車に乗せようとしている。

――一日ずっと一緒に過ごせたはずの時間も、なんだかとても短かったように思える。

リアムは……寂しさをいっぱいに湛《たた》えた表情で私達を振り返り、視線を外そうとしなかった。

寂しくないと言えば嘘《うそ》になる。でも、明るく彼を見送らねば。

「リアム、良かったわね！　早くおうちに帰れるわ。……またいつでも遊びに来てね！」

「ルシアちゃん……また逢える……？」

「もちろん！　言ったでしょ？　もう私達はお友達で姉弟なのよって。またすぐに逢えるわ！　……そうだ、ちょっと待っていて」

店の商品棚に急ぎ、一本のリボンを手に取って、再び玄関へと走る。

私は普段、赤い髪や瞳を引き立てる装飾品を好んでよくつける。特にお気に入りなのが、このリネン生地のリボンだ。なかなかの売れ筋商品で、カラーバリエーションも豊富。

私が今つけている紺色と対比するのは……リアムの亜麻色にきっとよく似合う、このえんじ色。

「……はぁ、お待たせ。リアム、これあげるわ。約束のしるしよ」

「約束……これを持ってたら、またすぐ逢えるんだよね？」

「ええ。見て。これね、私の付けてるリボンとおそろいなの。また会えるその時まで、私も毎日このリボンをつけるわ。だからリアムも、これを持っていて？　――またね、リアム！」

「……うん！　ルシアちゃん、またね！」

最後には明るい笑顔を見せてくれ、私達家族に大きく手を振って馬車に乗り込んでいった。

騎士団員は深々と一礼し、洗練された動きで馬に鞭《むち》を入れる。

送り出すのに涙は見せられない。

寂しく悲しい気持ちを押し殺し、笑顔を崩さぬよう。橙色に染まる街角へ、ゆっくりと車輪の音が消えていくまで。ずっと手を振り続けていた――。


そして。その日の晩は、事態が最速かつ最良の形で解決したことを祝って、家族で祝杯を挙げた。

リアムが笑顔を見せてくれたことで一気に達成感が湧き、気持ちの切り替えがついたのだ。「また会える」と約束したのも、きっとすぐに叶うはず。どこかそう確信があった。

私はジュースだったけれど、普段は麦芽酒《エール》、良くて熟麦酒《ビール》しか飲まない両親は、所蔵品の中でも最高級の葡萄酒《ワイン》を開けてさえいた。一家揃って大盛り上がりだった夜。

この時こそが最後の平穏なひとときであったことを、この日の私達はまだ知らない。

――翌日の朝。通常通りお店を開け、従業員も次々出勤してきた。

リアムがそこにいない。一日しか一緒にいなかったにも拘《かか》らず、皆寂しさと違和感を覚えていた。

そんな中昨日のように、再び玄関の門環鐘《ドアノッカー》が鳴ったのだ。

ただ昨日とは違い、焦り急いだ感じではなく落ち着いた音で。

この昼日中、あまり交遊関係を持たない私達一家に対し、訪ねてくる者などさほどいない。

「ルシアはまだ来客の応対はしないように」と言いつけられているため、いったい誰だろうとぼんやり考えながら、玄関のドアを眺める。

そのうち手すきだった母がレジカウンターから離れてそちらに向かい、それに気がつかなかったのか、後を追うように父も外へ。その一瞬のうち、なぜか両親の驚いたような顔が見えた気がした。

だから私もなんだか気になってしまい、玄関から顔を出してみた。

「アシュリー家の皆様でいらっしゃいますな」

そう問うドアの向こうにいた御仁は――漆黒のシルクハットとフロックコート、華やかな刺繍が施された紳士服を身につけた――どう見ても「貴族様」な御方。

そして続いた言葉に、私達は呼吸も忘れ、全身の動きを止めることになる。

「西の大国……ヴァーノン王国王太子、リアム殿下をお助けくださったご恩。国を代表して感謝申し上げます。――つきましては、五日の後、王宮へとお越し願いたい」

脳がその意味を理解するのと同時に、彼方に意識が遠のく。

「リ……アム………」

「王太子……殿下……？」

意味もなく口をつく反芻《はんすう》は、これは紛れもない現実なのだと、自分達自身を余計に追い詰める。

つい昨日のことなのだ。リアムとの思い出……いや、犯した罪状は脳裏にありありと思い浮かぶ。

私達一家は彼を散々なで回し、ぬいぐるみ兼着せ替え人形にして。平民のつましい料理を食べさせ、きっと小屋ほどに感じられた、苫屋《とまや》のベッドで寝かしつけていた。

この御方がどうしてここにいらしたのか、理由は一つしかないだろう。

処刑《ころ》される……！　そう。処刑を宣告しに来たに違いない！

震えが止まらない全身。絶望、謝罪、哀願。様々な思いが胸を食い尽くし、私達は次々と硬い煉瓦《れんが》の石畳に崩れ落ちた。

そういえば、別に長生きできるとは神様も言ってなかった。数年良い思いして暮らせたんだから、ここで人生終了ということか。

ただ一つ言い訳させてもらえば、ずっと商人として生きてきた両親、同じく前世でも今世でもずっと平民として生きてきた私にとって、「もしかして貴族？　ひょっとしたら王族かも？」なんて発想は浮かびもしなかったのだ。

もうあとはせめてこの貴族様が、最期の言葉としてリアムへ謝罪を伝えてくださるような、お優しい方であることを祈るだけだ。

ああ、だがあまりにも、短い生涯であった………。

「お待ちくだされ。貴殿方は何か思い違いをしておられるご様子」

(……へ？　何が……)

もはや何も呑み込めない精神状態の中、聞こえた声に条件反射で顔を上げた。

そしてそこに映る光景に目を疑った。まだ状況に驚ける心は残っていたらしい。

初老に差しかかる年齢と思しきその貴族様は、なんと私達に対し、恭しく紳士の礼を取ったのだ。

(ちょ……ちょっと待って、何⁉　何が起こってるの⁉)

一家揃って、青くなっていた顔色が今度は真っ白に変わる。貴族様に礼をされる筋合いなどない‼

狐《きつね》につままれたようとはよく言ったものだけど、今この事態は狐に噛みつかれたかのよう。

制止しようとした私達を逆に手で制し、彼の方は事の経緯を話し始めた。

「申し遅れましたな。私、フォスター子爵と申す者。以後よしなにお願いいたします。私が今日ここに訪れたのはほかでもありません。エレーネ国王陛下より勅令を賜り、貴殿方アシュリー家へお伝えにまいった次第」

「……き、卿《きょう》……口をきくご無礼、どうぞお許しを……。勅令とはいったいどのような……？」

「無礼などとはとんでもない。先程申しましたはず。しがなきこの私、国を代表しての使者であると。そしてアシュリー家の皆様こそは、――長らく縁なき隣人であったヴァーノンの要人にして、国交の架け橋――一昨夕突如消息を絶たれたリアム殿下を、無事救出してくださった、得がたき救国の恩人なのですから」

理解も反応もできず、ただ言葉を失う。馬車に控えた従者から受け取ったなんらかの書状を、そんな私達に差し出しながら、フォスター子爵様はそう言った。

その文面は、わずかに残された理性もいよいよ失うには十分すぎた。

「――救国の功勲をここに讃え、アシュリー家に男爵位を叙す――」

それは未だ現実味のない記憶。フォスター子爵様は、一昨日王宮であった一連の出来事──「リアム王太子殿下誘拐事件」。その全容について、屍《しかばね》同然の私達一家に語ってくださった。

「リアム殿下の祖国であるヴァーノン王国の昨今の様相について、商い《なりわい》を生業とする方々はどこまでご存知ですかな──我が国の最西、ブルストロード辺境伯領と国境を隔てる、統制力と軍事力に極めて優れた大陸有数の大国です。しかし確かに隣国でありながら……リアム殿下の祖父君であらせられる先代の王、故ヴェアナー陛下の御世まで、このエレーネ王国とは常に緊張状態にあったのです」

長きにわたり、世界に名だたる軍事大国であったヴァーノン帝国。

袂《たもと》を分かったのは、もはやいつの時代のことだったのか……他国から双子神の聖地として崇《あが》められ、常に信仰の中心で在り続けるこのエレーネ王国に、一片の価値も見出《みいだ》さない唯一の国だった。

エレーネが芸術に心血を注ぐ傍ら、軍拡に勤《いそ》しむ。哲学を語らう暇があれば、地形学を、軍術を。神のもたらした洗練されし美をエレーネとすれば、ヴァーノンは肉体が築きし力の礎。

そんな中、一人の皇帝が戴冠の日を迎えた。

大陸の多くの国々にとって、かの方は革命者だった。

軍拡から軍縮へ、孤高から外交へ。いつその凶刃が向けられるとも知れぬ矛を、心強い助力として得られるようになったのだ。それはまるで、誰かがうそぶいた理想譚《たん》のように。

ヴァーノンの多くの人々にとって、かの方は反逆者だった。

栄光を捨て、誇りを捨て……妄言の中に生きると確かに教わった国々と馴《な》れ合うその人は、自分達を強く導くべき、その対極におわすはずの皇帝。それはまるで、誰かがうなされた悪い夢のように。

その名は、ヴェアナー・スタンリー＝フォン・ウント・ツー＝ハイリゲス・ヴァーノリヒ。……リアムのおじい様にあたる方だった。

前述の通り、誇り高き孤高に生き、言わば「力」のみを信仰するヴァーノン。その皇室に生まれ育ったヴェアナー様が、どうして「平和」というものを知り、その道を志されたのか……それは当時、そして今となっても、誰にもわからなかった。

今各国が振り返るヴェアナー様の御世とは、他の国々には多くの友好と恩恵を。そしてヴァーノン国内には、多くの分断と反発をもたらすものだった。

数十年にわたる治世。やがてヴァーノン国民の中に、現《うつつ》の平和を謳歌《おうか》する者は増えてきた。貴族や知識人、かつて高官の地位にあった軍人の中にさえ、

「友好国の援助、中立国の仲裁を得られるようになり、もう独個たる要塞である必要はなくなった。要点だけに多大なる資金を注ぎ込める。ヴァーノンの栄光と国力はむしろ高まるばかりだ」

と公言し、新生ヴァーノンを讃え支持する声は、雨後の筍《たけのこ》の如く増え続けた。その勢いまさに、隣国の子爵家がそれを漏れ聞くほど。

しかしそれは、帝国回帰を切望する国民との齟齬《そご》をも生じ続けるということだった。

いつしかヴァーノンには、戦に明け暮れたびたび飢饉《ききん》が発生した御世、目に余る悪政に廃位を嘆願する運動が起こった御世よりも……取り返しのつかないまでに深い争いと憎悪、分断が生まれていた。

……その光景は、ヴェアナー様が望み、造ろうとしたものとはあまりにかけ離れていたのだろう。

ある日を境に、各国の宮廷どころか王家にすらその動静が届かなくなり。針が進んだとある日、ひっそりと、失意のうちに御隠れになった事実が突如伝えられた。

各国の王宮が深い哀《かな》しみに服す中、実は戦々恐々としていたのがエレーネ王宮だった。

かつての凶刃が強靭《きょうじん》な庇護《ひご》へと変わり、わざわざ迂回《うかい》せねばならなかった旅路が一本道となり、その独自の文化にご興味を示されていた王女殿下のお望みが、国交回復によって叶い……新生ヴァーノンによる恩恵を誰より受けていたのが、他でもないこのエレーネであったからだ。

新たな王、いや、皇帝となるのか……その方が父王を憎み、帝国への回帰を望み、真逆に転換した針路を逆戻りさせる方である可能性は十分に考えられる。ああ、夢を見ていただけで終わってしまうのか。わずかな希望は一時の異端時代として片づけられ、全て無に帰してしまうのか……と。

だが案ずるには及ばず。無に帰すかもしれない懸念は水泡に帰した。

間を置かず即位されたアクセル陛下は、故ヴェアナー陛下のご遺志を固く受け継ぐ御方だったのだ。

現にその政策は、父の繋《つな》げた細い糸を盤石な綱へと強化していくようなものばかり。お父上の悲願を、きっといつしか御自らの理想と変えていたのだろう。

そればかりか、進むべき道を決定的に違《たが》えていたはずのエレーネ王国との国交維持、相互理解促進を最重要政策と掲げている。

確かに聖地エレーネと協力関係にあれば、親愛の念を抱く国は多い。他国からの支持を集め、安定した政情が保てることに間違いはないだろう。

しかしごく最近におけるまで、二国間には決して起こり得ないことだったのだ。

それが現実に続いている今、奇跡とお二方の志を讃え、感謝せぬ貴族は、もはやエレーネにはただの一人も存在していない。

「……ただし、それはあくまで外つ国《とくに》の事情に過ぎませぬ。ヴァーノンの内情は今日も不穏さを増すばかり……。王室を狙う者は、もう一人二人ではない有様。あろうことか、誰より平和を望む方々の周辺にこそ、無秩序と混沌《こんとん》が渦巻いているのです。その最中エレーネ王宮は、現ヴァーノン王アクセル陛下よりご懇請を賜りました。平和の王国の後継者であり、大切な一粒種。リアム殿下のお身柄を、ご成人の刻《とき》までお守りしてほしいと」

……というのが、子爵様が語るところの昨今の概要だった。

お話を聞く限りでも、葛藤と混乱の中にあるのだということ、リアムがいかに大変な立場にあるのかがよく理解できた。リアムは言わば、大切で愛しい人質。平和を望んだがゆえの分断か……。

また留学という表現も、間違いではないとのこと。

なんでもこの国の王女王子両殿下と歳が近いらしく、対外的には友好留学という体なのだそうだ。

そして。そのお申し出を、エレーネ王宮は諸手《もろて》を挙げて歓迎したという。

かつて歩み寄ることを諦め、背を向けられるままにこちらも背を向けた大国の方から、手を差し出してきてくれたのだ。そのお気持ちは私でもよくわかる。

先程子爵様がおっしゃった通りだと思う。大切な王太子を託された。それは確かな信頼の証《あかし》であり、二国はもう敵国ではなく、そこに確かな友好が生まれていたという何よりの証左だと。リアムはヴァーノンとエレーネどちらにとっても、永遠《とわ》の希望をその身に宿された平和の象徴なのだ。

――しかし、事件は起こってしまった。

もう語られるまでもない。一昨夕、王宮から突如行方をくらましたというリアム。

諸侯貴族《ロード・フューダー》や王国騎士団による厳重な守護管理下にある彼に、その日の外出予定はなかった。

常に危険に晒《さら》され、秘匿されるべき御身だということを、幼いながら理解している様子。こっそりと城下へ遊びに出るとは考えにくいうえ、仮に事情をよく知らない下級使用人たちが連れ出したにしても、許可も護衛もなしになど有り得ない。

　そもそも、発覚したのも遅かった。使用人たちの間で、すでにお昼過ぎにはお姿が見えないと騒ぎが起こっていたのにも拘らず、上層部へ伝達がなされることはなかったという。晩餐《ばんさん》の時間にお姿を現さないと国王陛下がご心配されたことで、ようやく王宮全体が事態を把握するに至ったそうだ。

　これは誘拐に違いないと。時刻はもう、夕刻をとうに回っていた。

　誘拐は初動が重要になる。およそ三十分が経過するたび、生存確率・無傷でいる確率はどんどん低下してゆくからだ。その身分もさることながら、敵が多いリアムのこと。焦燥ばかりが募り、官公一体となった決死の捜索はなんの成果も上がってはこない。ただただ、時間だけが過ぎていく。

「もはや、開戦もやむなしか……。誰しもの脳裏に浮かびました。決してあってはならないことを、あろうことか、我々自身の手によって引き起こしてしまったのだと。――しかしその時、鮮やかな赤の希望《光》が現れた。そう、ヴィンス・アシュリー殿。貴殿のことでございますぞ」

　……そう名指しされた父の顔をふと見ると、もうどういう感情なのかわからない顔色をしていた。

　そりゃそうだ、急転直下だもん。そんなとんでもない事態とは誰も思ってなかったもんね……。

　なんでも父様が王宮に走った時は、王都中をくまなく捜索しても一向に手がかりすらなく、このまま再びお会いすることすら叶わないかもしれない。またヴァーノン側に知られるのも時間の問題だと、皆が絶望の淵《ふち》にいるさなかだったという。

　あの子がいたのはあの倉庫だもの、確かに見つけられないだろうな……。

　街道からは大きく外れており、そこに辿り着く道を知る人がごく少ない。優雅な夜行馬車を装って捜せば道自体に入れず、王都出身者や街の人々に聞き込みをしても無駄足だっただろう。事実、どの部隊の捜索範囲にも含まれておらず、よりアシュリー家への感謝は深まるばかりだったとか。

「貴殿とお話しされたというドートリシュ候、ならびにマーカス軍曹の感服、ご叙爵への強きご推挙たるや、尋常なものではありませんでしたぞ。このご功績を讃えずしてなんとすると。リアム殿下が無事お帰りになった時にはすでに、此度のことは評議会にて正式決定しておりました」

……いや、いやいやいや！　待って待って！

きっとここは普通ならば、信じがたい僥倖《ぎょうこう》におののきながらも、涙して喜ぶべき場面なのだろう。

しかし何も言わずとも、この時家族の思いは以心伝心だった。「勘弁してください」と……。

つまりは王宮ぐるみで勘違いしているということか。

「……い、いえそんな、滅相もございません！　私共は何も……！」

「そうですわ、しっかりとお世話もして差し上げられず……。それに私共は殿下に対し、散々なご無礼を働いてしまって……！」

おお！　いいぞ父様！　その通り！　母様もナイスアシスト！　……と思ったのも束《つか》の間《ま》だった。

子爵様はそれを謙遜だとお感じになったようで、私達にさらなる美徳を見出す始末。その後何を言っても、この「マジ勘弁」感を悟ってくださることはなかった。

まさか「貴族になるなんてまっぴらごめんです」などと正直に言い出せる空気ではない。

しかも……貴族様方がアシュリー家を褒め称《たた》えていること、無礼を咎《とが》める声は一つとして出ていないこと。それらは子爵様のご所感などではなく、どういうわけか百パーセントの事実のようなのだ。

「何をおっしゃいますやら。私もリアム殿下より、皆様のお話をお聞かせいただきました。『とても楽しかった、とっても優しくしてもらえたよ』と。まさに花の綻ぶような、愛らしいご尊顔で。きっと殿下の御心の中に、アシュリー家でお過ごしになった思い出は一生残り続けることでしょうな」

と、なんとか絞り出した謝罪の意、リアムへの非礼を詫《わ》びる言伝《ことづて》も通用しない。

そこからはもう記憶が曖昧だ。

ただ三人揃って「滅相もございません」「もったいない御言葉です」「私共は何もしておりません」の三言しか発さなかったことと、ずっと百面相をしていた覚えはなんとなくある。

「叙爵式には地方の領主貴族や詳細をご存知ないご夫人方まで、多くの貴族がこぞって出席を望んでおります。皆一様にアシュリー家の功績を国の誇りと思っておりますからな。それでは五日後。今度は式典の場で、同じ貴族として。再びお目にかかれることを、心待ちにしておりますぞ」

……そう微笑み、停めていた馬車にお乗りになったところまでは覚えている。でもそれになんと返したのか、せめて最低限のお見送りくらいはしたのかについては、何一つ記憶にない……。

どれほど経《た》ったのか。気がつけば私達は、その日非番だったはずのメンバーも含めた従業員全員に囲まれ、いつの間にか商会のソファに座らされていた。

暖かい室内。温かい好物のスープ。包み込む毛布の温《ぬく》もり。全てが他人事《ひとごと》のようだった。呆然《ぼうぜん》、唖《あ》然《ぜん》。無意識に震える身体は、感覚に未だ残り続ける煉瓦の冷たさだけを伝えていた――……。

◇◇◇

そして場面は、冒頭の叙爵式へと戻る。

長いこと意識を飛ばしていた……！

しかし取り戻した現実の視界に広がるのは、華々しい絶望。また夢の世界に移ろいたくなる……。

克明に脳内映像まで再現されていたな。

というのも、喋るのも動くのも、爵位を与えられる張本人であり、一家の当主である父様だけ。

私と母様は豪華すぎる椅子に座り続け、その様子を眺めていることだけしかできない。

他にできることと言えば、前世からつい数日前までを回想し、ただただ嘆くのみ。

いや……回想というよりも、走馬灯に近かったかもしれない。

叙爵式という名の公開処刑。当の私達アシュリー家の胸には、今もなお興奮と喜びではなく、断頭台《死》を目前にしたような絶望だけが占めているのだから……。

そして私達の表情筋が限界を迎えつつあった頃、滞りなく進んでいた式が無事に終了した。

ワッと会場全体を包み込む盛大な拍手。厳かなる国王陛下の式辞が終わり、静まっていた貴族のお歴々は再び歓喜に沸く。

こうして。中流商会の一人娘に過ぎなかった私ルシア・アシュリーは、本日をもって男爵令嬢に。

アシュリー商会はアシュリー男爵家になりました。めでたしめでたし。

……何もめでたくないわ！　全く嬉《うれ》しくない！　私の悠々自適、小金持ち生活はどうなるの⁉

やはりどう考えてもおかしい。私の転生担当だった神様を直接問い詰めたい……！

どうしてこうなったの……⁉

「おめでとう」

「アシュリー家に、女神エレーネの祝福を！」

……しかし祝福の言葉を口々にかけられると、ずっとそう思っていた心も和らぎ、わずかに喜ばしい気持ちも感じた。

騎士に促され、退室のために謁見の間の扉が開かれる。

入場の際とは別の、淑《しと》やかな雰囲気のある協奏曲が奏でられ始めた。

父様はその場で、まず陛下に向かって深々とお辞儀をし、数秒してから顔を上げて、今度は参列者の方へ向き直って頭を下げる。私と母様もそれに倣う。

それを受けてか、大きな拍手と歓声とが再び一室を満たす。

言葉によらぬ温かな歓迎と祝福を背に受けて、白目の般若《はんにゃ》三人は会場を後にしたのだった――。


豪勢すぎる控室《ひかえしつ》からも退場した後、死んだ魚より濁った瞳の私達は、プロの空き巣の如き足取りでお城の廊下を滑走していた。口を真一文字に引き締め、眉間にシワを寄せて。

もう今日はひたすらゴロゴロする。もう解放してくれ……！　その一心で。

よくわからないことに、先程まで案内や世話をしてくれた騎士や役人、使用人の皆さんに取り囲まれていたのだ。とても輝いた表情で。

深い感謝の意を伝えられたり、私にまで握手を求めてきたり。どういう事情なのか、おそらく誰かと勘違いしているのだろう。無下にするわけにもいかず、何やらすごい感謝と尊敬を集めるどこかの誰かさんの代わりに、謎の握手会に対応していたのである。

しかもそれだけでは終わらなかった。

今度は、おそらく式典後の会議や後処理には携わらなくとも良いのだろう、退出を許可されたと思われる遠方の下級貴族といった面々とエンカウントしてしまったのだ。

廊下の片隅に寄り、頭を垂れて通り過ぎるのを待とうとした私達に対し、ご夫人様方がお声をかけてきた。

「ご機嫌よう！　本日はまことにおめでとうございます」

「これよりレードニア子爵邸にて、打ち上げの舞踏会を開催いたしますのよ！　ぜひ皆様もお越しくださいな」

……心底ぎょっとした。度肝を抜かれた。私達家族に対するお誘いのお声がけだったのである。

ずっと上の空で絶望していたせいもあってか、「ああ、そういえば私達も今日から下級貴族の一員になったんだっけ……」とこの時初めて自覚した。後から聞けば、両親も同じだったらしい。

それに対し、父様は感情を表に出さず即答した。

「申し訳ありません。私共は、お誘いくださった皆様に恥をかかせないような礼儀も知らぬ端者でございますので。ありがたいお気遣い痛み入ります。残念ですが、辞退させていただきたく存じます」

式の最中よりもハキハキと、淀《よど》みなく言い切った。

当然である。我々引きこもり人間は、そういう無駄な飲み会とか懇親会とかが大の苦手なんだよ！　コミュニケーションやら人脈作りより、趣味や家族との時間、「何もしない時間」！　一人の時間イズベスト&マスト！　気軽な意見交換とか気楽な席、イコール楽しいプライベートではないのだ！

「ふむ……お気になさる必要はないように見受けられますがな」

「あらぁ……残念ですわね。ではぜひ次の機会に」

身内びいきかもしれないが、それは毅然《きぜん》とした態度、謙遜と敬意が光る、完璧なお断りだったと思う。なんのしこりもなくご納得していただけたようだった。

そうして今、大幅に時間と気力を消耗し尽くし、ようやく城門へ続く廊下を疾走しているのである。

やっと終わった。一生分の気力を使い果たした……。

疲労、安堵、先行きへの不安。

魂まで抜けそうなため息を揃って吐き出しながら、家族の心は今一つだった。

まさかこれが……これが日常になるのかよ……！

◇◇◇

あれから、一週間後。

今日は生まれ育った王都と、アシュリー商会を離れる日。

私達はこれから、お迎えに来てくださった騎士団の馬車に乗り込み、アシュリー男爵家に与えられた領地へと移住する。

私達家族は一番馬車。従業員の皆は二番、三番馬車に。家財道具も別途運んでもらえる。

何から何まで至れり尽くせりだ。

一時は処刑も覚悟しただけに、ただただ呆然とし、感嘆するばかりだった。

そう。アシュリー商会はなくなり、人手に渡る。

貴族となれば、領地を運営して領民たちの暮らしを守っていかなくてはならない。

馬車に乗れば十分王都と行き来ができる距離だとはいえ、どちらかを蔑《ないがし》ろにしかねない。

それは「貴族」としては、王家や愛する祖国、義務に反する行為であり、二心ある行いだ。

また「商人」としても、経営努力や取引・仕入が疎《おろそ》かになることは、商人のプライドに背くことになる。ご先祖様たちも、きっと怒るに違いない。

そのため、父は国から与えられた貴族の仕事に専念することに決めた。

貴族になれば、家ごとに毎月決められた俸給がもらえる。贅沢は元々しない家族である。たまに他国から珍しい本を取り寄せるくらいか。

たとえ税収が望めなくとも、俸給だけで十分生活していけるあてがあった。

その考えを聞かされた私と母も、大賛成であった。

お金がどうとかではなく、どちらにも中途半端で暮らすのは嫌だ。それは信用に欠ける行為だし、世の人々の安心や信頼を裏切ることにもなる。

そんなことは、この身に刻まれた商人根性が許容できなかった。

そして。なんと従業員の皆も、使用人となって全員が一緒に来てくれることになったのだ。

あの日……フォスター子爵様がお帰りになった直後の出来事。

「……旦那様、大変なことになりましたね」

「ああ奥様、どうかお気を確かに」

「俺らがついてますから大丈夫ですよ、お嬢様」

口々に心配し慮《おもんぱか》ってくれた従業員たち。

あの日シフト外の皆まで勢揃いしていたのは、店の外に出たまま一向に戻らない私達を心配したケイトが、様子を窺《うかが》って仰天。皆の家々を回り緊急招集してくれていたからだった。私達は周囲の状況も目に入らないほど混乱していたらしい。

私は押し黙ったままで、父様は意味のない呻《うめ》き声をひたすら発し、精神と身体双方に限界が訪れたらしい母様は、家に入れられるや否やぶっ倒れる有様。後から誠心誠意謝罪したが、従業員の皆もよっぽど修羅場だったようだ。

ちなみに母様の様子は、「少し顔色が悪いように見えた」あるいは「立ちくらんでフラついていた」などという可愛らしいものではなく、本当に文字通り「ぶっ倒れた」という表現が正しかったとのこと。すぐにアンリとジル＆ジニー兄妹《きょうだい》に寝室へ運ばれ、看病されていたそうだ。

……「貴族になれますよ」と言われ、こうも沈痛な面持ちで集まる集団も他にいまい。

しかし、働き者で主人に忠実。根っからの私達の引きこもり気質をよく知る彼らは、この絶望感と混乱もまた、よくわかってくれているようだった。

気がつくととっくに日が落ち、月の光が静寂を照らしていた。

その頃には私も幾分落ち着きを取り戻し、父様は消沈しつつも会話ができるようになっていた。

自然と始まったのは、今後の話。つまり、皆の雇用についてだ。

ぽつぽつ話を進めてゆく父様。まだ悪夢の中にいるようだけど、これが現実ならば商会は畳むつもりだということ。二心のないよう、領地の運営と俸給で暮らそうと考えていること……。

重苦しい表情でそれを傾聴する皆。

だが父の言わんとしていることは、その時皆の考えていただろうこととは別だった。

「……できることなら、皆にも一緒に領地へ来てもらいたい」

番頭のジョセフの膝に座る私も、強く頷いた。そう。なんとかして雇用を維持し、皆これからも私達のそばで、共に働いてほしい……！

母様はその場にこそいなかったものの、後日問うと、一瞬の間もなく同意していた。家族三人の意見は一致していたのだ。

しかし……商会の従業員とお屋敷の使用人とでは、業務内容も全く違ってくる。王都を離れることに抵抗がある者もいるかもしれない。

私と顔を見合わせた後、父様が代表して皆に尋ねた。

「私達は、これからもずっと皆に支えていてほしいんだ。独善的というか、勝手な考えかもしれないけど……皆を家族の一員だと思っているから。待遇は今までと変わらない。ルシアが以前考えてくれた、『働き方改革』制度も続行だ。もちろん、無理強いはしない。仕事も居住地も変わってしまうんだ。断ってもなんの不利益も生じないよ。……だから自分のことをよく考えて、そのうえで問わせてほしい」

ここで言葉を区切り、緊張した様子で一呼吸を置いた父様を、皆は少し呆《あき》れたような、心はとうに決まったといった様子で見つめていた。

「これからは皆を、アシュリー男爵家の使用人として雇用したい。一緒に来てもいいと考える人は挙手……を……」

バッ!!

——まだ父様が喋りきる前に、全員が勢い良く手を挙げた。

ぽかんと口を開ける私達を尻目に、彼らは一斉にまくし立ててきた。

「旦那様はお人がよろしい。しかしどうも、ご自分らの価値を低く見積もりすぎですな」

「そそ、訊かれるまでもねーっつーか？　オレたちは一生アシュリー家で働くに決まってんでしょ！」

「私たちはどこまでもついていきますよ！　もういらないとクビにされるその時までね！」

……みんな、そこまで思って働いてくれていたなんて……！

感涙に視界がぼやけた。

決死の思いでやっと覚悟を決めた私達とは違って、気持ちは寄り添ってくれつつも、従業員の皆は新たな環境へのやる気と希望に燃えていたようだ。

本当に私達は、良い従業員……いや、血の繋がらない家族に恵まれたものだ。

そして、大して「話し合い」というほど話し合うこともなく、職務内容はあっさりまとまった。

番頭のジョセフは執事長《ハウス・スチュワード》に。家事手伝いと経理をしてくれていたアンリはメイド長《ハウス・キーパー》に。仕入や品出し管理担当の男性従業員たちは執事《バトラー》、売り子だった女性職員たちは侍女《レディース・メイド》として、雇用継続が決まったのだ。

心機一転、これからはアシュリー男爵家として。このグダグダしながらも温かい、忖度《そんたく》なく笑い合える関係が、これからも続いてゆくことがとても嬉しかった。

そんなこんなで、アシュリー商会こそなくなったものの、その内情はなんら変わらない円満なお引っ越しとなったのだった。

商会の買い手は、叙爵式前の準備段階ですでに見つかっていた。

「ルシアにはまだ難しい話だよ」と詳しくは教えてもらえなかったが、なんでも芸術家一家が売値よりも高い価格を提示してきて、あっさり交渉成立したそうだ。

まあ、主要街道へのアクセスもいいし、うちには氷室もお風呂もある。立地と利便さは非常に良い。我が家は店舗兼用住居として使っていたけれど、改築すれば戸建て住宅や別宅、アトリエとしても住めるであろう。有効活用してもらえるならば、何よりありがたい。

——次第に市街地から遠ざかり、新緑の木々が視界に映り出す。流れゆく車窓をぼんやりと眺めながら、私はここ数日頭から離れないあることを考えていた。

話が違いすぎる。

何回でも言うけどさ、私出世も身分もいらないって言ったよね？　本当に何回でも言うよ。どうしてこうなった？

最近バタバタしすぎてて全然考える余裕なんてなかったけれど、今は領地に着くまで時間がある。思い出せる範囲で、あの時のことをもう一度思い返してみよう。何か私の気づいていないヒントがあるかもしれない。

そう、あの時——「転生処理」の時にあった出来事。神様と交わした会話を。

希望はなんでも叶えてくれる、と言った神様に対して、私が望んだ条件は二つ。

「赤髪赤目であること」と、「通勤通学しなくても済む引きこもり生活が送れること」だ。

月を眺め、歌を詠み、楽器の調べ合わせをして。基本室内で、心穏やかに日々を暮らす。そんな平安貴族のような生活を。

どちらも叶っていた。だからこそ、これまで平穏に暮らしていたのだ。

中流商会の一人娘である以上、どこか他の店で働いたり、別の職を探す必要はない。まだ幼いから具体的にそんな話をされたことはないが、将来は商会主を継ぐことを内々に期待されていた。

つまり、「通勤不要」の条件は問題なくクリアしていた。

次に通学。これがおかしいんだよ。何が違うって、貴族になったら学校に行かなきゃいけないんだよなあ……。

この世界にも、平民のための学校はある。各都市の区域や、貴族の領地に一つずつほど。

ただし、六歳から十一歳までが通う、地球の小学校にあたる程度のもの。

さらに、入学するもしないも自由。

経済的に厳しい家もあれば、学問をあまり重視しない親もいる。親の自分たちが勉強を教えるので別にいい、という家庭も。

代々引きこもり気質、読書家の多いアシュリー家は、後者であった。

私ルシアもまた、独学や両親の教えによる勉強をしていた。

中学~高校にあたる学園に至っては、当然その気がさらさらない私には関係のない話だったのだが、よほどの才能がなければ入学することすら叶わない。才能を見出された子だけが、居住地域の領主様や有力者に推薦され、費用を全額負担してもらったうえで入学するのだ。

なんでも平民の子供を推薦入学させることは、貴族様にとってもステータスらしいのだ。まあ確かに、才能あふれる平民の子など、滅多にいようはずもない。そのような子が自分の領地の子供だったのだ、その原石を見つけ出したのは私なのだと、社交界でも大いに自慢できることなんだとか。

しかし、それは平民ならばの話。貴族となれば、学園に入学することは義務なのである。

ここで「通学不要」がアウトになっている。

このエレーネ王国に存在するのは、王立ブルーム学園。

卒業までを寮で過ごす全寮制だ。個性や特色の違う、四つの寮で構成されている。

そうだよ、貴族になったらそんな学園に絶対通わなきゃいけなくなるんだ。

十二歳になったら入寮決定書が来るんだろうな、否応なしに。全寮制の学校に五年かあ……。

そもそも全て叶っていたんだ。完璧にクリアしていたはずの条件に齟齬が生じた。

真紅の髪を持つ父、紅玉《ルビー》の瞳を持つ母のもとに生まれ、見事に遺伝した赤髪赤目。

学校に通わずとも良い仕組みの世界に、そこそこ裕福で教養のある引きこもり商家。

なんでだろうな、私言ったのに。平安貴族みたいなのんびりライフを送りたいって。通学も、したくない……、って…………。

あれ。あれ？　あ……ちょっと待って……。なんか、気づいた。気づいてしまった。

私は確かにこの口で言った。「通勤通学しなくていい立場」「平安貴族みたいな生活」と。

叶ってるじゃん……！

仮に貴族として働くことになったとして、使用人か女官か……なんにせよ、別に通勤する必要はない。住み込みでお仕えすればいい話だ。もちろんその中にも、通勤の方が一般的な職種もあるのだろう。

あるいは「うちには住まわせる余裕はないから、自宅から通ってほしい」と申しつけられることも存在するのだと思う。

でもきっとそういった条件のお話は、私には舞い込まない設定になっているのではないか。来るとしても住み込みでのお話だけ。通勤はナシでと、私が言ったから……！

通学についてもそうだ。「全寮制」であるならば、確かに通学はしなくて済むじゃないか。

家から時間をかけて、徒歩なり馬車なりで「通う」ことはしないのだから……！

なおかつ、あの時神様はなんて言っていた？　どういう状況で対話をしていた？

そう、神様はこう言ったんだ。

――「『地球　日本』における執政階級の人間ですね」

当然録画手段なんてあるはずもない時代の、おそらく実際の過去映像。地球人には理解不能な技術力だ、と間抜けなことを考えながら見つめていたホログラム。

そう、そこには映っていた。

最も高貴と思われる方を囲むようにしてお守りしている武官。式典の準備に奔走する文官。重い十二単《ひとえ》で仕事に勤しむ女官。的確に指示を出している尚侍《ないしのかみ》の姿が……。

――「このような暮らしぶりが吉川さまの理想だったと」

ヤバい。全身の血がサーッと音を立てて引いていくのがわかった。

これ、違う。話は何も違わない。

私の言い方。解釈。言わんとしてることは伝わるだろうという驕《おご》り、思い込み。

神様はちゃんと希望を叶えてくれている。「私の言った言葉通り」に……！

――全部私の、契約ミスだ……！

「あ……あぁ……あ………」

「ルシア？　どうしたの、気分でも悪い？」

違う。違うの、神様。「平安貴族」っていうのはインドアぶりを表現せんとするものの例えであって、その身分とか地位は関係ないの。「平安貴族のような、貴族になりたい」っていう意味じゃないの

……。「公爵令嬢に生まれるとかいきなり大出世するとかでなければ、貴族になる分にはＯＫ！」って言ったわけではなかったんだ。あと通勤と通学についてもそう、「通わないならＯＫ」ってことではなかったの……。

……今気づいても、今言っても何もかも遅いのだけども……。

「ああああ！　うわああぁぁぁ!!　あああ！」

「ちょっとルシア!?　いったいどうしたの！」

「ルシア、具合が悪ければ馬車を止めてもらおうか？　おーい、ルシア？」

あのね。ちゃんと確認しなかった私が誰より悪い。話半分で聞き流していたのもまずかろう。

今さら何を言ったところで無駄なことも、重々承知の上だ。

でもこれだけは言わせてほしい。……あんまりだ！

もうちょっとなんかこう、ニュアンス的なものを汲《く》み取ってくださっても良かったんじゃないですかね！

「うわぁぁああ！　ふざけんな――!!」

「「ルシア――！」」

新しい運命の土地、アシュリー男爵領。

馬車は山並みを越えて森の奥へと進んでゆく。私の絶叫を後ろに引きずりながら……。

美しい木々や川のせせらぎは意識の外。

頭を抱え髪を振り乱す私には、何か食堂のような場所で、背中から羽を生やした同僚っぽい人達と一緒に、おそらくお昼休憩を取りながら。

「そういえば、以前私達のチームが担当させていただいた吉川さま。お元気でやってらっしゃいますかねぇ」

なんてこぼす神様の姿が、脳裏をよぎっていた——……。

第二章　男爵令嬢の希望と絶望と決意、ですわ！

「ルシア、着いたぞ！　ほら見てごらん、綺麗《きれい》な景色だろう。これからは今まで以上に、静かで穏やかに暮らせる！　だから元気を出しなさい、ね？」

貴族になること、領地で暮らすことに対して、土壇場になって発狂したと思われたらしい、私ルシア・アシュリー。

叫ぶだけ叫んで、ひと心地ついた時気づくと、私は母様に水筒入りのスープを手ずから飲まされながら、父様に肩車された状態で外にいた。

完全になだめすかされていた。

いつの間にやら、すでに馬車は領地へと到着していたようだ。

少し開けた、切り株がたくさんある広場のようなところに停車していた。

ここがアシュリー男爵領。私達がこれから暮らし、治めていく土地。

父の肩から眺める景色は、普段より高く見晴らしがいい。

暖かい日の光が心地好く、気持ちが落ち着いてくるのを感じる。優しく吹くそよ風を顔に浴びながら、辺りをゆっくり見回してみた。

小高い丘の広場から、まず目に飛び込んでくるのは、濃い緑色に染まる沼。

見渡す限りの、沼。どこまでも広がる、雄大な沼。

湖ではなく、沼である。

沼には様々な種類の鳥が泳いでいるのが、ここからも確認できる。それほどたくさんいる。喧嘩《けんか》している鳥がいるのか、ピヒョロロ……クァー、クァーという鳴き声に混じって、ギャアギャアと威嚇する声も聞こえてくる。

沼の周囲を縫い尽くすようにして、深緑の木々が豊かに生い茂っている。

この時間帯は木漏れ日が美しいが、夜になれば枝葉が月を完全に遮り、辺りは一筋の光もない暗闇に包まれてしまうだろう。

深い森の中、人影はここにいる私達の他にはないと思っていたが、沼岸近くを歩く人の姿が見えた。目で向かう先を追ってみると、沼のすぐそばに家があり、そこに入っていった。

注意深く観察してみれば、木の幹だと思っていたもののいくつかは、木材で造られた家だった。

ぽつり、ぽつりと沼を囲うようにして建つ家々。それは領民が住まう民家なのであろう。

廃村となった廃墟《はいきょ》の地か、もしくは打ち捨てられた忌地《いみち》か。

そう考えていたのは間違いだったらしい。ここはどうやら、男爵領の立派な集落の一つであるようだった。

人気《ひとけ》のまるでない、ひたすら閑散とした集落。

なんて……なんて……。

「「「なんて素晴らしい土地なのかしら！（なんだ！）」」」

三人の声が見事にハモった。

使用人の皆は、予想通りの反応、いつものことと ばかりに平然としているが、御者をしてくれた騎士の皆さんはビクッと上体を振り返らせてこちらを見てきた。

「！！？」という文字が頭上に見えるかのようだ。

だが、私達の高揚する心は止まらない！

「もしかしたら、もっと栄えていて人の行き来が盛んなところなのかしら、と思っていたの……建物がたくさんあったり、人口が多かったりね。でも、無用な不安だったわ！　ここなら落ち着いて暮らしていけそうね！」

「ここが私達の新天地になるのか……！　想像していた以上に、何もなくて最高だ！　貴族として、領主としてなんてやっていけるか不安だったんだが、この地なら私は頑張れる！　良いところに来られたな、みんな！」

「父様、母様、私幸せよ。こんな静かで、人もいなくて、毎日のんびり過ごせそうなところに住めるだなんて！」

アシュリー男爵家、テンションV字回復。

波打つように変化していた、ここ最近の気分。ただし、限りなく低い位置で。それが一気に高みへと引き上げられた。急転直下からの横ばい、そして急上昇。

ここなら、私達はやっていける！

もとより贅沢《ぜいたく》はする気がないし、税は国に代納する分のみ徴収して、一家の使うお金には回さないつもりだ。

領民の方々とそれなりに仲良くやって、日々を穏やかに生きていこう！

その後、丘の上から「領都」と呼ばれている町へと降りた私達。

街ではない。町である。

そこで王城から遣わされた、案内役の役人さんと合流した。

ちなみに、さすがにその道中で肩からは降ろしてもらい、自分の足で歩いていた。

「どうもこんにちは！　あなたが案内人の方ですね。ヴィンス・アシュリーと申します。お忙しい中、私共のためにご足労いただき、誠に感謝いたします。今日はどうかよろしくお願いいたしますね」

脱帽し挨拶をする父様に続いて、私達も順々に頭を下げる。

役人さんと互いに挨拶と軽い自己紹介を済ませた後、乗せてきてくれた騎士の方々は役目を終え、これから王都へと帰路につくそうだ。

役人さんは王都から乗ってきたというご自分の馬を連れていた。騎士の皆さんとは、今日のお仕事の指示元も違うようで、案内を終えたらお一人で帰還なさるらしい。

「お嬢様だけでも、馬に乗って移動なさいますか？　僕が手綱を引きますから」と、ありがたい申し出をしてもらって仰天した。

いくら体力ゼロの引きこもりとはいえ、この程度の距離を移動するくらいで、馬に乗せてもらえるような身分ではない。

父様が言うように、こちらは役人さんのお忙しいお仕事の合間を縫ってもらい、わざわざ相手をしていただく身なのだ。

そもそも役人さんの馬だというのに。役人さんを乗せて帰る体力も残しておかなければならないだろうし、馬にも申し訳ない。見知らぬ人間、しかも乗馬の経験もない人間に乗られても、お馬さんも不愉快だろう。その旨を拙い言葉で伝え、丁重にお断りした。

すると、「しっかりされていらっしゃる。……お優しいお嬢様だ」と言われた。

いや、優しくもないし全然しっかりしてない。心が平民のままなだけなんですよ……。

騎士の一人ひとりに、本当に今日はありがとうとお礼を述べ、その姿が見えなくなるまで、全員でお見送りをした。

「……さて。では、改めてよろしく頼みます。まずはこの地、これよりアシュリー男爵領と呼ばれる地域について、説明をば。散歩がてら、ゆっくり見て回るとしましょうか」


アシュリー男爵領。

先程私達が感動した、森と沼が果てしなく広がる、「エルト地区」。

この領都を含め、木々がある程度切り倒されて拓《ひら》かれた、民家や集会所、民の通う学校が一つある、ここ「テナーレ地区」。

その二つの地区で構成されている。

厳密には、この地区をさらに三つずつに細分することができる。

美しい野生の藤棚が広がり、一帯を蔦《つた》が覆うアイヴィベリー区域。森の小さな村といった様相の、野苺《のいちご》畑に囲まれたラズクラン区域。そして鬱蒼《うっそう》と生い茂る森の深奥、人口もごくわずかな沼のほとり、マーシュワンプ区域。この三つの区域が「エルト地区」にあたる。

旧領主邸や学校、広場があり、領民の活動の中心であるカンファー区域。都会の人間にはゴーストタウンに見えるかもしれない、寂れた商店通りや住宅地が広がるファンティム区域。お隣の辺境伯領との境、水源のため池を有するポンドウィスト区域。この三つが「テナーレ地区」に該当するようだ。

もとは、クローディア伯爵様という老紳士が治める土地だったとか。

王都よりも西側にあるこの土地。

今は周辺を治めるこの国最西の辺境伯家、北西の侯爵家領に併合されてしまっている、エルトやテナーレより栄えている街々。そこもクローディア伯爵領であった。

つまり、西の隣国ヴァーノンに面する街をも治めている、広大な領地を持つ辺境伯であったそうだ。

クローディア伯爵は、数年前に持病が悪化して、静かにこの世を去った。

まだ若いうちに先立たれた妻のあとに、ある程度お歳《とし》を召してから娶《めと》った後妻がいたそうだが、そのどちらにも子供ができることはなかった。跡継ぎもなく、血を引く親類もいない。

この地の主《あるじ》、領主は長らく不在であった。

より軍備を強めるため。労働力を増やすため。より良い領民の生活のため。西側の「バレトノ地区」、北側の「シプラネ地区」はそれぞれ併合されてしまった。

あとに残されたのは、中央部～南部の元領都テナーレと、中北部の寂しげな森の沼地、エルトのみ。

ここ数年は、代官をたて王家直轄地となっていた。

とはいえ、代官とは名ばかりだったそうだ。彼らはたまに思い出したように学校の視察をし、町の住民に声をかけ、税を徴収しに来るのみ。駐在すらしていなかったという。

誰からも忘れかけられていた、小さな田舎。

それがここ、元クローディア辺境伯領であり、アシュリー男爵領だ。

持参してくださった資料を囲んでの役人さんの説明。お話を聞けば聞くほど、

「いやぁ、なんて素晴らしい土地なんだろうか！」

……父様に先に言われた。

退廃美あふれる、古びた町並み。秘境感。豊かすぎる自然。

何もかも、文句のつけ所が一切ない。最高だ。

母様は珍しく紅潮した面持ちで、うんうんと何度も頷《うなず》いている。

私も機嫌の良さが表情や振る舞いに現れているのだろう、ジョセフがほっぺたの落ちそうな顔でこちらを見ていた。

油断すれば両親のみならず、従業員……今は使用人か、使用人の皆からも「可愛《かわい》い攻撃」が始まるから困る。せめて身内以外の人がいる前では自重してほしい。

その後一同は、会話をしながらテナーレ地区の各区域を歩いて回り、およそ一周した頃合いで中心部に戻った。今は誰一人いない集会所の椅子で休憩しているところである。

「お役人さん、そろそろお昼にしません？　こちら作ってきましたの。お口に合うかわかりませんけれど、良かったら召し上がって」

「いやあ、よろしいんですか！　ありがたくいただきます！」

今はちょうどお昼時。

母様は一日かかることを見越して、お弁当を作ってきていた。家族、使用人の分、そして案内役を引き受けてくれると聞いていた、役人さんの分。一人につき、一箱ずつだ。

お弁当を囲んで、和やかな時間が始まった。

なかなかトークの上手な人で、時折爆笑に場が沸いたりしながら、しばし歓談した。

私達家族もまた、良き土地に巡り会えた興奮がまだ覚めやらない。全員が完食するまで、楽しいお喋《しゃべ》りが尽きることはなかった。

　母様の味がお気に召した様子で、すごい勢いで口にかっ込んでいた役人さん。

　ごちそうさまです、ありがとうございます。……そう言った時、一瞬なんだか真面目な表情をしたように見えた。

　だがすぐ明るい表情を取り戻し、少しでっぷりしたお腹《なか》を揺らしながら、朗らかに笑って言った。

「ははは、ここを気に入ってくださったようで何よりです。僕は叙爵式には関わってなかったものでね、このお役目を申しつかった時に初めて、あなたがたのことを知ったんです。……正直な話ね、大層ふんぞり返った、自信たっぷりのご家族なんだろうと思っていましたよ。ずっと王都住まい。そして平民から貴族に取り立てられたっていうんだからね、顔を合わせた瞬間にその輝かしい功績を自慢してこられるんだろう、ってね」

　その時の役人さんの薄灰色の瞳は、私達に重ね合わせた別の誰かを見ているような気がした。

「やれこんなド田舎は嫌だ、やれもっと相応《ふさわ》しい領地を与えろだ、ってどんな難癖をつけられるのか。……そんな風に考えていた。でもあなたがたは、そのような方々ではなかった。思いやりにあふれ、自然を好み、木っ端役人の僕にも親切で友好的。あなたがたご一家は、貴族の称号に本当に相応しい方々だった。……ご無礼を、どうかご容赦ください」

　彼は途端に深刻な表情になり、机に頭突きしそうな勢いで、私達に向かって頭を下げた。

「いやいや、そんな！　お気になさらず。謝ることなど何もありませんし、何も失礼なことなどされていません。どうぞお気軽に話してください」

　焦った父がそう言って止め、身体を起こそうとするまでずっと、彼はそうしていた。

「……ありがとうございます。お優しいアシュリー家の皆さんでしたら、この領地を気に入ってくださった皆さんでしたら。きっとここはより良い場所になるんでしょう。領民の人たちとも、上手《うま》くやっていけるはずだ」

そう言う彼の顔は、とても真剣。

しかし私達に親しみを持っているから、真に期待しているからこそ言ってくれている、そんな温かみのある言葉に感じられた。

ただはしゃいでいた私達もその重みが伝わり、浮かれた気分が引き締まる思いだった。

私達を代表した父様が支え起こした彼の手を取り、微笑《ほほえ》む。

「お任せください。領民の皆さんが笑って暮らせる、そんな場所にできるよう努めます」

役人さんは父様の目を見て、安堵《あんど》と思《おぼ》しき息を吐く。

やがて先程のような屈託のない、朗らかな笑顔を見せてくれたのだった。

そして。一通りの道を回った私達は、今後一家が住むお屋敷に向かって移動していた。

「そういえば、私達はどこで暮らすの？」

と聞いてみたら、両親はまだ説明していなかったか、とエルト地区の奥を指差した。

到着したそこは、蔦が煉瓦《れんが》の壁面を覆い、ありとあらゆる草花が辺りに咲き乱れ、見たこともない鳥や動物の姿があちらこちらに散見される、二階建てのお屋敷であった。

なんというか、こぢんまりとしつつも趣と情緒があり、お化け屋敷然としている。

周囲に建物はなく、このお屋敷とクローディア伯爵様のお墓が佇《たたず》むだけだ。ここは先程説明を受けた、人口最少のマーシュワンプ区域にあたるらしい。

ひっそり暮らすには最適なおうち！　私は目を輝かせ、感嘆の息を漏らすばかりだった。

叙爵にあたる陛下からのお手紙には、「以前の領主が使っていた屋敷にそのまま住まうも良いし、新たに家族のための家を建てても良い」という内容が記されていたそうで、せっかくあるものを活用しないのはもったいない、と両親は伯爵様のお屋敷を再利用させていただくことを選択したという。

二つのお屋敷のうち、よりひそやかな暮らしが送れそうなこちらを迷わず選んだのだとか。

こちらは伯爵様が数人の使用人だけを連れ、静寂の晩年をお過ごしになったという別邸。

テナーレのカンファー区域には、豪奢《ごうしゃ》で立派な本邸があるらしい。今度見に行ってみよう、という話で落ち着いた。

――そろそろ日も落ちようとしている。

自宅まで案内してもらった今、役人さんのお仕事はこれでおしまいだ。

名残惜しいが、何も今生の別れではない。きっとまたどこかで会えるだろう。

笑顔で、別れを惜しむ思いは顔に出さず、互いに今日のお礼を交わした。

「本日は本当にありがとうございました！　ぜひまたお会いできる日を楽しみにしております」

「ええ。僕の方こそです。……長いことこの地を心配されていた陛下も、きっとご安心だ。だからこそ、あなたがたにここを領地としてお与えになったんだ。僕は今ならわかる……。……おこがましい限りですがね、陛下に代わって申し上げます。――アシュリー男爵領を、どうかよろしくお願いいたします」

「はい。しっかり務めます。次にお会いするのは、私が男爵として城に出向いている時でしょうね。次は、良き仕事相手として。一緒に良い仕事をしましょう」

父様と役人さんは、熱意のこもった固い握手を交わす。

わずか一日の付き合い。

だがそこには、男同士の敬意、友情が確かに在るように感じた。

全員で手を振ってお見送りをする。

小太りの役人さんは、予想に反してひらりと馬に飛び乗り、片手を離して後ろ手を振る余裕さえ見せながら。王都をその先に見据える丘の上の向こうへと、軽やかに駆けていった。

「ねえ、ロニー」

近くにいたロニーに、引っかかっていたことを訊《き》いた。

「優しいとか思いやりがあるとかいう言葉、どこをどう見たら出てくるのかしら」

「そうね、私も思っていたのよ。まるで家族全員できた人格みたいにおっしゃっていたけど、私達、ただはしゃいでただけだものね」

私の質問に対し、首を何度か頷かせて両親も同意してくれた。

いい感じの雰囲気で別れたものの、何がどうして「私達であれば役人さんも陛下も安心」なのか、正直「……？」と思いながら話を合わせていたのだ。

しかしロニーはと言えば、

「いや、ホントそういうトコ……それです、それ。全部。まあ、そこが皆様のいいトコっスよ」と軽く流すだけで要領を得ない。なぜか他の使用人からも、まともな意見が得られることはなかった。

とっぷり夜も更け、沼に月明かりが爛々《らんらん》と輝く時間。

騎士団の方々が別働で運び込んでくれていた、家財道具を一通りセットし終えた辺りで、それぞれ入浴を済ませていた。

入浴が終わった順に、使用人の皆は解散。疲れを癒《いや》し明日に備えてもらった。

明日は、領地運営のために皆で会議をする予定。

代官の人がまとめてくれていた領地の基礎情報を元に、これからどう運営していくのが最適か話し合い、必要であれば領地を挨拶回り。男爵家として初めての仕事をするのだ。

私もあとは寝るばかり。おやすみの挨拶をしに両親がいるダイニングを訪れていた。

私が使う部屋を教えていないことに気づいたらしい二人は、すでに寝ついた使用人の皆を起こすのも憚《はばか》られたらしく、以前住んでいた家からは考えられないほど長く広い廊下を、会話しながら私と共に歩き出した。

「本当に素敵なお屋敷ね。クローディア伯爵様のためにも、おうちも領民のみんなも、大切にしないといけないわね」

「その通りよルシア！　ああ、なんて賢い子なのかしら。厳しく教えてもいないというのに！　きっとあなたに似たのね」

「いやいや、君に似たに決まっている。一言っただけで十覚える。料理も勉強も素質がある！　やはりこの子は女神エレーネが遣わしてくださった娘なんだ！」

始まった。始まったよ。スイッチが入ってしまった。一事が万事この調子である。

いつ「うちのこかわいい自慢」が始まるかわかったものではない。しかも張本人の目の前で。

部屋の位置する場所は教えてもらったので、もう私の用事はない。これ以上付き合う義理はないだろう。ああ疲れる。私も早く寝なくちゃ。

今後の話に花が咲き出し、盛り上がり始める両親を尻目に、なるべく足音を立てずに早足で進む。

「私達も学校になんて行ったことがないからなあ。ルシアが将来学園でやっていけるのか、どうサポートすればいいのか心配だったんだが。何しろルシアの学年は、この国の王女王子両殿下と同じでもあるからな。他学年に比べて、きっと教師のやる気もレベルも俄然《がぜん》高くなるに違いない。でもルシアなら大丈夫だ！　私は何を心配していたんだろうな、こんな気立ても良くて賢い、しかも世界一可愛い娘であれば、慣れない学園生活も絶対やり切れる！」

「そうよね、ルシアも学園に行ってしまうのよね……ルシアは何寮に入るのかしら。いろんな能力に恵まれたこの子だったら、王宮教育選考委員の方々も、どこに振り分けたものかきっと困ってしまうでしょうね！」

ビタッ!!　ガン！

轟音《ごうおん》の後の激痛に、思わずその場にうずくまる。

ちなみに何が起こったかと言えば、バカップル……もとい両親の会話を上手く聞き流しつつ、部屋に向かって高速で歩いていた足を急停止させて振り返ったために、ちょうど頭くらいの位置にあったくぐり抜けたばかりのドアノブに、強《したた》かに頭を打ちつけたのであった。

「頭を打った瞬間に過去の記憶がよみがえる」という話はよく聞くけれど。随分前、ぼんやりした前世の記憶を「何か衝撃があれば思い出せるかも」と考えたことがあったけれど。

自分の身に、こんな予期せぬタイミングで巻き起こるとは思わなかった。

今なんだか、聞き捨てならないワードがいくつか聞こえた気がするのだ。

頭を打ったせいで、激流のように脳内にあふれ出す記憶。

私は……いや、今生の私である「ルシア」は。王族と同学年になるとか、王宮で会議の末に寮が決まるなんていう話は、たった今初めて聞いたはずだ。

でも違うんだ。『私』は、なんだか以前に、それも最近ではなく、随分前に聞いたことがある。その『設定』。

……いや違うな……「聞いた」ことじゃなく、「見た」ことがある。

どうして今の今まで忘れていたのか。

いや、まだ勘違いの可能性もある。聞き間違いの可能性も……。

一日のうちにどれほど冷や汗をかけばいいのか。嫌な悪寒と汗で、背中が凍るように寒い。震える肩を抱きしめるように押さえながら、同じく震えが治まらない口をなんとか開いた。

「ね、ねえ……父様、母様…………。多分違う、いや絶対に違うと思うけど、エレーネの王女さまと王子さまって、一卵性の双子なんだったかしら……」

「ああ、そうだよ。よく知っているね。教えたことはなかったと思うが……」

嫌な予感、一つ的中。いやまだだ！　まだそうと決まったわけじゃない。

父様の言葉も遮り、次の質問を繰り出す。

「王女さまがお姉さん？　確か……ディアナさまと……王子さまのほうが、アーロンさま」

「そうよ。何かの本で見たの？　それとも、誰かに教えてもらったのかしら。すごいわ！　勉強に関係ないことまでちゃんと覚えているのね」

全身を包み込む悪寒と鳥肌。

間違いない……！　ここは『学園シンデレラ』の世界だ！

前世の私が転落死する直前、やっとの思いで完全クリアした超人気作にして話題作の乙女ゲーム『学園シンデレラ　―真理の国の姫―』。

七人の攻略対象たちと、三人のライバルキャラが登場する。

ちなみにアーロン王子は攻略対象の一人。ディアナ王女は、公爵令息ルートと弟王子ルートでのライバルキャラである。

何が人気で話題なのかと言えば、第一にそのゲームシステムが挙げられるだろう。

選択肢ではなく、作中のミニゲーム制イベントをクリアしてゆくことで攻略・ルート開放が進むシステムなのだが、これがまあ鬼畜設定なのだ。

「初見殺し」「こんなの絶対わかるわけない」「無限ループ脱出ゲームかな？」

……と、およそ乙女ゲームにつくとは思えないようなレビューばかりが並び、異質さが光っていた。

やがてインターネット上の各地で話題を呼び、プレイ層は多岐に及んでいた。

ただしストーリーと世界観がよく練られており、クリアまで到達すれば感涙は必至。クリア済みプレイヤーからの評価は著しく高かった。

発売前から期待値が高かった美麗なキャラクターも高評価のもとだった。各人に深い魅力と背景があり、攻略対象のみならず、美少女ライバルキャラたちにも熱烈なファンが存在していた。

攻略サイトが多数設立され、ルート開放の条件や小ネタ情報が日々更新されてもいた。前述のように、本来のターゲット層以外の客層を予期せず掴《つか》んだこともあり、縛りプレイクリア動画の配信やキャラ語りスレッドの乱立など、熱気と話題が尽きることのない作品だった。

いや、今はそれはいいんだ。

すでに嫌な汗が止まらないが、もしここが本当に学園シンデレラの世界だったとしても、彼らと一切の関わり合いを持たなければ、何も私の身には関係ないこと。

もし私がただのモブであったとしたら、だが。

私の脳内をよぎっているのは……ハイスペックイケメンが好きで、攻略対象全員を狙ってかかる。

そのため、どのルートにおいてもライバルとして登場する、一人のどうしようもない残念キャラ。

その女こそ、主人公のライバル（自称）。作中の悪役令嬢（仮）だ。

それぞれのルートの後半では、こちらも同様にハイスペックなライバルキャラたちが、主人公の前に高き壁となって立ちはだかる。こいつを練習台にしてパラメータを上げ、こいつを叩《たた》きのめすイベントをクリアした後に。

この悪役令嬢（仮）本人も平民であるにも拘《かかわ》らず、大金持ちで甘やかされきっているために、自分こそ高貴なる存在、清貧な主人公は遥《はる》か格下の存在と信じて疑わない。

そして主人公を徹底的にいじめ抜き、人前で貶《おとし》め、自分のことだけを攻略対象たちにアピールする。

三人のライバルキャラたちにも確執イベントがあるにはあるが、誤解が解け和解したり、正々堂々の勝負の末主人公を応援してくれるようになったり、主人公を良きライバルと認めてくれたりと素敵な人ばかりであるため、悪役令嬢とは言いがたいのだ。

攻略サイトや各スレッドではよく話題にされていたが、その内容は「ライバル（※自称）」「悪役令嬢（笑）」「こいつ平民だし悪役令嬢ではなくない？」「一応大金持ちの娘なんだし令嬢だろ」「定義としてはそうだろうけど、こういう世界観では普通令嬢って言ったら貴族令嬢を指すんじゃないの……」「だから（仮）なんでしょ」などなど、炎上の種でしかない散々な扱いであった。

もちろん攻略対象からは見向きもされない。そのうえ、辿《たど》る末路はだいたい強制退学。場合によっては、攻略対象から殺害されることも。

つまり、ひたすら救いようのないチュートリアル要員。登場人物の誰からも疎まれている。そんなどこまでも残念すぎるキャラクターの姿だ。

確か……なんて言ったっけな。おそらく全部私の勘違い。記憶違いであってほしいけれど。王都一の貿易商人の一人娘、「ルシア・エル＝アシュリー」とかいう名前の………。

猫目でクセっ毛。いかにも気が強そうな、底意地の悪さがにじみ出たような顔つき。とんでもなく不自然な髪色。本来ならとても上品な色合いのはずの、淡黄色と黄緑色の所属寮カラーの制服を着殺す。全身を覆い尽くすピンクの小物。

その目に痛いカラーリングから、「こいつだけ色彩設定間違ってるんじゃないか」とか言われ、「蛍光ペン令嬢」ともあだ名されていた。

今まで気づかないどころか、疑問にも思わなかったのもそのせいだ。

そう、こいつの髪色は。まるで「生まれつきの赤髪を嫌がって、無理やり脱色したような」、ビッカビカの蛍光オレンジ髪……！

「……ねえ。父様、母様……。エレーネのブルーム学園には四つの寮があるのよね？　ううん、わかってる……絶対に勘違いだって。『誠実・忠誠』のベロニカ寮、『名誉・栄光』のローレル寮、『才能・素質』のローズバード寮、……そして、『努力・勝利』のグラジオラス寮……。……違う？　ぜーんぶ違うでしょ？　絶対違うわよね⁉　父様母様！　違うって言って‼」

「全て合っているわよ！　ああ……なんて賢い子なの。ルシアなら高位貴族の方々にも学力で劣ることはないわ！」

「そうだろうな！　いや全く、誰かから聞きかじった程度だろうことをここまで……」

「……もういいわ！　二人ともおやすみなさい‼」

嫌な予感は、ものの見事に全部的中してしまった。

盛り上がる場の空気はまだ収束する気配を見せない。これ以上あのバカップルに付き合う気も、質問を続ける意味もない。

会話を振り切って、教えてもらった私の部屋にダッシュで向かった。

だってもう、否定しようがないのだから……。

ここが学園シンデレラの世界そのものであること。そして心から敬愛する我が両親こそ、ルシア・(エル＝)アシュリーを甘やかし、残念に育て上げた張本人であることが……！

――私の自室もまた、以前の家よりも遥かに豪勢な造りであった。

前の家も敷地、奥行き共に広く立派だった。しかしそれはごく一般的な平民の家と比較すればの話。

個人の部屋一つのうちに、寝室・居間・客間・トイレと洗面台・バスタブが備えられている造りなど、貴族の家でなければそうそうないだろう。

しかもこれは私の部屋のみならず、両親がそれぞれ使う部屋でも似たような間取りのはずだ。

地球でも庶民であれば、ホテルくらいでしかこのような間取りで生活できることはなかった。

その広いスペースに据えられた、私専用の木目調の机と、セットになった書見台。

私は先程からずっと、思い出せる限りのゲームの情報を目に触れる紙という紙に書き散らし、飢えた獣そのものの呻《うめ》き声を上げて唸《うな》っていた。

『学園シンデレラ　―真理の国の姫―』。ジャンルは「恋愛アドベンチャー」。

「始まりの国」と呼ばれている、ある小さな国でのお話。

実の母は物心つく前に亡くなり、大事に育ててくれた実父も出稼ぎ中の事故で失ってしまった少女、ミーシャ・エバンスが主人公だ。

父の死後、父と再婚していた継母《ままはは》や、そのさらなる再婚相手である継父《ままちち》から疎まれる日々。

彼女のために遺《のこ》されたわずかな遺産と養父母への遺言で、しぶしぶではありながら学校には通わせてもらってはいたものの、一挙一動をあげつらっては嗤《わら》われ、酒に酔っては暴力を振るわれ、毎日の家事を押しつけられ……ミーシャは実の両親の笑顔を思い出しながら、虐げられる境遇にも負けず、真剣に勉学に励んでいた。

そんなシンデレラさながらの生活を送る主人公のもとに、十二歳になったある日、王立学園からの入学許可書が届くのだ。

平民である自分は、誰かからの推薦がなければ学園には上がれないはず。

疑問に思い学園に問い合わせるも、すでに推薦してくれた人物によって、入学金も寮費も払い込まれていた。

その人物は名前も名乗らず、ついひと月ほど前に「この娘の類稀《たぐいまれ》なる才は、学園生に実に相応しい」と述べ、推薦書とミーシャの素質を書き連ねた文書を提出していったというのだ。

入学の準備が整う頃には、謎に包まれた人物から推薦を受けた平民の主人公の存在は、すでに学園から大いに期待を寄せられていた。

新天地に胸をふくらませるミーシャの、小さなシンデレラストーリーが今始まる！

……といった作品だ。

あの可愛いヒロインが、まさか自らの天敵になるかもしれないなんて考えたこともなかったな……。

ゲームでは「とある小さな国の、とある学園」という表記でしかなかったが、ここまで状況証拠が揃《そろ》っている以上、もうエレーネ王国のブルーム学園で確定だろう。

各寮それぞれに異なる特色と理念がある。

「ベロニカ寮」「ローレル寮」「ローズバード寮」。「グラジオラス寮」――類稀なる才能を見出《みいだ》された主人公が、自らの可能性を最も研鑽《けんさん》できる寮へと入学を果たす。

……メタいことを言ってしまえば、主人公の場合、プレイ選択中の攻略対象によって決定される。

この四つのルートを全てクリアすると、隠しキャラである何かの先生と騎士団長ルートがそれぞれ開放されたはずだ。その二人をも攻略が終われば、シークレットキャラが解放される。

思い出せる情報はこれくらい。

ただこれは、私にとって重要な情報とはとても言いがたい。正直どうでもいいとも言える。

――何より肝心なのは、どう考えても今生の私である、ルシア・エル＝アシュリーについてなのだ！

ルシア・エル＝アシュリー。

貿易商人の一人娘で、周囲の人間にちやほやされて育ったために、自分がプリンセスのような特別な人間だと思い込んでいる。

ローレル寮の所属。わざとらしいお嬢様口調で喋る。

希望を持って入学してきた主人公ミーシャを、彼女の義理の両親の如《ごと》く嫌らしくいじめ倒す。

エルというミドルネームは、おそらく自分でつけて名乗っているだけだろうな。

この世界では、ミドルネームはわりと自由に自称することができる。例えば、爵位を継承できないご次男が、自分は貴族であると主張するために、本来この国では使われない「フォン」を名乗ったり。

自分は最も美しく、高貴な身分だと知らしめるため、「高貴な人」という意味合いの「エル」を自称しているんだろう。多分ね、あくまでゲームのルシアがね。

そして、最初から持って生まれた髪色とは考えられない、目に痛い不自然な色合いのオレンジ髪。

私がこの残念令嬢に転生しているのにこれまで気づかなかったのは、この髪色の差異によるものだ。

この世界においても、ブロンドは美しく、赤髪は垢抜《あかぬ》けないという悲しい固定概念がある。

吉川祈里《よしかわいのり》の意識を受け継ぐ「私」と違って、ゲームのルシアは赤髪を嫌悪し、それを捨てることを選んだのだ。

……私は赤髪に憧れて転生の条件にも出したくらいなのに、地毛の赤髪を染めるなんて！　どれだけもったいないことかわかっているのか！

……アシュリー商会では染髪剤も扱っていた。いざこんな髪色は嫌だと喚《わめ》けば、いつでも入手はできたはず。また、私が生まれるまでは赤髪が嫌いだったらしい父様も、愛娘《まなむすめ》が嫌がるならばと喜んで染髪に協力したであろう。

ただ。この世界の染髪剤とは、植物を煮出した液に砕いた鉱物を混ぜた原始的なもの。地球の技術のように、赤味の残らないアッシュカラーになどできるはずもない。

その微妙な技術のせいで、ビッカビカに光を放つテカピカのオレンジ髪になったのだろう。

そんな彼女は、どのルートでも必ず破滅の時を迎える。

理由は単純。他者を陥れて喜ぶ。それでもなお、自分こそ正義と信じて疑わないどうしようもない性格であるから。

退学で済むエンドならばまだいい。最悪の場合は攻略対象によって惨殺。

主人公にとってのハッピーエンドはまるで関係なく、王女に見捨てられて処刑されたりもする。

ライバルキャラでもある王女は、このゲームの女性キャラ特有のとてもいい人で、どのルートでも主人公の憧れの存在でもある。

しかしルシアに退学処分を下すのも、時に処刑するのもこの王女なのだ。

つまり作中の舞台裏でも、そんな優しい王女自らが毎度手を下すほどの嫌われ者なのだろう。

放校オア殺害。どちらにせよ、待ち受ける運命は破滅のみ。

……どうしたらいい？

「主人公をいじめない」。それくらいしか対策が思いつかない。

というか、ゲーム云々《うんぬん》以前にそんなひどいことは絶対にしない。

私は……私はいったいどうしたら……。

貴族になるなど絶対に嫌だと考えていた。

ところがどっこい、まるで前世に切望した約束の地そのものの、素敵極まりない領地に来られた。

これから快適インドア生活が始まるのだと思っていたのに……。

解決策どころか、妥協案すら一切浮かばない。

破滅が訪れるのをわかっていながら、ただその時を待てというの？

私は死ぬしかない、ゲームそのままの救いようがない人間なのか。

今からでも何か状況を打開するような、せめて回避して地味に過ごしていけるような、そんな私のためのルートはないものだろうか………？

「失礼します」

頭を抱えて声にならない呻きを上げていたその時、控えめなノック音がして自室のドアが開かれた。

「お嬢様！　まだ起きていらっしゃったんですかっ！　明日もお早いでしょう」

「灯《あか》りがついておりましたので、消し忘れかと……おやすみなさいませ、お嬢様。お身体《からだ》に障ります」

恐る恐るといった様子でこちらを窺ってきた二人の人影は、私が起きていることがわかると心配した面持ちで入室してきた。

今日からメイド長となった、私の祖母代わりでもあるアンリ。一番の年少のメリーの二人であった。

「ごめんなさい。……少し考え事をしていたの」

「何かお悩みでしょうか？　わたし達でよろしいならば、お話しくださいませな」

(ううん、二人には関係のないことだから。大丈夫よ)

明日大変なのは二人も同じなのに、余計な心配をかけるのは心苦しい。そう言って断ろうとしたが、あることに気づいて舌の動きを止める。

そうだ！　昔からうちで働いていたアンリなら、さっき気にかかっていたことがわかるかも。

これはもしや、回避の糸口、突破口を開く小さな鍵となるのでは？

希望に瞳をきらめかせ、早速訊いてみた。

「ねえアンリ。もしもよ？　父様が貿易商人になってた可能性とか、もしくはなりたいと思えるようなきっかけって、あると思う？」

そうなのだ。ゲームの情報を必死で思い出し、書き殴っていた先程からずっと気にかかり、どうしても納得が行かなかったのがここ。

「ルシア・エル＝アシュリーは、王都一の貿易商人の娘」という点だ。

父様はアシュリー家の血に違《たが》わぬ、生粋のインドア派。

仕事以外で外出しようとは考えないし、できれば仕事は最低限。家で過ごす時間を少しでも多く取りたい人間だ。

出世したり事業拡大なんてしようものなら、仕事のために割く時間が必然的に増える。

私もまた、その理屈はよくわかる。とにかく室内で自由に過ごしていたい。

家族との時間、一人の時間を確保するためにも、父がわざわざ貿易業に転身するなど、私にはとても考えられないのだ。

私の質問の意図を測りかねているのか、記憶を辿っているのか。

アンリは視線を上に遣《や》って思考していたが、しばらくしてハッとひらめいたように口を開いた。

「わたしは先代――お嬢様のお祖父《じい》様、お祖母《ばあ》様の代から働いておりますが、まだお若かった旦那様がこんなことをおっしゃっていたことがありました。『私は家に引きこもっているのが何より好きだ。だが、結婚すれば優先順位は変わるだろう。愛する妻、その血を引き継いだ可愛い子供が望むこと。多分私は、自分の望みよりもそちらを叶《かな》えるようになる』――と」

「父様が……そんなことを」

「ええ。ですから、確かにそうなっていた可能性はあったのでしょう。奥様に浪費癖があったり、お嬢様が贅沢好きであったとしたら。旦那様には商才も資金も、奥様のご実家の繋《コネ》がりもお有りですしね」

……そうか。言われてみれば納得だ。商才にあふれ、私に甘く……ううん、家族思いの父様のこと。そんな世界の可能性は、どこかにあった。その世界とこの現実を分けた理由は、きっと……。

「……しかしながら、旦那様にはその必要がなかったのです。ずっとご自宅でのんびり暮らすことこそが、ご家族みんなの幸せなんですから」

うん、なるほど……アンリのおかげで、なんとなく全容が解明できつつある。

物心ついた時にもう一つ思ったっけ。

「これが甘やかしすぎだとわかるのは、前世でいろんな人を見てきた記憶と経験があるからだ」って。

そして、これに慣れて当然だと思ってしまえば、とんでもない勘違い女の出来上がりだ、とも。

「私」は、そのことに気づけた。両親の愛情が度を越えそうになった時、自分で歯止めをかけ拒むことができた。

だが……ルシア・エル＝アシュリーは。きっとそれに気づくことなく、自分は誰からも愛されるべき存在と思ったまま生き続けた。

あれが欲しい、と言えば必ず与えられ。髪を脱色したい、と言えば喜んでやってもらえ。

お金が足りない、外に遊びに行きたい、もっと贅沢がしたい。……そう言われれば、私の大好きな両親は必ずそれを叶えてくれるだろう。

自分の時間を全て捨て、愛娘のために捧《ささ》げて。

そしてゲームでの父は、実入りのいい貿易商人へと転身。

現実の私達の前では隠している商才を遺憾なく発揮し、やがて王国一へ。娘が望む、大金持ち生活ができる身分へと出世するのだ。

とどのつまり。アンリの貴重な推察をまとめると、一つの朗報が浮かび上がる。

ここ、現実のアトランディアにおける父様が貿易商人の道を歩む可能性は、全くのゼロだ。

そしてこの私、「ルシア・アシュリー」も然《しか》り。

父に無理をさせてまでさらなる贅沢を求めることも、甘やかしを当然の愛情と思い込み、自分の価値を呆《あき》れるほど勘違いすることも決して有り得ない。

よって、他の要因で目をつけられることはまたあるかもしれないが、私の性格によって破滅する恐れはなくなったと言って良いのではないか。

……あれ？　問題、あっさり解決してない？

知らないうちにとっくに破滅ルート回避してないか、これ。

「お嬢様……？」

「ああ、ごめんね。……ねえ、もう一つだけ聞きたいの。私が誰かをいじめたり……誰かに憎まれるくらい嫌われてしまうことは、有り得るかしら」

「そ……そんなことはぜーったいに有り得ませんっ！」

メリーが驚きにあふれた表情で声を張り上げた。

直後、多くの者は寝静まっていることに気づき、慌てて自らの口元を両手で押さえていた。これは明日、ジニーとパンジーあたりに叱られそうだな。私のせいだし、ちゃんとフォローしておこう。

彼女は注意されがちな声のボリュームを懸命に抑えながら、とつとつと語る。

「お嬢様はとーってもお優しくて、見た目も心も紅薔薇《ばら》のように美しい、あたし達みんなの宝物なんです！　あたし達が日々可愛い可愛いって言ってるのは伊達《だて》じゃないんですよ？　そんなお嬢様が他の誰かを傷つけるようなことをするなんて、絶対考えられません！」

「メリー……」

……そうだよね。少々過剰なその評価を満額に受け取るのは難しいけれど、きっぱり否定されたことに安心を覚えた。それも有り得ないことだろう。この現実においては。

……っていうことはだよ。もはやゲームのルシアと私は、顔がよく似ただけの別人だと思ってしまってもいいのでは？

しかし、なお一抹の不安は拭えない。私はこのまま、何もせずに過ごしていてもいいのだろうか？

「……お嬢様。失礼ですが、考え事というよりは、何か悩み事がお有りなのでは？　お嬢様は後ろめたい時に、目を泳がせるクセがありますからね」

ギクッ。アンリの目はごまかせないか。

まあ、使用人の皆になら話しても問題はないかもしれない。皆は私を……道を踏み外しでもしない限り、私を裏切ることはしないだろうから。

いきなり「実は私には前世と転生時の記憶があって——」とか言い出すのはいろいろと危ない気がしたので、少しぼかして口にしてみる。

「昨夜、最後に商会で寝ていた時に、夢を見たの。ひとりの女の子が出てきた。その子は父様と同じ顔の貿易をしているお父さんがいて、髪をオレンジ色に染めていて、……私と全くおんなじ顔をしてた。そして、なんにも悪いことをしてない女の子をいじめて、楽しそうに笑っていたわ。――夢の中の知らない声は、『これは未来のお前の姿だ』って言うのよ」

「人を……いじめる……!?」

「そしてその声は、『お前には誰からも嫌われ、学園を退学になるか、殺されるかの人生しかない』とも言ったの。……私、本当にそうなるんじゃないかって、恐ろしくて――」

「「お嬢様。それは明らかに別人です」」

私の言葉を遮ってまで、二人は私が望んでいたことを伝えてくれた。

やっぱりそうだよね？　私が髪を染めたりとか、父様が貿易商人になったりしてる時点で、それはもう違う人だよね？

たどたどしい言葉でそれを告げたが、二人は微笑みながら首を静かに横に振った。

「お嬢様、そこではないのですよ。……お嬢様は、人のために自分をも犠牲にできる、人に寄り添うことのできるお優しい方です。旦那様と奥様と同じように」

「？」

役人さんにも言われたが、使用人にも言われてしまった。どのあたりが優しいのか。

意味が今一つ呑《の》み込めないけれど、幼子を諭すような二人の雰囲気がなんだか温かくて、黙って耳を傾ける。

「お嬢様は、誰かをいじめたり、それを楽しむことなんてなさらないでしょう。それはこの先も変わりません。……それと、お嬢様はおっしゃるように、『貿易商人の娘』ではありません。かつ、『商人の娘』ですらない。今のお嬢様は、男爵令嬢。領主の娘となったではないですか」

「もしお嬢様に害をなそうとする人が現れたとしても、お嬢様は殺されないようにだけ気をつければいいんじゃないですか？　だって退学になっても、そしたら領地に早く帰ってこられて、このおうちでゆっくり過ごせるんですよ！」

「あ！　た、確かに……!!」

「それは良い提案ね、メリー」

ほほ、と楽しげに笑ったアンリは、メリーの発言にこう続けた。

「もし退学になったとしても、お嬢様にはわたし達がいます。この領地もあります。お嬢様は成長したら、領主を継いで領地を治めればよろしい。学園を卒業しようと、退学しようとね」

「それから！　仮にお嬢様からいじめられた！　って人が現れたとしても、あたし達は全員、まずお嬢様の言うことを信じますよ？　もしもそれが事実だったとしたって、叱ったり諭したりすることこそあるかもですけど、お嬢様を嫌いになるなんて二百パーセントないですから！　だからその夢の、『誰からも嫌われるしかない』っていうのは絶っ対に有り得ない間違いです！」

「アンリ……メリー……」

無意識にせり上がる涙。大きく温かい愛情を認識したその瞬間には、もう涙が頬を伝っていた。

……そっか、そうだよね……。私にはあふれんばかりの愛情を惜しみなく注いでくれる家族がたくさんいるんだ。いつも親身になって、私の幸せを一番に考えてくれる家族が、こんなに近くに……。

ただ猫可愛がりして、ただ甘やかすだけの存在じゃない。皆は私にとっても宝物のような存在であり、心強い味方だったんだ。……それからきっと、ルシア・エル＝アシュリーにとっても……。

柔らかな感触がその優しさを感じさせる手つきで涙を拭ってくれつつ、アンリはこう語った。

「ほほほ。そうね、そうですとも。ですから、お嬢様。領地を住みやすく、世間体など気にせず暮らせるように、今からお嬢様のお好きなように治めてみては？　このお屋敷をおうちに、領地をお嬢様やご一家のためのお庭にすれば良いのです」

「ええ……！　そうね、そうよね！　私は学園のことなんて考えずに、領民の皆のことだけを考えていればいいんだわ。今も、これからも!!」

うんうん、と二人は満足した風に頷く。

元気を取り戻した私の様子を、喜ばしく思ってくれているようだ。

おそらくもう大丈夫。そう判断したらしい。

メリーは軽く頭を下げ、燭台《しょくだい》を片手に先に部屋を退室していった。

私はアンリに促されるまま、ベッドへと腰かける。

先程まで眠気など一切感じなかったのに、ベッドの感触を覚えただけで睡魔が襲いかかってきた。

たまらずベッドに潜り込む私。アンリは部屋の灯りを消し、私が寝つくための準備を整えていた。

「お嬢様。明日は皆で領地運営の対策会議をする日。改めて領地を見て、領民の人々を知って。ここをより良い土地にしていきましょうね。世間的に、一般的に見て良い土地ではなく、領民と皆様――『アシュリー男爵家』の皆様にとって、暮らしやすい場所に」

「ええ。いろいろありがとう。私、頑張るわ。明日からもよろしくね。おやすみなさい」

口元だけで微笑んだアンリは、足音を立てずに退室する。

ドアが立てるパタン、という音を合図にして、いよいよ睡眠欲は限界まで高まった。

そうだよ。私は本当に、良き家族に恵まれている。

一人では気づけなかったことを、さも簡単なことのように教えてくれた。

私は、ルシア・アシュリー。このアシュリー男爵領を守っていく、男爵令嬢だ。

領民の皆。使用人の皆。この静かな領地。クローディア伯爵様が遺してくれた土地。

それらを守り、治め、次代に継ぐのが私の仕事。

……それに、私はいつか思ったたっけ……こんな山あいの素敵な土地で、ずっと暮らしていけたらどんなにいいか、と。今こそその願いを叶えられる時が来たのではないか？

私の帰る場所、約束の地はここ。

たとえ学園を追放されたとしても、一生男爵領で引きこもって暮らしていければそれで十分。

そのためにはここをより住みやすく、自給自足で生活していける場所作りをしなくちゃね！

皆が笑顔でのんびり過ごせる地。ずっとここに住んでいたいと思える町に。

そのためならば、私はどんな努力も惜しまない！　皆を導いていけるのは、私達だけなんだから！

決意を新たに、鼻息荒く気合を入れる。

明日が楽しみだ！

私の希望の快適インドア生活は、私自身の手で切り拓いてゆこう！

第三章　男爵令嬢の領地リゾート化計画！

小高い丘に朝日が顔を覗《のぞ》かせる。

それを合図に、木々の隙間や、あるいは沼の水面にいた鳥たちは雄叫《おたけ》びにも似た鳴き声を上げる。

それは朝の訪れを告げると共に、新しい一日を迎える喜びを高らかに表現しているように聴こえた。

月を拒絶するようにその光を遮っていた森の緑葉は、一筋、また一筋と日光を歓迎して、柔らかな芝生を照り映えさせる。

太陽がアシュリー男爵領を丘から完全に見下ろす頃には、沼がその姿を克明に映し取り、この地においてだけは、対比する日輪が二つ存在している。

沼の深緑に染まる日は、毒々しげで底知れぬ恐ろしささえ感じさせる。

だが、見る者によっては、それは何よりも美しい芸術でしかない。

あまりに神々しく、人智を超越した光景に惹《ひ》き込まれるばかりであった。

「きれい……！」

「本当ね。こんな素晴らしい景色、他では絶対に見られないわ」

「ああ。いつまでも守っていきたいな。この美しさを守るのは、私達の役目だ。今日から頑張ろう！」

私達アシュリー家一同は、起床してすぐに廊下の窓へと集合していた。

鳥の鳴き声が目覚まし代わりになり、夜明けと同時に起き出してしまったのだ。

王都では区切りの良い時間ごとに聖会堂の鐘が鳴るのであるが、この辺りには聞こえてこなかった。聖会堂はおろか、代役となる分役所も存在していないようだ。

機能性や利便性とはかけ離れた土地。

しかしこちらの方がより自然に溶け込んだ感じがして、私達家族の性にとても合っている。

きっと領民の人々にとっても、自慢するほど気に入っているような土地の魅力の一つなのだと思う。

今後は鳥が起こしてくれる生活が待っている。なんて素敵な、心豊かな暮らしなのだろうか。

私達は感動の光景にただただ恍惚《こうこつ》とし、純粋で柔らかな義務感、決意を感じていた。

今までであれば、朝のこの時間帯にこんなにも呑気《のんき》にしている場合ではない。

今日も一日頑張るために、エネルギー補給は必須。本来家族で協力して朝食を準備しているべき時間だ。

私達がこうも余裕をかまして景色を眺めているのは、これから来てくれる予定の来訪者を待っているから。

赤褐色に光る朝日が、優しい金色の光輪に変わる頃。

「皆様！　おはようございます。ただいまお見えですよ！」

侍女の一人であるユノーが、私達を呼びに来てくれた。待ちわびた人物が、無事に到着したようだ。

すでに玄関を通し、彼がいるべき場所へと案内してくれているらしい。石造りの階段を降り、ユノーと一緒に私達もその場所へ向かう。

これから彼の仕事場となる場所――厨房《ちゅうぼう》へと！

「いらっしゃい！　よく来てくれた」

「ここまで遠かったでしょう。お疲れさま。これからよろしくお願いね」

「アシュリー家にようこそ！　よろしくね、料理長さん！」

国王陛下より、アシュリー家は褒美と褒賞金をも戴《いただ》いた。

私達一家は叙爵式の後、城から遣わされた高級官僚の方の訪問を受けていたのだ。

しかし……正直なところを言えば、どちらも必要ではなかった。

先祖代々の遺産の積み重ねや、少しずつ増やしてきた貯蓄も保有しており、また、商会と家を売ったお金も入った。

俸給がもらえるのは来月になるが、使用人への給料なども含め、うちには十分な余裕をもってやり繰りできる資産があった。

褒美の品もまた、私達一家には魅力を感じることができなかった。

特に欲しいものがないのである。

一応考えてはみたのであるが、候補に上がったのは本や絵画、工芸品に家具。

どれも今すぐ欲しいわけでも、わざわざねだるほどのものでもない。

口に出す前から、家族各々の脳裏に「いや、自分で買え」との言葉が浮かんだ。

「他の人はどういったものを望むのですか」と訊《き》いた父。官僚様の返答に、私達は目をひん剥《む》いた。

色とりどりの宝石。次いで、人気の仕立屋に作らせた特注のドレス。領地の拡大や、土地の名義。

だいたいそういったものが好まれるのだそうだ。

……冗談ではない！

さらに広い領地や栄誉、別に着ていく場所もない宝石やドレスなど、私達には欲しいとは思えない。

特に装飾品の類《たぐい》である、外に出ること前提のものなど絶対にごめんだ。

「格式高い御家のパーティーに着ていけるものがございませんので」という手が使えなくなる。

「行けない建前」「断る理由」が一つ減ってしまうじゃないか……！

それに、心底興味がない。キラキラ光るだけの石に使う予算は、王都の人々や王族のために活用していただきたい。

喜んでくださる方が身につけるのはいいことだと思う。ただ、私達にはまさに豚に真珠なのだ。

よって、一度はお断りした。

「あ、いりません。権利を返上いたします。街の整備ですとか、王族の方々のために使ってください」と軽く手を振って言い、自分の紅茶を飲もうとカップに口をつけた父だったが、身を乗り出して、そんな父の両肩をガッと掴《つか》んだ官僚様の手によって、紅茶を勢い良く吹き出すことになったのだった。

「そんな！　困ります！　これには救国の恩返しとしての役割もございますから！　なんとしてでも受け取ってもらわねば、私の進退に関わります！」

悲痛な叫びを上げながら、父をガクンガクンと揺さぶった。

事が人ひとりの進退に及ぶというのならば、無下に追い返すことはさすがにできなかった。

とりあえず、全く使い途《みち》の見当たらない褒賞金は、全額受け取ることで同意。

褒美の品については、「これはどうです!?　ではこういうものであれば!?」と、官僚様による決死の協議という名の聞き取り調査が行われた。

その結果。

今まで平民だった私達一家が持っていない、「貴族」として実用的なもの、必要なものを「支給」

してもらう、という話で最終的に落ち着いた。

体面上は、アシュリー家の強い意向で望んだ品という扱いにして。

私達一家に褒美として与えられることになったのは、以下の通りだ。

まずは、アシュリー男爵家の紋章が刻印された指輪である。

正式な手紙を出す時に、垂らした蝋《ろう》に押しつけ封緘《ふうかん》したり、書類の末尾にハンコ代わりとして使ったりするのだそうだ。

次に、馬が一頭と馬車が一台。馬車の両側面には、男爵領の紋章が透かし彫りに象《かたど》られている。

これは結構助かる。

普段出仕に利用するのはもちろん、領地の視察や、いざという時の緊急救助にも対応可能だ。

これらは、馬に繋《つな》がれた馬車に指輪も共に乗せ、馬を操れる人物によって、一度にお届けしてもらえることになった。

そして、その人物とは。今回褒美として賜った、これまでアシュリー家には存在していなかった役職。その腕確かなプロの料理人。

私達にとっての最大の褒美こそ、男爵家専属の料理長《シェフ》。彼その人であった。

「ギリスと申します。これまで二十八年、修業を積んでまいりました。国王の勅令、貴族様方の満場一致で爵位を得たという、アシュリー男爵家で腕を振るえるとは恐悦至極です！　どんな高位のお客人が来ても、必ずやご満足いただける料理、皆様のお顔に泥を塗らないもてなしをしてみせましょう！　どうぞこれからお願い申し上げます！」

ギリス・ブルーベル。年齢は三十六歳だという。

彼はなかなか見ない男前だ。キリッとした海色の瞳が、その精悍《せいかん》さを引き立てている。

ザン切りにされた短い金髪は、コック帽《トックブランシュ》を被《かぶ》ると完全に見えなくなる。

数々の屋敷や食堂でまだ幼い頃から修業をし、ついに師匠と慕う人物からお墨つきをもらった。

独立することを認められ、自分の店を出すか、どこかかつてのゆかりがある貴族邸に、料理長のポジションを用意してもらうかで迷っていたところに、王城からお声がかかったらしかった。

……ただ非常に申し訳ないが、このお屋敷に賓客を招く機会は、多分ない。

おそらくそういう歓待が貴族家なら当然あるだろうと見越しての、今回の采配なのだということはわかってはいる。

だが両親はそういった事態になりかけても、まずのらりくらりと断ることは目に見えている。

そして私には。……実はお客様が来ても、うちに呼ばなくても済む秘策があるのだ。

その場に使用人も揃《そろ》っており、全員で自己紹介をする。すぐに打ち解けられそうで何よりだ。

新たな仲間を受け入れ、みんなの顔は優しく穏やかであった。

食卓は、主人である家族三人が使用する長机と、使用人用の少し小さめのテーブルがある。

とはいえ、私達家族に区別する気は特にないため、全員いるならば一緒に食べればいいだろうと同じ机席に座らせた。

ギリスが厨房へ入った後、待っている時間も活用しよう、全員が顔を突き合わせているならちょうどいいと、領地に関する資料を机に広げた。

そこで私達は、目を疑うことになる。

資料に並ぶ言葉は、ネガティブなものばかりであった。

「労働人口が少ない」

「開発の余地が多くあるのに、誰も手をつけようとしない」

「住民たちは異常なほど朝早くから起床し、夜は月が出るとすぐ就寝する。遊びを知らない。よって、遊ぶ場所も当然皆無のつまらない土地」

「主要産業なし。林業を提案するも拒絶。エルトは沼地、テナーレも湿地質につき農作には不向き」

「建物よりも、うんざりする量の木々が土地を占める。鬱蒼《うっそう》とした森と沼ばかり。気味が悪い」

「仕事だから来ているが、住みたくはない」

「都会で一旗挙げ、豊かに暮らそうと普通思うはずの若者たちに、なぜかその気がない。無気力で意欲のない住民だらけだ」

……これはひどい……！

地域出張型の役人というのは、その地域や住民にある程度愛着や親しみを持って接するものだ。

当初その気がなく、しぶしぶ受けた仕事であっても、時間が経《た》ち人々と関わるうちに魅力に気づき、多少の愛情を感じるようになるだろう。

だが、仮にも領主一家に提出する資料がこれである。

概要と年表が内容の主を占めていた、本来微妙に管轄外らしい案内役の役人さんがまとめてくれていた資料の方が、よほどこの領地と領民に寄り添っていた。

今までこの地を担当してきた彼らが、表面的にしか仕事をしてこなかったことを全員が痛感した。

それに、こんなに自然あふれる素敵で美しい土地に対し、この言い草。

歴史・文化的事情を鑑み、領民の声や反対意見をも含め、相関的な実態を列記したうえで、こうした自分の所感を述べる分にはいい。しかしこの資料は、あまりにも主観と偏見に満ちている。

……田舎暮らしののどかさや、家でのんびりすることをつまらなく感じ、遊び運動し飲み歩くことを愛する都会志向の人の捉え方は、こんなものなのだろうか。

彼らの目には、さぞや何も面白味のない無価値な片田舎に映ったことだろう。

案内をしてくれた役人さんが言っていた、「陛下も長い間ここを心配していた」「ここを気に入ってくれた皆さんでしたら……」という言葉の真意が、なんとなくわかった気がした。

家族の表情、纏《まと》う空気は重く硬い。

使用人の皆は主人たちの思いを共有しているからこそ、なんと口を開けば良いかわからない様子で押し黙ってしまっている。

領民の皆、天国のクローディア伯爵様が感じたであろう怒りや悲しみを、同調して味わっていた。

この目でしかと見て歩いた、魅力満載のアシュリー男爵領。それが暗に罵倒されている現実。

そのショックは計り知れない。私の受けた衝撃も、とても言葉では言い表せないものだった。

でも…………。私は同時に、「痛いところを突かれた」という感覚もあった。

無論、ここがつまらないとか、領民が無気力であるとかの部分ではない。「開発の余地があるのに」。

ここは、本当にもったいない。

細々と作物を育てて、自分たちが食べる分だけを確保している様子のこの領地。

農業を主体産業として確立させようとしないのは、野菜や穀物が育ちにくい地質であり、ノウハウもない。安定して生産を続けるのが難しいからだろう。

つい昨日領地を軽く見て回り、そう察した。

それは責めることでもなんでもなく、理解し共感できるまっとうな理由だ。そこを開発しようとしても、当然私達も無知識で、大した成果も上がらず、領民のモチベーションにも繋がらないだろう。

私が思うもったいなさとは……この領地の、観光リゾート地としての大きな価値。

王都に住んでいた私達は、叙爵され領地が決まるまでこの場所を知らなかった。ここを素晴らしいと思うのは、何も私達だけではないはずだ。

ここを、アシュリー男爵領を、他の人にも知ってもらいたい！

太陽と月を映す、雄大な沼の美しさを。森が優しく語りかけてくるような、木漏れ日と木々のざわめきを。自然と共生する生活の穏やかさを。

都会にはない楽しさがあるとわかれば。素敵だと思ってくれる人がたくさん訪れるようになれば。

きっとここは、誰もが魅力を感じる場所になる。「より良い土地になる」だろう。

――本当は。この提案は先程思ったように、「この家に客を招き入れなくて済む」ようにするために考えていた、秘策のはずであった。

しかし、今私は領主の娘として、領民のために提案する。

まだショックを完全には拭い切れずにいるが、気持ちを奮い立たせた。

俯《うつむ》いたままの皆を見渡し、全員に言葉が届くように意識して声を張る。

「ねえ、みんな聴いてくれるかしら。私に提案があるの」

そう！　農地開発がダメなら。接待をしたくないなら。

リゾート開発をすれば。ホテルを作ればいいじゃないの！

「第一次産業《農業》がないなら、第三次産業《観光業》をすればいいじゃない!!」

「………観光業？　ここを、観光地として開拓していくってことかい？」

「そう。ここの良さに気づいてくれる人たちは、私達だけなんかじゃない。きっとたくさんいるわ！　魅力が知られていないなら、領主である私達が発信していけばいいのよ！」

領民の皆が豊かに、幸せに生きる方法。

それは都会に暮らすことでは叶《かな》えられない。

きっとこれまで貶《おとし》められ、理解しがたいものと扱われてきた、静かでのどかな暮らし。口に出せずにいた、愛する故郷の魅力。

それを伝えることが仕事にもなる、お金を稼ぐ手段にもなるのだと。それだけの価値がある場所なのだと、領民に再認識してもらおう。

「新しい産業ができれば、領民皆の仕事にも繋がるわ。出稼ぎに行くより稼げるお金も増えるし、危険なお仕事を選ぶ必要もなくなる。何より、大好きな地元でお仕事ができるのよ！　……この地に住む皆は、きっと私達とおんなじ考え。都会に出ていこうとか、ここがつまらない場所だなんて感じていないわ。このアシュリー男爵領で幸せに暮らしたい、そう思っているはずよ」

愛する故郷で安全に、かつ儲《もう》かる仕事ができる。

なおかつその仕事を通して、この地元こそ、領主貴族が自信を持って勧める立派な資産なのだと、たくさんの人々に知らしめられるのだ。

私は精一杯力説する。

「皆が誇りをもって取り組めるお仕事の創出。『俺はこんなにも素晴らしい場所に住んでいるんだぞ』って自慢できるような土地づくり。……これは私達アシュリー男爵家が最初にやるべき、ここに住まわせてもらうために必要な、第一歩だと思う」

両親は視線を彷徨《さまよ》わせ、手指を顎に当てて何かを考え込んでいる様子だ。

使用人の皆の表情は、二人に比べると明るい。

おそらく私の話に何か感じ入るものがあったのだと思う。私の提案を踏まえたうえで、自分なりの考えがまとまったように見える。

忠実で実直な彼らは、主人である二人の意見を訊くまで、息をひそめて待とうとしているようだった。

しばしの沈黙の後、両親は静かに口を開いた。

「仕事ね……。確かに良い手かもしれないわ。私達には、農業や林業に関する知識が全然ないもの。たとえ湿地や沼地に適した作物が見つかったとして、私達にはその育て方、まして立派な産業に確立するような指導なんてできない。ルシアの意見は的を射ているわ。領地運営によって左右されるのは、私達の生活じゃなくて領民の生活なんだもの。より皆さんのためになる産業をしていきましょうよ」

「そうだな……今のまま特に手を出さずにいるか、もしくは農地として開発し、常に食糧を自給できるように、と考えていたんだが――これは、私達家族が趣味で始める菜園じゃない。領民の方々が食っていける術《すべ》を見出《みいだ》すのに、知識のない分野に無責任に手は出せないな」

両親共に、呟《つぶや》くことで意見を固めていったようだった。父の鳶《とび》色の瞳が光を帯びる。

「うん、ルシアの言う通りかもしれないね。税を徴収して、屋敷でのほほんと暮らすことが貴族の仕事じゃない。領民の皆が自信を持って働ける仕事の提供と、ここでずっと生活するための基盤づくり。きっとこれは、私達にとっても大きな意義になる。領地のためにできる最善手になるだろう！」

両親の目が、商人の目に変わった。まだ世に出回っていない、ヒット商品候補を発見した時の顔。

「あたしもお嬢様の意見に賛成です！」

「自然を自然のまんまで終わらせるんじゃなくて、それも価値に変えて仕事にしちゃうってことですよね。なんでもビジネスにするあたり、やっぱさすがです！」

「全く新しいものが生まれるのを待つのではなく、既存のものに新たな価値を見出す。これは商売の基礎基本ですからなぁ」

使用人たちも、両親に続いて口々に賛同の声を上げてくれた。どうやら皆の商人根性に火がついたようだ。

私達は新参者のよそ者に過ぎない。しかもその共通認識は、今日明日で劇的に変化するようなものではないだろう。

それでも、いつか「この人たちが領主ならばまあいいか」「まあ、勝手にマーシュワンプに引きこもって暮らしてりゃいい」と思ってもらえる日がきっと来るはずだ。

そのためにも、のんびり豊かに暮らせる領地――それを作っていくのが私達一家の仕事だ！

私達の努力の先は、ゴールはそこにある！

「みんなありがとう！　わかってもらえて嬉《うれ》しいわ。でもね、名案はまだあるのよ！　領地にひとつ、あるものを建てるの。それは――」

「……お話し中、申し訳ありません。朝食が出来上がりましたのでお持ちしました。話の合間で構いませんから、できれば温かいうちに召し上がっていただければと」

私の考える最大の目玉、この世界には存在しない「ホテル」。

いざそれを説明しようと、自然と語気に力がこもったその時、いかにも申し訳なさそうな表情のギリスが朝食を運んできてくれた。

「ギリス！　ありがとう、うるさくてごめんなさいね。私の話なんて後でいいのよ。みんな、一回中断！　まずはごはんにしましょう！」

申し訳ないのはこちらの方だ。

朝食を作ってもらっている。その事実がすでにありがたい贅沢《ぜいたく》なことだ。それがヒートアップするうちに念頭からすっかり抜け落ちてしまっていた。

誰かがせっかく作ってくれた美味《おい》しそうな料理を放って、なおも私の取り留めのない話を展開することなどできやしない。

「そうね。さあ皆食べましょう。ルシア、配るのを手伝ってくれるかしら」

「もうやってるわー」

「ギリス、君も食事が終わったら会議に参加するといい」

朝食と言うには豪華すぎるプレートを、両親と共に全員の席にてきぱきと手際良く置いて回る。

「ちょっと！　いいですって、それ俺たちの仕事なんですけど！」

「なんでそんな当然のように配膳なさるんですか！　皆様は席に座っててくださいよ！」

「貴族様なんだってご自覚あります!?」

「「え？」」

使用人の悲鳴ともつかないお叱りが聞こえた頃には、私達はすでに全ての皿を配置し終えていた。

いや、ごめん。なんかふんぞり返ってるのは性に合わないんだ。

ギリス謹製、本日の朝食。

メインのチーズオムレット。牛ヒレとにんじんのやわらか煮。バターホワイトブレッドに、えんどう豆とミントのスープだ。

口に運んだ瞬間、あまりの美味しさに驚愕《きょうがく》した。

「お……美味しい!!」

「私が同じものを作ったとしても、絶対にこの味や食感は出せないわ……！」

「これがプロの腕前なのか。料理人が作ってくれた料理など、今初めて食べたよ。いや、素晴らしい！　ギリスが来てくれて良かった！」

身に余るお言葉です、と謙遜しているが、こんな美味しいものを作る人がへり下る必要なんてない。

その場の全員が、感嘆の声とフォークを動かす手を止められなかった。

チーズは卵の味を殺さず口当たりなめらか。オムレットはふわふわで食べ応え抜群。

牛肉にナイフを入れた瞬間、ほろりと崩れる。口の中で優しく溶けていく食感がたまらない。

互いを引き立て合うのが、牛ヒレ煮とこの魔力さえ感じるスープである。牛肉の後のスープ一杯、スープを飲んだ後の牛肉一切れ。交互に食べ進めるだけで、あっという間になくなってしまった。

パンは今まで主食として、腹を満たすための穀物として食していた私達だが、ギリスが種をこねるところから作ったというこのパンは全くの別物だ。カリカリ、サクサク、ふんわり。いくらかじっても飽きない、まさに「主となる食べ物」だ。

全員、大満足である。

とても会議や会話をしながら、片手間に食べられるものではなかった。これからはこれが毎食食べられるのか……そんなことが許されてもいいの……？

「ごちそうさま」と「ありがとう」がこだまする食堂。難しいことを全て忘れさせてくれるような、美味しい癒《いや》しだった。

そして、食事と後片づけが済み、再び会議を始めようと資料を広げてくれた使用人たち。

しかし、「いや……やはり、まずは領地を見て回りたい。どこをPRすべきか、私達自身がわかっていなければ話にならないからな。エイミー、ルシア、いいね？　領民の皆さんに挨拶に行こう」という父の一声で、ひとまずその開催を見送ることになった。

そうだよね。まだ私達は領民との面識すらない状態だ。

それに領民の理解を得なければ、そもそも開発事業などできないだろう。

私と母は二つ返事でそれを了承し、パッと身支度を整えて準備をした。

馬車を出しましょうか、とギリスが申し出てくれたが、じっくり歩いて視察をしたい。

何より、今回は引っ越しのご挨拶に近い。領民の方々と同じ目線で会話がしたいのだ。

ギリスにはお礼を言ったうえで断り、「使用人の皆で休憩しつつ、親睦を深めていてほしい」と言い残し、屋敷を後にしたのであった。


とりあえずエルト地区を一通り歩いた後に、南側のテナーレ地区へ向かう。道で行き逢《あ》った人には必ず声をかけ、挨拶をして回ることを今日の予定とした。

なお、今日のところは領地運営に関する話はしない。私達の存在と顔を認識してもらうことを目的とすることで一致した。

沼の周辺に青々とそびえ立つ木々や、都会では見ることのない種類の大きく珍しい花々。屋敷から一歩出ただけで、壮観の美景。

さながら、美しい植物たちは緑のアーチ、鳥の涼やかな鳴き声は凱旋《がいせん》のファンファーレのよう。

この屋敷は、本当に領地の最奥部に建つ。

クローディア伯爵様のお墓以外には人工物は存在しない。領民の民家も、小さな畑も何もない。

きっと晩年、闘病と療養のためだけに建設された、大切なお屋敷なのであろう。

──どうかご安心を。あなた様の大切な領地と領民を、私共にお任せください！

伯爵様の墓前で深く頭を下げ、出発の挨拶をしてから人里へと歩き出した。……のは良かったのだが、民家のある方角まで歩くのでさえ、意外と距離があった。引きこもりにはキツい道のりだ。

沼の奥の、そのまた奥。ここから数戸がぽつぽつあるところに向かうだけで、横断方法のない大きな沼をぐるっと迂回《うかい》しなければならない。

これは……この先外出や出仕の機会があれば、今度こそ馬車が必要不可欠だな……。

しばらく歩いていると、一人として人間に出会うことはなかったものの、ようやく周辺に家や畑が見えてくるようになった。

そして、ついに。

──第一村人、発見！

そこには、おそらく自宅敷地内の小さな畑に生えるなんらかの作物の調子を見ているっぽい、五十代くらいの夫婦と二十代半ばに見受けられる娘さんらしき人々がいた。

人間だ！　三人が一様に同じことを考えた。そして誰からともなく、早速近づいて声をかける。

「どうも！　こんにちは。ご精が出ますね」

「こんにちはー！」

「……？　……こんにちは」

「こちらは何を育ててらっしゃいますの？　見たところ、もうすぐ実がつくようですわね」

「んだ。これはブルーベリーで、こっちがラズベリー。泥の土でも育《おが》ってけるもんですから、うちはこれやってるんですわ」

「芋とかにんじんば作ってる家もあるんでね。物々交換っちゅうやつです。あんたら、都会の人かい？」

「まあ。それは素敵ですわね。申し遅れました。失礼を。私共、このたびエルト地区とテナーレ地区の統治を任せていただくことになった、アシュリー家と申します」

「皆さんにぜひご挨拶がしたくて。不出来な者でご迷惑をおかけするとは思いますが、これからよろしくお願い申し上げます」

「や……やんや、領主様だったんですかいな。こりゃどうも失礼しました……おいお前、新しい領主だってよ」

「領主様方、ご丁寧にあんがとございます。まあなんもねえとこですが、こちらこそよろしくお願いしますねえ。……しっ！　やかましいわ！　後にしな！」

　動揺というより、怪訝《けげん》な表情を全く隠し切れていないご主人。声もひそめているつもりなのだろうが、正直丸聞こえである。

奥さんもまた然《しか》りで、ご主人をたしなめているつもりのところ、声色に本音がにじみ出ている。

そんな二人を両肘でドンと押し退《の》けた娘さんが、おそらく精一杯の笑顔で挨拶をしてくれた。

「領主様ご一家の皆様、ようこそ。ここは静かで過ごしやすくて、本当にいいところですよ！　……なんにもなくて、気味が悪いかもしれないけど……きっと！　住んでいるうちに、きっと領主様方にも好きになってもらえますから！」

改めて一礼して、別れの挨拶をしてその場を去ったが、手を振って見送ってくれたのは若い娘さんだけだった。

奥さんはぎこちない顔で微笑《ほほえ》んでくれていたが、ご主人はこちらに視線を向けることはなかった。

手痛い洗礼。こうも歓迎されていないことを、空気で感じ取ったのは初めての経験だった。

そして、このなんとも言えない雰囲気は……

「新しい領主様？　……あんた方がどったらことで貴族様になったんだかは知らねえが……ハズレば引かされて、まあお気の毒なこった。俺たちゃこの町も、沼も森も好きだがな」

「お前達《めら》もどうせ、王都の役人達とおんなじクチなんだべ。……このつまんねえところさ割り当てられたんだば、さぞ残念だったべさ」

「皆様方、男どもになんか嫌なことば言われませんでしたかい？　お気になさらないでくださいね、あい達だばちょっとよそ様を信じられなくなっとるだけなんですわ」

「きっと皆様が良い方なんだってこと、あたしらはわかってますからねえ。皆さん、よろしくどうぞ」

「あなたがたがご領主のみなさんですか。いやあ、町のみんなが噂《うわさ》してるもんでね。よろしく頼みます。したっても……悪いことは言わねえけど、税収なんぞは期待されねえ方がいいですよ」

「お貴族様っつうのは、いい暮らしできるもんなんでしょうけどねえ。ここで贅沢したりできるような税収は、申し訳ねえけど用意できませんで」

その後エルト地区をまるまる周回して出会った人々、テナーレ地区に繰り出した後に挨拶ができた人々の間でも、基本的に同じものであった。

「……いやあ………。な、なかなか手厳しいわね……」

「ええ……。身体《からだ》だけじゃなくて、精神的にも少し疲れてしまったわね……」

私の頭を励ますように何度かなで、母様は自分の弱気を振り切るようにこう続ける。

「でもきっとこれは、領民の方々が今まで溜《た》め込んできた意見そのものなのよ。ずっとモヤモヤした思いだけを抱えて、傷ついたまま暮らしてきたんだわ。だから……」

「わかってるわ。これは私達が受け止めるべきこと。落ち込むべきことじゃないって話よね！」

「その通りよ。それに何もご挨拶して回れるのは、今日だけじゃないわ」

「――皆が心を開いてくれるその時まで、私達の戦いは続く！　――のよね。ね、父様」

信頼度がマイナスから始まってしまった、私達の領地生活。それを肌で実感した今も、くじけている場合ではない。

笑って会話ができる程度の信頼関係を築き、領民と私達の共同作業として、みんなで観光産業を切り拓《ひら》いていくのだ。

そう決意を深め、同意が得られるはずと思って話を振った父から返答がなく、覗き込んで見上げる。

「父様？　どうしたの……もしかして、元気がない？」

「！　……あ、ああごめんよルシア。落ち込んでいたわけではないさ。ルシアとエイミーの言う通り、領民と心を通じ合わせるための、これは第一段階なんだ。私が今考えていたのは別のことでね。……少し難しいな、と思って………」

ヒュオッ!!

父様がそう言い切るよりも一拍速く、私達三人の背後に何かが飛んでくる音がした。

振り返って確認してみれば、――……それは、石。

人の手によって投擲《とうてき》された、手のひらに握りしめられるサイズの石であった。

風の動きを感じ取っただけで、私達にケガはない。というより、もし私が急に飛び出していたりしても、絶対に当たるはずのない軌道だった。つまり最初から威嚇としての意味しかなく、ぶつけるつもりはなかったのだろう。

石を投げた人物は、……複数人。

私達が視線をそちらに向けた時には、二十代～三十代前半くらいの若い青年が五人、こちらを敵意のこもった眼差《まなざ》しで睨《にら》みつけていた。

「テナーレとエルトから……クローディア伯爵様の土地から出ていけ!!」

「オレたちゃなあ、あんたらの贅沢のために働いてやるつもりはさらさらねえんだ！」

「この土地を見下し、オレたちを蔑むだけの連中が！　とっとと都会に出ていきやがれ！」

「ここの領主様は、クローディア伯爵様ただお一人だ！」

「税収に期待して領地をもらっただろうに、残念だったたな。あんたらの好きに使える税収なんざ、一シュクーもありゃしねえよ！」

「ここから出ていくんだな！　エセ領主ご一家!!」

吐き捨てられる言葉は、押し固められた悪意の塊のように聞こえる。

……しかし、彼らのその表情は強張《こわば》り、凍りついていた。

まるで自分たちが言ったこと、たった今しでかしたことに怯《おび》え、後悔しているような。揺れる瞳だけが敵意を伝えてくるが、心の中で必死に正当化し、自らを保っているようにも見える。

……どう反応したものか。

殺意や害意があからさまに感じられたのならまだしも、受けたのは攻撃とも言いがたい、こちらに当たらないようにコントロールされ、背後に落ちた石一投のみ。

本当に私達を害そうと思っていたのであれば、この見るからに疲労困憊《こんぱい》、体力なし一家に石をぶつけることなど造作もなかっただろうし。それにこの五人、運動神経も良さそうだ。

眉をひそめ、両親の反応を窺う。

「……私達の行動や存在がお気に障ったのなら、悪いことをしました。でも、こちらにはまだ幼い娘もいるのです。今回のことは、万が一のことを考えれば……簡単に許せることではありませんよ」

「あなたがたにもご家族、もうお子さんがいる方もいるんじゃありません？　……私達は確かに、エセ領主と呼ばれるのに相応《ふさわ》しいかもしれませんわ。ですが、娘にだけは謝って」

「娘を傷つけようとするのであれば、私はどんな手段も厭《いと》いません」

両親はいつになく真剣であった。

特に父様は、これまでに一度も見たことのない、鬼の形相をしていた。私が怒られたことがないというのもあるが。

私はてっきり、いつもの営業スマイルで軽く受け流し、こちらが引くのかと思っていた。

だがそういえば、今の私はまだ少女。暴力に対抗する術はない。両親が心配し、憤るのも当然かもしれなかった。

真に優しい両親に恵まれ幸せだ。

……それはそれとして、今ここに使用人の皆がいなくて本当に良かった。

特にジル、ロニー、ハロルドの男性使用人三人。若く血の気が多く、私を宝物か何かの如《ごと》く大切にする彼らは、この現場に居合わせたらおそらくガチギレ。バトルが始まりかねない。

二人の語気、表情には威圧感があり、石を投げた若者たちはたじろいでいる。

口調がまだ穏やかな方なのは、きっと彼らが私を本当に傷つけるつもりはなかったであろうことを、両親も感じ取ったからだろう。

「ぐっ……！　……わかった、お嬢さんには申し訳ない。それだけは謝る！」

「怖い思いをさせてすみませんでした、お嬢様。お嬢様に危害を加えるようなマネはもうしねぇ。……だが、覚えておけ！　オレたちは、あんたらを領主とは絶対認めねえ！」

「貴族だろうが、代官だろうが……信頼できねえことに変わりはねえんだからな。……オレたちはもう二度と、お偉方を信用なんざしねえんだ‼」

両親の発言に畏怖しただけではなく、若者たちもまた、何か感じ入ることがあったようだ。

心に押し込めた出来事。私達の態度から察した、思い違いなのでは、という自分に対する疑念。それらを一挙に刺激され、動揺した。そんな顔をしていた。

私に向かって謝る表情や言葉には棘《とげ》がなく、自分の子供に接するかのようだった。

……私達一家に対する誤解。あるいは純粋な嫌悪感。よそ者への先入観。

最初はそういった類のものかと感じたが、きっと違う。

他の領民の言っていたことにも、何かヒントがあるのでは……？

領民の人々の根底にある、その思いはなんだろう。

過去にこの美しい土地で、皆に強い不信感を抱かせるような大きな事件があったとしか思えない。

何があったのかはわからない。けれど、私達はそんなことはしない、皆と一緒にここを守っていく人間なのだと。そう認めてもらえるよう、これから頑張らなくては……。

「――ルシア。……ルシア、いきなりびっくりしたろうね。ごめんよ、父様がすぐ庇《かば》っていれば良かった。領地をだいたい回って、たくさんの人に挨拶もできたことだし、今日はもう帰ろうか」

「彼らは感情が昂《たか》ぶってしまったのでしょうけど……話が通じる人達で不幸中の幸いだったわ。ルシアにケガがなくて、本当に良かった」

両親は私に何度か呼びかけていたようだが、全くそれに気づいていなかった。

ぐるぐる考え込んでいるうちに、いつの間にかその場から若者たちはいなくなっていた。

この領地の過去だとか、今後の計画について考えていただけなのだが、両親は私が怯えていると判断したらしい。

「だいじょうぶ、ちょっと考え事をしていただけよ。今のことを気にしていたわけじゃないの」

「そう？　なら良いのだけど……無理は禁物よ。身体も、心もね。怖い思いをさせてしまってごめんね。時間も時間だし、またいつでもご挨拶はできるわ。今日はもう帰りましょう」

確かに、今日は随分歩いた。今世に生を受けてから今までで一番運動したかもしれない。

先程のことについては、私は大して気にはしていないのだけれど。

今はおそらく午後四時半くらいか。

ここテナーレ地区から屋敷までは、だいぶ距離がある。うっかり日が沈んでしまっては、暗闇の森をひたすら歩き続けることになる。周囲に人がいないのもそのせいであろう。

店で買い物をするくらいの用で町に訪れているエルト地区の人々は、私達と同じように、そろそろ帰らなければ危険なのだ。

ここで粘ったところで収穫は何もないし、挨拶回りという一応の目的を達成した今、使用人を交えて改めて会議もしたい。

両親に促されるまま、まだ見慣れないテナーレの町を離れ、帰路についたのだった。


「ただいまー！」

「皆様！　おかえりなさいませ」

「「おかえりなさいませ!!」」

「まあ……なんだか、貴族感があるわね」

「当然でございます！　皆様はもう、男爵位を持つお貴族様なんですよ！」

「まだ慣れないわ……。……あー、疲れた」

「お嬢様、お疲れですか？　お疲れですね！　お任せを！　おやすみの前に、あたしがマッサージして差し上げますよ！」

「あっ、パンジーずるーい！　じゃあわたしは奥様をもみほぐします！」

「いえ、いいわよ。悪いもの。みんな休むといいわ」

「なんにも悪くないです！　貴族様っていうのは、人によっては毎日マッサージやエステを使用人から受けているらしいんですよ！」

「そうそう！　だからあたし達にもやらせてください！　今でこそお引っ越しの片づけ、お屋敷のお掃除をしてましたけど、皆様ご自分でぜーんぶやっちゃいますから、仕事ないんですもん！」

「ふふ、そうね。お仕事を取ってしまってごめんなさいね。じゃあお願いしようかしら」

「ジニー張り切ってんなぁ……。俺もやりますよ。オトンのマッサージとかしてましたから、自信あるんです。旦那様もお疲れでしょう」

「…………」

「……旦那様？　……おーい、旦那様、いかがなさいました？」

「…………」

「旦那様ー。……俺、なんかしました？」

「父様、どうしたの？　ジルが呼んでるわよ。父様？」

帰りの道中もこうであった。何かを考え、思い悩んでいる様子であった父様。

屋敷へ辿《たど》り着いた今もなお、いつまでも無言のままの父を前にして、ジルは自分が何かしらの無礼を働いたのかと思ったらしい。

私に目線で強烈なヘルプを求めてきた彼を放っておけず、父の袖を引っ張って気がつくまで声をかけ揺すり続けた。

「父様。父様ってば！」

「！　……あ、ああ。どうした？　何か話していたかい？」

「もう、父様どうしたの？　ジルが困ってるじゃない」

「ああジル、すまないね。何があったかわからないが、君が悪いわけではないんだ。少し考えていたことがあってね……」

「あなた、町でも言っていたわね。領地のことについて？　それとも、領民の皆様に対してかしら？」

「いや……領地の運営、ルシアが提案してくれた、ここを観光地にすることについてだ」

父様が一日中難しい表情をしていたのは、真剣に領地を見定めながら歩いていたせいだったようだ。

母様の言葉に静かに首を横に振ると、私に遠慮するようにためらいながら、重く口を開いた。

「領地を見て、考えていたんだ。見て回って改めて思った。この領地はどこよりも素晴らしく、過ごしやすい！　ルシアの案は確かに魅力的なんだが……この場所は、客を呼び込むには足りない。他に比べて、売りが弱いんだ！」

「…………」

母様もまた、口に出さずとも同じことを考えていたらしい。視線をフイと逸《そ》らし、床を見つめた。

別に気を遣ってくれなくとも良いのだが、「可愛《かわい》い愛娘《まなむすめ》が一生懸命考えた案」という点から、強く否定することができない様子である。

私は前世で暮らしていた記憶、ある程度の地球での知識から物を言っているが、人生経験や利益予測において両親に敵《かな》うとは到底思えない。

両親が弱い、足りないと言うのならば、納得できる根拠があるはずだ。

「弱い」と言えるのは、どういうことなのか？

使用人たちはいきなり空気が変わったことに戸惑う様子で押し黙り、気まずげに視線を漂わせる。

全く気にしていないことを告げ、父の説明を待った。

「観光地というものは、お客さんは『何かを見に』訪れるものだろう？　他国の人々が多く旅行に来る、エレーネ王都を例に挙げてみよう。観光客は、レプリカではない本物の神殿や女神顕現の遺跡、世界に名だたるエレーネ芸術……自分の国では決して見られないものを見に来るんだ」

ああ、なるほど。そこまで聞いて思った。確かに父様の言っていることは正しい。

ただそれは、正しい説明の一つでしかないのだ。さらに地球基準で言えば……。

「反対に、東のメレディス公国。エレーネの人々は、海岸や美しい港、海洋漁の様子を観光に行くね。なぜならそのどれもが、内陸国のエレーネ王国には存在しないものだからだ。『普通に生活をしていては見られないもの』。それを見に訪れるのが観光業なんだ」

「……そして、少数の人が気に入るだけではダメ。産業として成立させるには、多くの人々が訪れるか、強く気に入られてリピーターになってもらわなくてはいけないわ。『誰からも一律に好まれる』、もしくは『特定の誰かから偏愛される』。そのどちらかである必要があるの。そして、そんな人たちに『お金を払ってもいい価値がある』と思わせられるもの、場所でなくてはならない。多数の人気《ひとけ》か、極端な人気《にんき》か。これは観光業だけでなく、全ての仕事に言えることだけれどね」

父様は、母様の意見に頷《うなず》き、その後を引き継ぐように言葉を続ける。

「ここは景観が美しく、緑がいっぱいだ。都会にはない良さが間違いなくある。領民の皆と同じく、私もここにずっと住んでいたい。……だが、観光となれば話は別だ。まず、『豊かな自然環境が好き』という人でなければ、そもそもこの地には訪れないだろうね。代官たちの資料がいい例だ。都会志向の人にとっては、ここは魅力ある土地とは映らないんだ」

……やはり、両親はすごい。専門外の分野をちゃんと理論で分析している。そしてその理論は、確かにこの世界の固定観念上では正しいものだ。

前世において、観光会社で働いていた経験が役に立つ日が来るとは思わなかったな。

前世、そして転生……。契約ミスだと思っていた。上手《うま》く伝えられず、ニュアンスを汲《く》み取ってもらえず。完璧なはずの計画に狂いが出た、貴族にさせられてしまったと思っていた。

でも――〝こんな山あいの村に一軒家を建てて、ずっとそこで暮らしていけたとしたら。それはどんなに素敵なことだろう？〟――思い返すのは、心の奥底の願い事。

もしかして……神様は口に出すことのなかったその願いを読み取って、叶えてくれた？　……ううん、まさかね……。

いや、今は目の前の問題に話を戻そう。まずこの時点で、母様の言うところの「誰からも一律に愛される――多数の人気《ひとけ》」という一つ目の条件はアウトになっているわけだ。

つまり、あともう一つの「特定の誰かから偏愛される――極端な人気《にんき》」の条件を満たさなければならないということ。そうでなければ、採算度外視のただの道楽。領地、領民のための産業ではなくなってしまう。

しかしそれは、地球の観光業ではすでに古い業態、常識においてのお話――！

「自然が好きなお客様にとっても、お金を払ってもいい、何度も来てもいいと言える土地かどうかも、正直厳しいところだわ。この土地の『見るべきもの』……どこまでも広がる森や沼は、大陸中の他の田舎領地でも見られる可能性があるの。つまり他との差異、『ここでしか見られないもの』にはなっていないのよ。ルシアがせっかく考えてくれたのに、心苦しいけれど……」

「かといって、ここに新たに名物となるようなものを造るのは、きっとより難しい。まだ越してきて日が浅い私達でさえも、この自然を壊し、都会的に発展させることは反対なんだ。領民の理解は得られないだろう。……それにも拘《かかわ》らず、この領地は極論『自然以外に見るものがない』――……私もエイミーと同意見だ。せっかくルシアが頑張って考案してくれたけど、ここは観光業を根づかせるのには、今一歩足りない場所だと考える」

「………………」

使用人の皆の表情は一気に暗くなってしまった。空気は重く険しい。

それもそのはず。両親の意見は確かな考察と事実根拠によるもので、説得力に満ちている。

両親のもとで働いてきた皆は、堅実で綿密な予測に基づく商会時代の安定した売上や、領民のことを真に思うからこその発言をする両親の人柄と信頼性を、当然よく知っている。

せっかく見えた希望の道のりが、厳しい現実によって完全に絶たれてしまった。

そう考え、落ち込むのも無理のないことかもしれなかった。

――だが！　私は違う。

私、ルシアの瞳は今爛々《らんらん》と光り、口元は不敵に弧を描いて歪《ゆが》む。赤髪に映えるキューティクルはまるで才智を讃《たた》えるかのように、キランと輝くのを感じていた。

満面のしたり顔。俗に言うドヤ顔というやつである。

「ふっふっふ……みんな、落ち込むには早いわよ！」

「！　……お嬢様!?」

「父様と母様の意見と予測は、多分百パーセント正しいわ。でも、私から訂正と提案があるの！」

「お嬢様……！　そ、そういえば、お嬢様はまだ名案があるっておっしゃっていましたよね！」

皆の顔が、雨上がりの空の雲が引けるかの如く明るく、晴れ渡ってゆく。

両親の顔は怪訝さを隠せていないが、一筋の灯火を感じたような瞳で私の言葉を待ってくれている。

「ふふ……今説明するわ。あわてなさんな」

すっかり場の空気に酔いしれながら、もう気分は名役者。

今この瞬間だけは、濃密すぎる一日にぐったりだった疲れが、自然と癒《いや》される感覚さえ味わっていた。

「まず訂正っていうのはね。父様と母様は、観光業は『見ること』っていった。皆、何かを見ることこそ一番の目的で、それ以外は二の次三の次。泊まることはあくまでやむをえずって思ってるでしょ？」

「あ、ああ……宿を取るのはあくまで身の安全のため。旅の間の、最低限の衣食住を確保するためにどうしても必要になるからだ。最悪、旅なんて日帰りでも、危険を厭わないならば野宿でも構わないんだからね。……ルシアは、それが違うと……何かそこに考えがあるということかい？」

「ええ。みんな、そこの視点を変えてみない？　私が提案するのは、『見ること』よりも、『泊まること』を目的とした観光よ！　父様と母様の言うことはきっと全部正しいわ。この領地の見るものは自然しかない。その自然ですら、別に珍しいものじゃないってことも。でもね。むしろそれこそ二の次！　ここに泊まることこそを醍醐味《だいごみ》、一番の楽しさにするの。珍しいものや、たくさんの建物も造る必要はないわ」

満を持して発表する。そう。この領地に造るべきものは、たった一つ！

「ここに、アシュリー男爵家が運営する『ホテル』を建てましょう!!」

第四章　そんな都合の良い話、ございますわ

——早いもので、私達一家が領地に来てからもう半月が経《た》った。

あれから毎日、引きこもり一家のなまった身体《からだ》に鞭《むち》を打って、領民の皆さんに声をかけて回る日々が続いた。

子供たちや女性はどこかよそよそしいものの、わりと最初から友好的であったが、おそらく未成年の子供がいる年齢くらいであろう男性陣は、なかなか頑《かたく》なな態度を崩してくれなかった。

ご老人は、私という「自分たちの新たな孫娘」的存在が可愛《かわい》いのか、おばあさんだけでなくおじいさんもはじめから優しくしてくれた。

最近ではもう、こちらが挨拶をする前から近付いてきて、採れた果物やら手作りのお菓子やらをくれるくらいだ。

今日において、もはや大多数の領民とはだいぶ打ち解け、仲良くなれた自負がある。

三人でまとまって行動するのみならず、日々個人行動をして挨拶に回り、それぞれの交友関係を開拓できつつあるのだ。

あとは、まだまだ遠巻きにされている青年、中年の男性の心を開くだけだな……。

なぜ私達に対し、一歩引いたような態度を取るのか。

私達の性格や人間性が何か気に食わないというのならどうしようもないが、やはり初日に感じたように、過去にあったことが気にかかり、「領主という役職の人間」を警戒していると思える。

私は結構直球で、会う人会う人に訊《き》いて回った。

両親もまた、仲良くなれた方に遠回しに訊いてみたらしい。

「この領地で、過去に何か嫌な出来事があったのですか？」といった内容を。

しかし全員、「いやいや、なんでもないんですよ。ただねぇ、今までのお代官様方が、あんまりお優しい方ではなくってねえ……」と、これまたぼかした回答しか得られなかった。

でも。まあいいか、というのが今の私達の気持ちだ。

無理に聞き出すことではないだろう。

もっと今よりも領地に溶け込んで、完全に私達を仲間だと認めてもらえる日が来たら。きっといつか、自然に教えてくれる時が来るだろうから。

今はまだ、その時ではない。それだけのことだ。

「……さて。今日の掃除は、ここまでにしようか。そろそろ挨拶回りに出かけるとしよう」

「随分綺麗《きれい》になってきたわよね。毎日少しずつでもやると違ってくるものね！」

「クローディア伯爵様、それではいってきます。また明日、綺麗にお掃除しますから！」

すっかりここ最近の日課となっている、クローディア伯爵のお墓掃除に区切りをつけた私達。

苔《こけ》むしたお墓もそれはそれで情緒があったが、私達はここに住まわせていただいている立場。商会の在庫として残っていた重曹や洗剤を利用し、毎日掃除を続けていたのである。伯爵様が安らかに眠れるように、やるべき最低限の礼儀だろう。

挨拶回りに行く直前の朝方と、日が沈む前の一時間程度。お墓を覆う苔も、少しずつ綺麗になってきた。ピッカピカの新品同然になるのももうすぐだ。

使用人の皆も、お花やお菓子を供えたりして、アシュリー男爵家のちょっとした憩いの場になりつつあるのだ。

いつか領民の皆にとっても憩いの場になればいいな。気軽に立ち寄れるような、地域の団らんの空間に。きっとクローディア伯爵様もお喜びになるだろうから……。

いつの間にやら、朝日は丘の遥《はる》か上から私達を眺めている。

優しく照り映える日の光は、私達三人に物言わぬエールを送ってくれているように思えた。

――そうだ、今日はラードナーのおじいちゃんとおばあちゃんに、この前もらった差し入れのお礼をしなくちゃ。

ついに昨日、三十メートル先から会釈をしてくれたダンナムのご主人とは、今日こそ会話ができるだろうか。

それぞれの思いを胸に、呑気《のんき》な笑顔で敷地の外へ一歩踏み出した、……その時。

ザッ！

複数の人影が木々を抜け、一瞬にして私達を取り囲む。

あまりにも突然のことに面食らい、理解できないものを前にした恐怖すら感じ、固まってしまった私達。

その心境を知ってか知らずか、目の前に立ちはだかる人影たちは、森の鳥が一斉に飛び立つほどの、森を突き抜けてテナーレ全域にまで響き渡りそうなほどの大声で、こう絶叫した。

「「アシュリー男爵家の皆様！　この前は、いえ先日はっ……大変な無礼を働き、申し訳ありませんでしたぁあっっ‼」」

そこには――スライディング土下座の要領で、額を泥に擦りつけて頭を下げる、見覚えのある五人組の青年たちがいた。

間違いない。半月前、挨拶回りの初日に投石をしてきた若者である。

私達の出てくるタイミングを分析していたのか、屋敷の敷地内に無断で踏み入ることはためらわれたのか。

どうやら一家の外出の時間を見計らい、早朝から出待ちしていたようだ。

いや、そんなことはこの際どうでもいい。

何？　何が⁉　頼むから頭を上げて！

「君達！　いいからまず頭を上げなさい！　確かに娘に謝れとは言ったが、そこまでしろとは言っていない！」

「いいえ！　オレたちの誠意を伝えたいんでさ！　どうかこのまま謝罪を聴いてくだせえ!!　……実は、前までいやがった代官、つまりあなたがたの前任の野郎は………」

「だから、ひとまず土下座をやめてちょうだい！　ね⁉　話はそれからよ！　あなた、協力してこの人たちを起こしましょう！」

「オレたちにゃ、皆様がたと同じ目線で話す資格なんかねえんです！　特にお嬢様、あなたさまにはさぞ恐ろしい思いを……」

「な、なんということだ……！　てこでも動かない！　私の力では一人を支えるのでやっとだ！　五人全員を起こし続けていることなどできやしない……！」

何この状況。何この事態⁉

「ロニ――!!　ハロルドー！　ジル――！　ちょっと来て！　早く来て――!!」

「お呼びですか、お嬢様……え？　何？　なんスか、これ」

「いいから！　おねがい、この人たちを全員支え起こして!!　後ろ手を固定して！　二度とその頭を下げることのないように、しばらく押さえていてほしいの！」

「なんか久々に力仕事かと思えば……何この意味わからん仕事……仕事っていうか、謎命令」

「つーかまず、こいつら誰なんですか」

「説明は後よ！　そのまま、そのままよ！　父様が力尽きるのはもうすぐだわ！　私達が話をしているあいだ、ずっとそうやって姿勢を固めていてね！」

「何が起こってんのかわかりませんけど、傍《はた》からはこれ、逆に拘束してるみたいに見えません？」


その後、男性使用人たちの尽力によって、反乱分子ならぬ謝罪分子をなんとか沈静化させることに成功した。

後ろ手に縛られ、背中をまっすぐに押さえつけられた彼らから落ち着いて話を聞き出せたのは、実に一時間以上が経過した後のことだった。

「ハァっ……ハァ……そ、それで……君たちの言う謝罪、事情とはいったいなんだい……？」

「はい！　どうかご説明させてくだせえ。まずオレたちは、アシュリー家の皆様を完全に誤解してやした。どうせあいつらと何も変わらない、オレたちを見下してだまくらかす、搾取するだけの連中だと思っていたんでさ」

「でもそれは間違いでした。この半月、あなた方を見てわかりやした。あなた方はあいつらとは違う……。見せかけや打算でねく、真にオレ達とこの土地を想《おも》ってくださる方々なんだと。よりにもよってあいつらと重ね合わせて見てたたぁ、なんてとんでもねえ無礼だったたんだと……！」

「……あいつら？」

私の呟《つぶや》きに、五人全員が頷《うなず》き返した。気がつけば皆、私にしかと視線を合わせていた。

自然と代表となった様子で口を開いたのは、完全に主観ながら……なんだか最も頭の切れそうな、灰髪で黒縁の眼鏡をかけた一人の若者。

やはりこの中で一番話が得意なのか、やがて彼は慎重に言葉を選びながら、この美しい地にまつわる忌まわしい過去の経緯を聴かせてくれた。

「あなた方が来る前。……クローディア伯爵様がお亡くなりになった六年前から、つい去年まで。ここには二年ごとに王都から代官が赴任していやした………」

そうして彼らが語ってくれた経緯は……その衝撃たるや、これまでに味わったことのない怒り、激情に全身を震わせるほどだった。私自身はその被害になど遭っていないにも拘《かかわ》らずだ。

若者たちの涙の訴えは、見てもいない光景を彷彿《ほうふつ》とさせ、その心に寄り添うのには十分すぎた。

クローディア伯爵が病死された六年前。領民の嘆き、悲しみは尋常なものではなかった。

徴収する税も必要最低限で、誰よりもこの地を愛し慈しみ、そして何より、平民に過ぎない自分たちを、家族のように大切にしてくださっていた伯爵様。

全ての領民にとって、もう一人の父のような人だった。

領民たちもまた、伯爵様を誰より大切に、尊く思っていたのだ。

わずかなお金を皆で供出し、他のどんな高位貴族にも劣らないだろう立派なお墓を建てた。

葬儀には領民全員が出席し、神の国での安寧を朝に夕に祈った。

伯爵様にはご家族がいなかったために、お仕えしていた使用人たちは職を失い、やがて散り散りに。

近郊の領地や王都へと移り住んだ。

エルトの森を突き進んだ先にあるシプラネ地区は、元々こちら側より物流や人の行き来が盛んであった、隣接するドートリシュ侯爵領へ。

ヴァーノン王国との国境に面するバレトノ地区は、人口の減少と伯爵の老衰により、領軍が解散していた元伯爵領に統治を任せ続けるのは危険だとして、実質的にその統治・管理を行っていたブルストロード辺境伯領に自然併合された。

伯爵様の面影が徐々に薄れ行き、その悲しみがやがて癒えるのを見計らってか。

数ヶ月が経った頃。偉大な領主を喪《うしな》った片田舎に、王都から代官が派遣されることが告知された。

まあ、税を集めるのにも、何か自分たちの嘆願を国に伝えるのにも、お代官という役職は必要だ。

どんな方が来るのだろう？

豊かな森や、どこまでも広がる沼、素朴でのどかなこの領地を気に入ってもらえるだろうか？

皆、顔を合わせればそんな噂話《うわさ》をするくらいには、新しい統治者に期待していたという。

この土地の領民たちは——領主を継ぐ伯爵様が代々心優しい方ばかりであり、ろくでもない領主という存在を知らなかった。良くも悪くも世間知らずであったのだ。

最初に来た代官は、骨格と筋肉が目立つ大柄な体格に対し、淡く薄い水色の髪がなんだかミスマッチな風体の役人だった。

昼から夕方まで開いているテナーレの酒屋に席を設けてバーのように誂《あつら》え、来られるヤツらは全員集まり、歓迎会を開いた。

第一印象は、よく言えば愛想のいい男。正直に言えば、社交上手を気取っている男だった。

妙に女達に気安いフシが鼻についたが、なんだかんだ言って、領地の男性陣はすぐに打ち解けた。

だが皮肉なことに、化けの皮が剥がれるまでにも、さほど時間はかからなかった。

彼が赴任してから一年が経った、ある日の昼下がり。王都に嫁いだ娘のもとへ遊びに行くと、数日間留守にしていたヘイワーズ老夫婦が、茫然《ぼうぜん》自失といった様相で帰ってきたことがきっかけだった。

久しぶりに娘夫婦と孫に会えると、とても楽しみにしていた二人。クロエちゃんは元気にしてたかい、孫のアイラちゃんももうだいぶ大きくなったべ。最初は誰も何も気づくことはなく、集まってきた歳《とし》の近い者たちが二人を囲み、普段の調子であれこれ話しかけていた。

しかし二人からは、どうもまともに返事が返ってこない。具合でも悪いのかと心配の声が広がり、若い世代をも巻き込み、騒ぎになりかけた。

ところが、二人が押し黙っている理由は他にあったのだ。

——数日前。二人は娘夫婦との待ち合わせ場所のパブに到着していた。

ちょっとした都会気分を味わいながらくつろいでいると、耳を疑う話が聞こえてきたのだという。

「…………だよなぁ。この仕事も楽なもんじゃない。俺ら都市部の徴税官は金集めて回るだけで、ただの憎まれ役みたいなもんだけどよ。領主代理まで兼ねると、愛想振りまくのも仕事のうちだろ」

「そうそう、地域派遣になった……クローディア伯爵領の代官のアイツ。俺は絶対やってらんねえわ。

大変だよな、領民がどうしようもねえ奴らなんだろ？　納税は渋るわ、陰気で無気力だわ、挨拶してやってもシカトするわだ、って愚痴ばっかだもんな」

「どこまでマジの話なのかは知らねえが……鵜呑《うの》みにする分には最悪だよな。まあド田舎らしいし、夜遊び大好きなアイツにとっちゃ、辛《つら》い仕事なのは間違いないわな。だが、顔見れば愚痴聞かされる同僚の気持ちにもなってほしいぜ。それくらい領民と上手《うま》くいってないってことなんだろうけどよ」

……二人はあまりの衝撃に言葉を失ったそうだ。

そして、話を伝え聞いた領民もまた同様だった。話題の人物は、間違いなくこの領地の代官のこと。彼は領民の目に触れない場所で、全く事実無根の陰口を垂れ流していたのだ。

この領地では代官に統治権が移った後も、脱税や滞納をしたことは一度たりとてない。納税の時期になれば自主的に出稼ぎに行き、疑われるようなことをした覚えさえなかった。

すれ違えば挨拶をした。会話をした。いい関係を築けていたつもりだった。

彼の流布していたことに心当たりがないどころか、むしろ彼はこの領地を気に入ってくれているとすら思っていたのだ。

いきなり降って湧いた衝撃的な話は一瞬では信じがたく、戸惑うばかりだった領地の男たち。

……そう。裏切りに戸惑っていたのは、男性陣だけだった。

思い返せば、その時点で受けた衝撃など、続く話の比ではなかった。旦那が感じていた友情の念を壊すまいと、これ以上傷つけまいとしていたのか……固く強張《こわば》った表情で口を閉ざしていた女たちが、やがて懇願に負け、ぽつりぽつりぽつり告白してくれたのだ。

あの代官は……男たちと楽しそうに話していたかと思えば、女の前ではその悪口を展開する。しかも男が不在だとわかっている時だけわざわざ家にやってくるので、恐怖を感じていた。嫌な思いをするのが自分だけならばまだしも、子供にまであからさまに邪険な態度を取るのが耐えられない、と。

――それからはもう、誰もが皆貼りつけただけの笑みを浮かべ、当たり障りのない対応をし続けた。自分を取り巻く空気がそれまでと変わったのを、彼も感じ取ったのだろう。やがて視察の足は徐々に途絶え、徴税の際だけここに訪れるようになった。

とはいえ、別に奴は何かとんでもない不正をやらかしたわけではない。

二年の任期を満了し、何事もなかったかの如《ごと》くその地位を降りた。

後を置かずして赴任したのが、背は低く横にデカい、髪と同じくふさふさの茶色い口ひげを蓄えた二番目の代官。

彼は良く言えば熱血で仕事熱心。悪く言えば何が逆鱗《げきりん》に触れるかわからない、激情型の男であった。それからとにかく、金遣いが荒かった。

前任と違い陰でネチネチ嫌味ったらしい行為はしない反面、堂々と悪態をつく。そして、領民の意見など聞いちゃくれない。

「この何にもない土地をまともに開発してやり、無気力な人間に都会で暮らすことの健全さを教えてやろう」という、実にはた迷惑な、崇高な目的を持って赴任してきたらしかった。

テナーレに集会所を作るとか、ここで熱く語らって領地を開拓していく気概を見せてみろとかなんとか言っていたが、そんなものは心底いらない。

しかもその財源は、領民があくせくかき集めてきた地方税から出るのだから、やっていられない。

この地の民は、毎日のどかに仕事をして、のんびり暮らす。それで十分すぎるほどに幸せなのだ。

でも、彼にはそれが理解できないようだった。

ここに常設の飲み屋はないのか、作る気はないのか。日が沈めばすぐ寝るなどつまらないだろう、夜に遊べる場を作るべきだ。開発によって発展し、人も金も集まる。良いことずくめじゃないか……。

奴の言う「開発計画」とやらは、大切な森の木々を片っ端から伐《き》り倒して、バカスカ建物や飲み屋を建てまくることが大前提なのだ。そんなもんに賛成して協力する者など、いようはずもなかった。

しかし前任のクソ代官のおかげで、領民は全員「大人の対応」ってヤツを身につけていた。上手くいなしてやり過ごし、計画自体をなかったことにする。酒を飲ませまくり、代官を褒め称《たた》え、まるで計画が大成功したかのような気分にさせる。

アイツのやった功績は、言ってしまえば集会所を一つおっ建てた、それだけなのだが。

二番目の代官もまた、税を少々自由に使いすぎるだけに過ぎない、極めて優良なお役人さまであるために、きっちり二年の任期を終えて領地を去った。

そして、この地に次に派遣されてきたのが、無表情で感情の読み取れない青白い顔、それに対比するような黒い髪。贅肉《ぜいにく》も筋肉も見当たらない、骨ばった体格の男。

子供たちの殺害未遂を犯しやがった、三番目の代官であった――。

奴が赴任してきた、最初の日。

奴は着任の挨拶だと言って、妻と娘を伴ってエルトとテナーレの家々に訪れた。

もうどんな奴が来ようと驚きもしないと考えていた、領民たちの誰もが仰天した。連れられていたまだ幼い娘の姿にだ。
七、八歳くらいのその娘は、まるで王族のお姫さんが着るような、きらびやかなドレスを着せられていた。娘が第一、大層甘やかされている様子が見るも明らかだったからだ。

しかし、仕事とはなんの関係もないこと。実際に彼の領地運営の手腕は確かなものだった。

二人の歴代代官とは違い、彼は上級役人。官僚となるのも間近なのだという。

たまに領地にやってきては、多くを語らず、てきぱきと仕事に静かに取り組む。

あれをこうしろ、これはどうだと無駄口を叩《たた》かない。根も葉もない陰口を流布しない。

他の者がいないところで、ナンパされたり蔑まれたり、嫌な思いをさせられずに済む。

急に怒鳴りつけられたりしない。森を伐採して無許可に開拓しない。

——全部、普通の領主様がいる土地であれば、至極当たり前のことだ。

でも、この時の領民は感動すらしていた。なんて素晴らしい領主様が来てくださったのだろうと。

事件が起こったのは、心からそう思い始めていた時だった。

奴が赴任してから半年と少しが経って、国税の徴収時期が来た。

それはわかりきっていたことだが、この代官は同時に地方税も徴収すると言い出した。

地方税ってのは、極論を言えば貴族の勝手で徴収するもの。

それを領地運営のため、領民のため、飢饉《ききん》があった時に備える貯蓄など、正しく使ってくださる「善き領主」もいれば、上手いことご自分の贅沢に回す貴族もいる。

まともな産業のない元クローディア伯爵領には、国税と地方税の同時徴収はあまりに厳しかった。

当然理由を問うた領民たちに対し、いつもの無表情で、三番目の代官はこう言った。

「前任の代官が使い切った貯蓄を補給したいのだ。他の領地では、いざという時に地域が共有する薬剤があったり、診療所があるんだ。ここにはそれらがないだろう。貯蓄と薬代に全額を充てる。使用していない駐在小屋に、自由に使えるようにしておく」――と。

やはり素晴らしい御方だ。領地のことを真に考えてくださっている。

皆納得した。男たちは、実入りのいい採掘や重工の仕事へ積極的に出稼ぎに行き、女たちは子育てと内職を両立して家と領地を懸命に守り、無事に全員が指定額を納税することができた。

熱病の魔の手が現実に領地を襲った時。大人たちが真っ先に代官の言葉を思い出し、駐在小屋へと走ったのも、アイツに対する信頼の思いからだった。

――そしたら。小屋の中には、薬などひとつもありやしなかった。

裏切られた？　そんな考えが一瞬浮かんだが、頭を振ってすぐにそれを打ち消し、行動に走った。

体力のある男たちは子供を妻に託し、全力で丘を駆け抜け、王都に向かったのだ。

お役所の窓口で矢継ぎ早に告げた。

元クローディア伯爵領の領民であること。領主代理に取り次いでほしいこと。そして、子供たちを助けるために、一刻も早く医療費軽減許可書と薬が欲しいことを。

随分と待たされるな、嫌に冷たい態度を取るもんだな、と訝《いぶか》しく思い始めた頃。

ゆったりとした手つきで、急ぐでもなく調べものをしていた役人はこう言った。

「元クローディア伯爵領の国税は、個人納税額も全体徴収額も、今年支払われた記録はない」と。

頭を覆い尽くす黒い靄《もや》のような絶望が、オレたちを包み込んだ。

滝の如く流れ落ちる涙を止めることもできず、ただその場で慟哭《どうこく》するばかりだった。

お役所の奴らは、ただの義務違反者やクレーマーにしてはあまりに様子のおかしいオレたちを不審に思ったらしく、やがて背中を擦《さす》りながら話を聞いてくれた。

その背後では、徴税官や代官の管理部署のお偉いさん方が、

「連絡がつかない！　逃げ出した……！」

「見てください！　宮廷楽団の使途不明金も、評議会の何者かがくすねた年間予算も……！　全部アイツの管轄だったヤツですよ！」と、何やら騒然とし始めていた。

……そこで初めてわかったのは、一番目の代官の野郎の言葉が、今の今まで「生きていた」ということだった。

つまり、元クローディア伯爵領の領民は、伯爵を亡くしてからろくすっぽ働きもせず、日々無気力で怠惰に過ごし、代官には反抗的。徴税命令にはいつも従わず、今回もまたまともに納税をしなかった。それが王都での共通認識になっていたのである。

だからこそ、言っても無駄だと判断し、納税されていないのは領民に原因があると信じ込んでいた。王都役人も宮廷貴族たちも、「困った領民と健気《けなげ》に頑張る歴代の代官」と思い、その嘘《うそ》や不正を疑うことはなかったのだ。

役人たちが「連絡がつかない」と騒いでいたのは、現在の代官のことらしかった。

もうこの時点でうすうす勘づいていた。薬を買うだの、貯蓄するだのというのはその全てが偽り。領民が取り次ぎを求めて押しかけてきたのを知り、自分の不正の一部、もしくは全容がまもなく明るみに出ると判断し、行方をくらましたのだ。

最終的に、不遜な態度に対する謝罪を受けた。追って軽減許可を出すため、しばらくは自費で持ちこたえてほしいことを告げられ、馬車を数台貸し出してくれた。処方せんがいらない軽い解熱剤をもくれた。だが、これらはほんの気休めにしかならないことを、誰もが心の内で痛感していた。

王都の医師を呼び集めるから連れてこいとも言ってくれたが、馬車に乗せて王都まで往復するよりも、北部の侯爵領に向かった方が早い。

申し出を振り切り、やがてエルトの森の暗闇を全速力で突っ切り、その先にある元クローディア伯爵領、シプラネ地区へと急いで馬車を走らせた。

……症状が重い子供たちは、すでにこの時意識が混濁しており、衰弱しきっていた。

シプラネの連中は、元々は同じ領地の仲間。顔見知りの者も多く、ドートリシュ侯爵様という善良な領主に恵まれていた彼らは、家々から常備薬を分け与えて子供たちの緊急看護を手伝い、医師を呼びに領都へと駆け出してもくれたのだ。

その後は語るに及ばない。

代官は、一年にも満たずして罷免。

それまでの虚偽申告に、税金の着服。国税という国王のための財産までも着服したことについては、反逆罪の判決も下され、数々の罪状により投獄。

もはやどうでもいい話ではあるが……後から聞いたところによれば、奴は遅くに生まれた愛娘《まなむすめ》のため、自らの手が届く範囲のあらゆる金を流用していたそうだ。

意識を失うところまで行った幼い子供たちの回復は遅く、一時はもうダメかと思う子もいた。

必死の看護、利益を顧みない医師たちの献身的な治療により、笑って走り回れるようになったのは、本当にごくごく最近になってからのことだ。

ただ、金などいらないとは言われたが、ここまで侯爵領に世話になっておいて、治療費を踏み倒す気にはなれなかった。納税したあの時よりも、皆懸命に働いて少しづつ払い、ついに完済した。

医療費の軽減が無事認められたのも大きいだろう。

後日、なんとわざわざ国を代表して、北部領主のドートリシュ侯爵様が謝罪に来てくださった。

「これまでの非礼を、代表してここに陳謝する。約束しよう。王宮一丸となり、そなたたちの名誉回復に努める。せめてもの詫《わ》びとして、この一年、この領地は一切の非課税とすることが決まった。一刻も早いご子息、ご息女の回復をお祈りする。どうか王国を広い心で許し、これからもずっと忠義の臣民であってほしい」

その言葉に、長い間さされていた心が癒され、溶かされていった。自然と温かい涙がこぼれるのを感じた……。


「……そして……。あれから一年が経った。あなた方、アシュリー男爵家が越してきた！」

「あの日の朝、あなた方ご一家は『着任の挨拶回り』だとおっしゃって、領地を回っていた………。男爵様と奥様、お嬢様の三人で。――あのクズ野郎と、ちょうど同じ顔ぶれに見えた！」

「今でこそわかりやす……あなた方は、アイツら家族なんかとは似ても似つかねえ。でも、あの時のオレたちはっ……！　まるでまた娘のためだけに金を使い込む奴が来た感覚になっちまって！」

「……あんなことをしでかした罪、償っても償いきれやしねえ！　オレたちが今日ここに来たのは、謝罪もそうですが、あなたがたに適切に裁いていただくためでごぜえます！」

……なるほどね………。

年格好が似ていた前任の代官家族と、私達一家が被《かぶ》って見えてしまったわけか。

初日に私達が感じた、領民たちの凍りついたような笑顔と、どこか悲しそうな微妙な態度。そして私達の後ろに、別の誰かを見ているような視線の理由もよくわかった。

代官のまとめた資料のひどさの理由も然《しか》り。多分あれ、純然たる感想ではなく、逆恨みの私怨もおおいに混ざっていたんだな……。新しい領主もきっと同意してくれるはずとでも思ったのだろうか。

きっと私達一家は、領民にとって最も警戒すべき、恐怖の対象になっていた。

だからこそ無意識のうちに、女性は必死な顔つきで笑い、男性は遠巻きにして目も合わせなかった。

私達はそれに気づきもせず、無理な距離の詰め方をしてしまっていたのかもしれない。

……そして、ある意味一番「行動的」であったのが、この若者たちだったということだ。

伯爵様のものである大切な領地と、家族や仲間を二度と傷つけさせまいと誓う気持ちは、皆同じ。

子供たちの死の淵《ふち》を彷徨《さまよ》う表情、これまで押し込めてきた苦難が一挙に思い起こされ、考えるよりも先に手が出てしまったのだろう。

うーん……。どこまでも悲しいだけの話だ。

またしても私は、どう反応していいものやらわからない。

しばらくの間、風の音だけが場を占める沈黙が続いた後に、父様が口を開いた。

「……なるほど。君たちの主張、これまでにあったことはよくわかったよ。私達を傷つけるつもりはなかったこともね。私達はどうやら無用な不安を与えてしまっていたようだ。無神経かつ迂闊《うかつ》に動いてしまってすまなかった。これからは私達が責任を持って、クローディア伯爵様が遺《のこ》した土地を、そして領民の皆を守っていくと約束するから、安心してほしい。……だが」

若者全員と目線を合わせた父様の言葉を、頷いた母様が引き継いだ。

「それでもやっぱり、娘が危ない目に遭いかけたことについては、しっかり償ってほしいわ。あの場に私達しかいなかったのなら、うやむやにすることも考えたと思うの。娘に万が一のことがあった可能性もあるし、あなたたちのけじめとしても、こちらから出す処罰を受けてもらえるかしら」

「もちろんでさ！　どんな厳罰でも構いやせん！」

母様の問いに食い気味に返答したのは、今日もこの前も五人の中心におり、常に真っ先に声を上げていた……おそらくリーダー格なのだろう、赤褐色の髪をした長身の男。その声に他の四人も続いた。

「君たち自身から処罰の申し出があったのは、とても喜ばしいことだと思う。それじゃあ追って沙汰を出させてもらうから、今日のところは頭を冷やして――」

「は……？　ちょっと待ってください！」

突如ハロルドが声を荒らげた。何事かとびっくりしている私をよそに、彼に同調している様子のロニーとジルも次々と口を揃《そろ》え出す。

「大人しく聞いてましたけど、結局こいつらは誰で、そんでもっていったい何をしたんスか」

「聞き捨てならねえ話だった気がするんスけど。お嬢様に危害を加えかけたとかなんとか……オレらにも説明してください！」

「ああそれはね、この間私が歩いてた時によそみをしていて、うっかり肩がぶつかりかけ――」

「はい！　オレたちはここの領民で、この間、男爵ご一家目がけて石を投げた下手人でございます！」

「後先考えねえオレたちのせいで、あわやお嬢様はおケガをなさるところでらっしゃいました！」

……こ……このバカ正直クインテット!!

せっかく父様も母様もぼかした言い方をしてくれていたのに！

せっかく今、人が穏便な方向に持っていこうとしていたというのに!!

もう後ろを見るのが怖い。ギギギ、と硬直した首を背後へと向けると――案の定、怒りの使用人トリオの瞳は、射殺さんばかりの殺気に燃えていた。

「んだとテメェら！　おお!?　ルシアお嬢様に、オレらの宝石であり、花であるお嬢様に……！　事もあろうに暴力だと!?　ぜってえ許さねぇ!!」

「マジでざけんなよ！　のこのこ来やがって、相応の覚悟はできてんだろうなぁ!?」

「イキってんじゃねえぞコラ！　テメェら歯ぁ食いしばれや!!」

「はい！　煮るなり焼くなり、好きになさってくだせえ！」

いやちょっと、ちょっともう！　怖いわ!!

「いいから！　おねがいだから落ちついて！　血気盛んトリオはちょっとしばらく静かにしてて！」

「っ、……ですがお嬢様！」

「ホントに何もなかったんだから！　ね!?　だいじょうぶ、私には考えがあるのよ。あと多分この人たち、あなたたちより歳上だからね!?」

懸命の説得により、肩で息をする猛獣……いや、使用人たちはなんとか矛を収めてくれた。

今のうちだ！　同様に安堵《あんど》の息を吐く両親の腕を取ると、少し離れた場所で声をひそめる。作戦会議の開始だ。

「……それで、ルシアの考えというのはなんだい？　さすがに無罪放免とはいかないよ。事情を知った今心苦しくはあるが、幼い少女に暴力が降りかかってもなんの処罰もされない土地と見なされてしまえば、この領地全体のイメージダウンに繋《つな》がってしまう。ルシアが考えてくれた例の計画にも影響が出てしまうよ。もちろん、ルシア。お前自身も極めて危険になるんだ」

「わかっているわ！　その処罰についての話よ！」

「……母様はね、罰金刑がいいんじゃないかと思うわ。話を聞けば、皆さん病み上がりのお子さんがいて、懲役や王都への引き渡しになってしまえば、家庭から大黒柱がいなくなることになるでしょう。反省もしていて、一番の被害者のルシアが許してあげるつもりの中で、それは厳しすぎると思うの」

「待って母様。私の考えは違うわ。これはいい機会よ！　私はね……労役をやってもらおうと思っているの。そう、アシュリー男爵領の主要産業でね！」

「！　なるほど……！　刑罰として、この一大計画の労働力になってもらうということか……！」

意気揚々と殺気の輪の中に戻ると、今なお若者たち五人はなんの抵抗もせずに拘束されていた。

「テメェら絶対動くなよ……逃げでもしたらマジでタダじゃおかねえかんな」

「わかっておりやす！　皆様方のお裁きを、大人しく待っております！」

「みんなお待たせ！　相談が終わったわ。……ちょっと固く縛りすぎじゃない？　多分逃げたりしないから、もう離してもだいじょうぶよ。緩めてあげて」

喧嘩《けんか》の方法などよくわからない私にも、今の体勢は最初に拘束を頼んだ時とは全然違い、動きを止めるだけではなく、痛みとケガを伴いそうなものになっていた。

五人のうちリーダーっぽい赤褐色髪の青年と、髪束が犬耳のようになっている茶髪の青年の二人は、ハロルドとジルよりも体格が良い。力自慢のロニーにも張り合えそうである。

逃げ出すことはおろか、その気になれば反撃もできそうなもの。

おそらく今拘束を緩められるまで、相当痛かったはずだ。しかし、それでも抵抗の素振りさえ見せなかったのは、きっと今日の謝罪と後悔が見せかけではない、心からのものである証左だと感じた。

「えーっと……ジェームス、バート、ラルフ、ヒューゴ、オリバー。あなたたちに受けてもらう罰が決まりました」

ごく、と固唾《かたず》を飲む音が耳に届く。

他の領民から聞いた特徴を思い出しつつ、記憶から名前を探り出した。

……五人のリーダー格に見受けられる、赤褐色の髪と夕日色の瞳を持つ青年は、ジェームス・バーキン。クールで博識そうな印象を受ける黒縁眼鏡の青年は、確かこの屋敷のご近所さんであるアーチャー家の長男、バート・アーチャー。茶色い髪の房が犬耳さながらになっている、オオカミ獣人のようなワイルドな青年がラルフ・ウォルフ。女性顔で小柄ながら武骨な格好を好む、不思議なホワイトパープルの髪と瞳のヒューゴ・ユーリー。太陽に輝くオリーブを思わせる黄緑がかった金色の髪に、緑色のややキツいつり目をしたオリバー・ハワード。……だったはずだ！

正直あやふやだったものの、誰からも訂正が入らないところを見れば、全員正解だったようだ。

今こそ、満を持して発表するとき！

「あのね。実は私達、この領地で新たな事業を始めようとしているの」

「は……はあ、そうでしたか。オレらは今さら、皆様方に反対なんざ……」

何を言い出したのかと、五人の顔にそっくり書いてある。

私は静かに言葉を続けた。

「それでね。地元民の皆の中から、ちょうどなんでも親身にやってくれる、完全な協力者がほしいなと思ってたところだったの！」

「…………へ？」

「あなたたち、さっき言ったわね。『このままの領地が大好き』、『開発にも都会的な暮らしにも興味がない』って。そして、代官と上手く付き合うために『領民は皆、大人の対応ってやつを身につけた』ってね。今こそ、それが強みに変わる時！　それを活用する時よ！」

意図が掴《つか》みきれていないのが手に取るようにわかる。今は刑罰の話をしているのでは、と。

「お……お嬢様、オレ達の刑はどうなったんで？　それを活かすってのはいったい……」

「ふっふふ……よく聞いてくれたわね。私はね、あなた達を罰したりしたいわけじゃないわ。意味のない罰を受けてもらうくらいなら、むしろその分、私達に力を貸してほしいの！」

いやあ、良かった良かった。私の意向を理解して動いてくれて、地元民の目線の意見をくれて、町の仲間に魅力を説明してくれるような協力者、欲しかったんだよ。

自ら立候補してきてくれる人がいるとは思わなかった。特に被害はなかったけれど、禍《わざわい》転じて福となすとはこのことだ。

貴重な人材。いや、「人財」たちよ！

せっかくなんだから、そのありあまる元気と地元愛は、魅力を発信していくことに使ってもらおうじゃないの！

「あなたたちには、労役を課します。反省してくれる気持ちをお仕事と働きで示すこと。仕事先と仕事内容は……アシュリー男爵家が運営する新事業、『ホテル』っていう場所の設営よ！　計画からオープンまで、ぜーんぶ付き合ってもらうわ。――今日からみっちり働いてもらうから、覚悟してね!!」

オープニングスタッフ、ゲットだぜ！

「……ホ、ホテル？　……ってのはなんです？」

「皆様方は、いったいどういった事業を始めようとしてるんで……？」

「ホテルっていうのはね、簡単に言えば、全く新しい宿屋のことよ。そして私達がやろうとしているのは、観光業！　ここをリゾート地にする大計画が、今始まろうとしているの！」

それこそ、男爵令嬢《ルシア》の領地リゾート化計画！

そしてその根幹となるのが、「ホテル」だ！

彼らにはその魅力とコンセプトを、しっかり理解してもらわなくてはならない。屋敷内に全員を移動させ、ユノーやケイトが運んできてくれた椅子に座りながら……

「!?　お、お待ちくだせえ！　観光業……!?　ってことはつまり、ここを開発なさるおつもりで」

「黙ってれ！　忘れたんけ！　俺たちゃもう、男爵家の皆様になんでもご協力するって決めたべや！」

……その全容を語り始めようとした直後だった。黄緑に近い金髪の青年を、薄紫がかった白髪の青年が強い口調でたしなめる。それに対し、金髪の青年もハッとした表情で口を結んだ。

思ったことが咄嗟《とっさ》に出てしまっただけで、若者たちはどうやら彼ら自身が言うように、たとえどんな理不尽な要求をされたとしても、それを遵守する覚悟でここへ来たらしい。

金髪の青年は反省を深めたような面持ちだ。

だが私は、それを咎《とが》めるつもりはない。そのうえ、それを失言とすら思ってはいなかった。

「ううん。いい目のつけどころよ！」

それはこれから先、決して忘れてはならない重要な視点だ。むしろあの話の後のこの提案で、こうした言葉が出ない方が不自然でもある。

でも心配は無用だ。開発しない開発。このままの魅力。それがこの領地の目指す道なのだから！

やはりこの若者たちも、先日の両親と同じ考え方のようだ。というより、この世界ではまだそうした認識しかないのだろう。

何かを「見る」ことこそ観光。見るものがあること、それが大前提。見るものがないなら造るしか、あるいは観光業など諦めるしかない。……そうした認識しか。

「安心して。私達も皆とおんなじ。静かな森、神秘的な沼。ここの綺麗な自然が大大大好きなの！この領地の何かを壊して、他の何かを造ったりすることは絶対にしないわ。それから、開発して都会みたいに発展させることもね。ここに造るのは、『ホテル』。その一つだけよ！　むしろこの計画は、皆の望む静かで穏やかで、心豊かな暮らし。それをもっと充実させる方法にもなるのよ。だから、私を信じてほしい。何より皆自身のために協力してほしいの！」

「……！　そういうことでしたら、ぜひ！　ぜひお力添えさせてくだせえ！」

「俺たちにも聞かせてくださいやすか、お嬢様のリゾート化計画ってヤツを！」

若者たちの顔色が一気に変わった。雨上がりの青空のように晴れやかな表情は、こちらの心までを澄み渡らせてくれる。

決意は固まったようだ。向けてくる眼差《まなざ》しもまた、恐縮そうなものから信頼の瞳へと変わっていた。

「実は一週間前、アシュリー家ではこんな話をしていたのよ………」

つい先日、屋敷の皆に語った計画の全容。それを今、新たな協力者を前に再び展開した。

◇◇◇

時は六日前へと遡る。

「みんな、おはよう！」

「おはようございます、お嬢様！」

全員の声が揃った。

「みんないるわね。──じゃあ、さっそく始めさせてもらおうかしら。私の領地リゾート化計画、その解説をね！」

ここは屋敷の食堂。

領地全体へ挨拶回りに出かけた初日、私はこの領地で観光リゾート業を行うこと、そしてアシュリー家の運営する「ホテル」を建てるという提案をした。

それを聞いた両親も使用人も、全く新しい概念に疑問符を浮かべるだけだった。

ついに準備が整った昨夜の就寝前に、明朝に解説をするので食堂に集まってほしいことを告げ、今まさにそれが始まろうとしているわけだ。

使用人皆の疑問と期待半々の表情が、上座から見渡すとよくわかる。

そしてこの集団の中で、誰より期待に満ちあふれた顔をしているのが、他でもない私ルシアである。

テーブルに両手をつき、演説を始めるが如く身を乗り出し。緩みが抑えられない口を揚々と開く。

「まず、『ホテル』とはなんなのか。ずばり、とっても豪華で立派な宿屋のこと！　アシュリー男爵領に建設するのは、その一つだけ」

「なるほど……。ごく一般的な宿屋からは一線を画して、『宿泊』の面で差別化を図るわけだね？」

父様の言葉に頷く。

そして強調して、続きを告げる。

「みんな。観光業に欠かせない、二つの要素を知ってるかしら？」

私の問いかけに対し、明言する返答はなかった。

使用人のみならず、両親も互いに顔を見合わせている。

それを見て、ますます私のドヤ顔に拍車がかかり、慌ててハッと口元を引き締める。

最近気がついたのであるが、少し内心得意げになっただけで、顔つきは相当な高飛車顔になっているようなのだ。

さすがは悪役令嬢といったところか。

今は身内しかいないからいいけれど、人様や領民に失礼にあたらないよう、これからはポーカーフェイスと平常心を心がけていかなくてはいけないな……。

ごほん、と咳払《せきばら》いして先を続ける。

「観光の大事な要素。それは――『観光資源』と『観光インフラ』の二つよ！」

「……観光資源？」

「観光インフラ……？」

その場の全員から疑問の声が上がる。それを受けてか、母様は少し考えながら言葉を紡いだ。

「ルシア、それはいったいなんなのかしら？　『観光資源』はなんとなくわかるけれど……。例えば私達が言っていた、美術館や遺跡、あるいは港のような、『見るべきもの』のことよね？」

「……ううん。この間父様と母様は、観光とは『何かを見ること』だと言ってたわよね。実はそれは、半分正解で半分間違いなのよ。『見るもの』は、観光資源のうちの一つでしかないの」

「ということは……つまり。観光資源には種類がある……？」

真理に近づいた。そんな表情で呟く声は父様のものだった。それに再び、強く頷き返す。

観光。その明確な概念が分析されていない世界である以上、皆の思考と反応は当然のものかもしれない。すなわち、観光とは何かを見に行くこと。誰もが皆、そう認識してしまっているのだ。

その常識を。――覆す！

「『観光資源』っていうのは、その名の通り、楽しい旅行のための資源。その場所が持っている価値のことよ。そして、『見るもの』とはノットイコール！　観光業についてもそう。父様と母様の言葉を借りて言うと、観光と『何かを見に行く』ことも同じじゃないわ。他にはない、お金を払ってもいい価値があるもの。それを『体験しに行く』ことが観光なの！」

勢いづいているのは私だけであり、皆は疑問の表情。まだ理解してはいない様子である。

だが、ここを押さえてもらわなければ、話は何も始まらないのだ。語気を強め、話を続ける。

「えっと……お嬢様、ちょっとよろしいですか？　あたしが理解してないだけかもしれないんですけど……例えば先日旦那様がおっしゃっていた、エレーネ王都の話。あたしも王都育ちですが、実際観光客の皆さんは、美術館や遺跡を『見に』来ていますよね？　それが半分しか正解じゃない、観光と見ることは同じじゃないっていうのはどういうことなんでしょう……？」

「私も思いました〜。あとは、『体験』って？」

普段の勝気さが感じられないほど、恐る恐る挙手してきたパンジーに、リリアも同意を重ねた。

こういう質疑応答があってこそ、議論は活発に進む。

二人を笑顔で肯定し、手元のフリップをここぞとばかりに取り出した。

「みんな、一緒に整理していきましょう。これを見てくれる？　フリップにまとめてきたの！」

あれから頑張って作成した、このフリップ集。前世から引き続き皆無の絵心ではあるが、幼さと相まって逆にいい味を出している。……と思いたい。おそらくなんとか雰囲気で伝わってくれるはずだ。

数枚のイラストをまとめたうちの、まずは一セットを見せる。

描かれているのは山や海、湖。窓から見える景色をそのままスケッチした森に沼。記憶の限り思い出して描いた双子神の神殿、聖会堂……。イメージし得る、あらゆる綺麗なもののイラスト。

実を言うと、間違ってこの世界にはないものを多々描いてしまった。日本家屋的なものやお寺などなど。今朝気づき、慌ててボツにしたのは内緒だ。

「さて。皆が思ってた観光資源っていうのは、多分こういうもののことじゃないかしら？　そしてくどいようだけど、こういうものを見ることが観光だ、って。もちろんそれも正解よ！　そこにしかない、普段は見られない、価値あるもの。でもこれらは、言うなれば『形ある観光資源』なのよ」

こういう種類の旅行を、「周遊観光」と呼ぶ。

地球を基準にすれば、業態としては古いものにあたる。

なぜ古いと言えるのか？　その理由は二つある。

まず一つは、かつて見るべきとされたものの価値が落ちていること。もう一つは……そこでしか見

られなかったはずのものが、もはや「どこでも見ることができる」からである。

日本の江戸時代あたり。その頃までは、職業や貴賤《きせん》を問わず、人々は自分の生まれ育った土地で一生を過ごすのが一般的だった。

どこか別の場所へ奉公に出される、夜逃げする、遠くへ嫁ぐ。それくらいの人生における一大イベントでもない限り、別の地方どころか、別の町へ行くことさえなかったという。

旅とは娯楽のためのものではなく、何か目的あっての大移動にしか過ぎなかった。

だが、やがて時代が移り変わるにつれ、旅とは光景を観て楽しむ、「観光」へと変化した。

各地に鉄道が敷かれ、陸路には車が走る。人々の移動手段が格段に進化を遂げたからだ。

これまでは話に伝え聞いたり、絵や記録から想像することしかできなかった名所を、自らの目で見られるようになったのだ。観光は人々の夢、楽しみの一つとなった。

綺麗な景観、歴史的な文化財。ありとあらゆるもの、場所を訪れ、眺めて楽しむ。これこそ「周遊観光」であり、当時日本のみならず、世界の観光・旅行の在り方だった。

ところが、さらに時代が進むと、その様相も一変する。

人々はかつての名所、そして観光というものに対し、それまでの高い価値を見出《みいだ》さなくなったのだ。

高度経済成長期には各地にホテルや旅館が林立し、ツアーパックや団体旅行が全盛期を迎える。女性の社会進出、治安の向上、好景気も相まって……旅行とは、必要経費と旅行に行く気さえあれば、「いつでも・どこでも・だれでも」行けるものへと変貌を遂げていった。

そうなれば、どんなに素晴らしい場所であったとしても、いずれ人々に飽きられてしまうのは自明。

かつて夢見た旅行、一度は見たい最高の価値がある名所が、その機会が大幅に増加するに従って、皮肉にも後の時代において、価値が低下することに繋がってしまったのだ。

そしてさらに、私がすでに退場してしまった現代の地球では、もはや何かを見るために旅に出る必要すらない。

インターネットとSNSが発達し、各自がなんらかのデバイスを所持する。目的のものを検索さえすれば、すぐに多数の画像がヒットし、誰かが書いた率直な感想をも見ることができる。

ついに、いつでも・どこでも・だれでも「行けば」見られたものが、旅行になど行かなくとも見られる時代が訪れてしまったのである。

「皆考えてみて。例えばエレーネ王国の誇る芸術品。貴族様や大商人でもなければ、本物は手に入れることは絶対に不可能なくらい高価よね。今もレプリカはいっぱいあるけれど、もしもっとすごいレプリカがあったら？　絵よりも本物そっくりに複写できる何かができたら？　……本物の価値はずっと下がってしまうと思わない？　『見るべきもの』が、見に行かなくてもいいものに変わってしまう可能性があるの。見るものを用意しているだけの観光には、そういう危険もあるのよ」

ここで、皆にもわかりやすいよう考えてきた、この世界に当てはめた解説を始めた。

もちろん、友人や家族と見る楽しさ、自分の目で直接見る感動。そうした周遊観光の強みは健在だ。

それに加え、地球で周遊観光地とされた場所は、もはや「見るもの」をただ据えてはいない。

地元の人が教える隠れスポット、真心あるおもてなし、詳しいガイド。ロールプレイングなどを交えた学びなど、新たな観光資源をそこに見出し、「見るもの」の新しい魅力と価値を高めている。

そのため地球においては、かつて過去にそれを指したものとは全く形を変え、周遊観光の価値はむしろ高まり続けていると言っていい。

しかし紙一重に、「周遊観光」しか観光の概念を持たないならば……見るものがない場所。つまりこのアシュリー男爵領のような場所では、価値が下がる、魅力の回復以前の問題。

美しい自然だけでは弱い、観光業そのものができないという皆の考えも当然となる。

「――つまり、現状は固定観念にしか過ぎない。この領地では、今まで知っていた観光の在り方が成立しないというだけで、業態と選択肢には幅があったということか……！」

「そして、それを選ぶのはそもそも危険だったということね……」

と考えを深める声、軽く議論を交わす声がちらほら聞こえ出す。

……皆の意識が徐々に変わりつつある！　いい兆候だ！

――観光をやるなら見るべきものが必要だ。それがなくては、観光業などできやしない。そう諦めてしまう。

また、皆が見に訪れる観光資源の維持管理だけを行っていれば、永久に観光客が途切れることは有り得ない。そう慢心し、いずれ衰退の一途を辿《たど》る――。

観光イコール周遊観光という固定観念に囚《とら》われる以上、いつかそんな悲劇が起こり得るだろう。

――そう。かつての地球のように……！

その固定観念を捨てるべき時だ。この世界の誰も知らずにいる概念を押さえておけば、アシュリー男爵領は一歩も二歩も先をゆく、安定し充実したサービスが提供できる観光地となれるだろう。

「何も見るものがなくとも構わないと、ルシアが言っていたのはそういうことか……」

「ってことは。つまり『形のない観光資源』があって、お嬢様の狙いはそっちっつーことっスね？」

「ザッツライト！　ナイス着眼点！　それが一目でわかるのがこっちね！」

ジルがいいところに気づいてくれた。「っしゃあ！」と言わんばかりのしたり顔がまぶしい。

続けてドカンと見せつけたのが、ただ光景を描いたはずなのに、抽象画とも印象派とも取れる独特な仕上がりとなった、もう一セットのイラストフリップである。

たちまち、「可愛い～」「一生懸命お描きになりましたねぇ」と微笑《ほほえ》ましげな声があふれた。

……今はそういう反応は求めてないんだよ！　「一目でわかる」って前置きで出したんだから一目でわかってくれよ！　もう！　絵心ないんだから仕方ないでしょ！　和むのは後にして！

こちらのフリップには、田舎の広い湖で自由に泳ぐ人々の姿。牧場で羊やヤギに餌をあげている旅行客。カップルが職人さんたちと一緒に工芸品作りをしているところ。高級な服装をした人々が舟に乗り込み、漁師さんに釣りを教えてもらっているところ……。普段の生活ではしないだろういろいろなことを、「体験」している様子が描かれている。

「どうかしら？　これが『形のない観光資源』。何かを『見る』ことが目的じゃない旅行よ」

「んーと……このフリップを見る限り……あっ、わかりましたよ！　そこの空気とか雰囲気。感じる、味わうものこそが、『形のない観光資源』！　何かを『体験する』観光ってことですね⁉」

「そう！　大正解よ！　そして、私が目指したいのもこれ！　私はこの領地の産業として……『体験型観光』を提案するわ！」

意気揚々と正解を導いたジニーの表情は、先程のジルと全く同じものになっていた。さすがは兄妹《きょうだい》と言うべきだろうか。

「体験型観光！」と大々的に書かれたフリップを出すと同時に、室内には拍手が湧き起こった。

「体験……体験か。すごくいいアイデアだと思う。普段それをしない人に、その土地では当たり前のことなんかを体験してもらうんだね？　見るのではなく、感じる観光。地元の人や従業員に負担もなく、お客さんはとても楽しい。実に新しい観光の形だ！」

父様の口元が、この数日間でようやく上がった気がする。

そうなのだ。名所や建築物などの「見るもの」は不要！　目に見えない雰囲気、普段の生活ではできない経験の提供。それこそが「形のない観光資源」であり、「体験型観光」なのだ！

そこで、欲しかった的確な指摘が入る。挙手したのはユノーだった。

「あ……あの……よろしいでしょうか？　お嬢様のお描きになったイメージを見るに、畜産や釣り、ものづくりなど……その土地ならではのモノ・コトを体験するのが、『体験型観光』なのではないでしょうか？　この領地では、お役人様からお伺いしたように、主要産業というものがないみたいです。かといって、ここでだけ見られる本当に独自のものも見当たらず……。とすると、ここで何かを体験する、それを楽しむ観光というのは、難しいのではないかと……す、すみません！」

ものすごくいい視点をくれたというのに、彼女は身を縮ませて一気に恐縮してしまった。いいのよ、その意見が欲しかったのよと告げると、わずかに緊張を解いてくれたけれども。

本当にその通り。産業が存在しない以上、このイラストのように、「じゃあこれを体験してもらいましょう」と打ち出せるモノ、コトもまた存在しない。それは紛れもない事実なのである。

「なるほどね……。体験型観光……確かに、それなら誰からも愛される風景だったり、他にはない珍しいものも必要ないわね。ユノーの言う通り、ここに体験してもらうべき産業はないけれど、それでもルシアの提案する『ホテル』という高級宿を造ることはできる。そうすれば、宿泊面での差がつけられるわ。そして、エレーネの田舎を味わいたい他国や都会の人々を、ここに集めることができる。

その層にこの領地の雰囲気、全く新しい宿という……『形のない観光資源』を『体験』してもらう業態にするということね？」

難しい顔をしていた母様が、ようやく破顔してくれた。頷く私を見て、さらに嬉《うれ》しそうにしている。

……しかし！　今一度父様の言葉を借りるなら、それでもまだ「弱い」のだ！

「母様の答え、ユノーの指摘は、また半分正解！　田舎の空気感、豪華な宿ってだけでは、父様と母様が言ったように、まだまだ弱いのよ。そしてパッと見、ここに体験するべきものが見当たらないのも事実。でも私が考える……この領地でしか体験できない、他にはない観光資源は別にあるの。その前に、『観光インフラ』についての説明に移らせてもらうわ」

「えーっ!?」という声が、少なくとも五人分くらいは聞こえた。おそらく母様の言ったことがまたしても半分違う意味がわからないというものと、「観光資源の説明、中途半端で終わるのかよ」というもの、二つの声色だろう。しかし安心してほしい。これでも順序立てて説明を構成してきたのだ。

観光インフラ。その名の通り、観光業を行うための基盤構造のことだ。

「インフラというと……上下水道、石炭の供給、油の販売、街の設備……観光馬車で宿へお送りするなど、そうした必要なもの、基本のもの。それに伴う整備のことでお間違いありませんかな」

「うん、ジョセフの言う通りね。観光インフラを詳しく描いた、こっちのイラストを見てちょうだい」

この世界における基本のインフラならば、今ジョセフが確かめてくれたもので正解だ。現代日本基準で言うところの、電気・ガス・水道設備、道路や鉄道の整備、公共交通機関などがそれにあたる。

取り出したフリップには、観光案内所、馬車の停泊場、「ホテル」のイメージ図と共に、ホテル内のトイレやお風呂、領地の入口からホテルまでを馬車が走る様子。従業員から町の住人まで、笑顔で観光客を迎えている光景を描いてある。

つまり、これまた現代基準で言えば、ホテルや旅館の設置・運営、空港、客船が停まれる港、駅からホテルまでの直通バスなんかが該当するわけだ。

「『観光インフラ』で何より重要なのは、この最後のイラスト。領主や従業員だけが歓迎しているんじゃなくて、町全体でお客さんを迎えることね。だからぜひ、領民の皆に協力してもらいたいと思ってるの。……今のままじゃ厳しい気もするけど……領地全体で観光リゾート地をつくっていきたいわ。そのためにはまず、信用の構築からね……」

使用人の皆はキョトンとしていたが、両親は私と同じく、暗い表情にどこか苦笑が混じっていた。

「町全体での歓迎って？」という疑問に合わせ、待ってましたとばかりに次の説明へと進む。

続いてのフリップは、エレーネ王都と、本から得た情報だけで想像で描いた、北の大国・ノーマンド王国の街並みと人々の比較イラストである。

「北のノーマンド王国は、知っての通り採掘大国よ。鉱石、石炭に石油、宝石にいたるまでザックザク。ここらへんの近隣諸国では、国土面積も一番で、財力も国力もある。文字通りの大国だわ」

二つのイラストを左右に並べ、全員に見えるように調節する。

これは何を意味しているかと言うと、「観光インフラ」についての例題図解だ。

「でも、ノーマンドへ観光に訪れる人の話なんて聞かないじゃない？　それも当然なのよ。だってノーマンドの採掘は、国の基幹産業。採掘は命懸けのお仕事だし、そこに観光客を呼ぶなんてもってのほかだもの。他人様に構ってる暇なんてないわ。危険が伴う分、儲《もう》けも多いと思う。そしたら観光業をするなんて、二次的にせよ誰も考えない。観光客を呼ぶ必要も、呼べる設備もないってことね」

ノーマンドは青髪の人が多いと聞く。水色や紺色、鮮やかな青の髪を持つ採掘場の人々が、少し迷惑そうな表情で異国の人々を見つめる絵をそこに描いた。

……画力のせいでモザイクアートみたいになっているけども。

「対してエレーネ王国よ。小国で、経済力は他国には敵《かな》わない。芸術が基幹産業で、特に王都ではそれに伴う商売、他国の商人や画商をもてなすことが代表的なお仕事よね」

数々の商家が建ち並び、他国からの馬車が乗りつける王都の主要街道のイラスト。

アシュリー商会から数分ほど歩いたところにあった、私達皆が見慣れた風景でもある。

「私も含め、エレーネ王都で生まれた人は、幼い頃から外国の人や辺境から来た人でにぎわう街を、当然の風景と思っているでしょ？　だって王都には、それこそ『見るべきもの』がたくさんある。それに、宿やお店っていうお客さんのための場所、地元の人がお金を得られる場所がとにかく充実しているわ。なぜなら、観光客が来て当たり前だから。アシュ《う》リー商会《ち》でも、他国の人向けのおみやげコーナーを設けたりして、観光客ありきの商売をしてたでしょ？」

そこでハッとした表情をしたのは、やはりというか、ジョセフであった。彼は少ない情報から真相を導き出したようだ。

「つまりは、その地の豊かさ、基本のインフラが整っているかは関係がない。観光客という、言わばよそ者こそが過ごしやすい空気と設備、迎え入れる風土。なおかつ、その地の主要な職であり利益がある以上、地元の人間にとっても損がない。それが『観光インフラ』だということですな」

「その通り！　さすがね、ジョセフ！　エレーネ王都に観光客がたくさん来るのはそういうことよ。

唯一無二の観光資源と、完全に整備された観光インフラ。重要な二つの要素が両立してるからなの」

気分は講談師である。ダンダン、とフリップを手のひらで叩いて勢いをつけた。扇子が欲しいところだな……。洋風な羽根みたいなヤツじゃなくて、和風な感じの。

「てことは！　この領地も同じってことですね⁉　お嬢様はすでに見つけてる。ここの隠れた形のない観光資源を！　あとは観光インフラを整えさえすれば、王都のような観光地になれるって！」

「――そういうこと！　そこで私から二つの提案よ！　一つはこの領地に建設すべき『ホテル』。もう一つは、この領地がすでに持っているポテンシャル！　それらをもってすれば、ここは大陸有数の観光地へと変わるわ！　それでちょっとクイズにしてみたから、皆参加してくれるかしら」

皆の顔が引き締まった。

商人とは、言うなれば頭脳こそが資本。商才ある父様が、貴族となってなお継続雇用したいと願うほど、皆頭の回転が非常に速いのだ。獲物を狙う鷹《たか》の目つきが頼もしくもある。

などとカッコいいことを言ってみたが、こういう全員参加型イベントがアシュリー商会では好まれていたという、それだけの話である。やはり皆食いついてくれた。

「まずは最大の目玉。他のどこにもない、旅の必要最低限なんかじゃない、豪華で立派な宿。『ホテル』ね！　これは『観光資源』と『観光インフラ』、どっちに該当すると思う？　手を挙げてね！」

「うーん……豪華とはいえ、衣食住を保証するためのものに変わりはないから、観光インフラかな」

使用人全員も含んだ回答の結果は、そう述べた父様派。

「あなた、待って？　ルシアが考えてくれた『ホテル』は、ルシアの言うように他のどこにもないものよ？　ここに来るべき理由になるもの……つまり、観光資源になるのではないかしら？」

との母様派に、面白いくらい真っ二つに分かれた。

私のドヤ顔にも拍車がかかる一方だ。解答をまとめて出させてもらうことを告げ、次の問いに進む。

「ふふふ……皆、いいわ……いいわよ……！　じゃあ次！　私が見出したこの領地のポテンシャル。それは……『何もなさ』よ！　際立った名所はないけれど、素朴で美しい自然。人慣れしていない純朴な人々。前領主の伯爵様がお亡くなりになった後、数年いなかった領主貴族。そんな『何もなさ』は……さあどっち⁉」

「えぇ……？」といったあからさまに戸惑う声が一瞬にして広がった。

数分もしないうち、答えは出揃った。意外にも今度は全員一致。一人も異なる意見を選ばなかった。

「ふんふん、なるほどね。皆『観光インフラ』を選んだわけね！」

「ええ……。何もないということは、観光資源があることには繋がらないんじゃないかと思って……」

というユノーの意見にちらほら頷く姿が見受けられる。皆、大筋は変わらないものらしい。

結構興味深い結果になった。ただ私がひたすら喋《しゃべ》るだけより良かったかもしれない。

「それじゃあ結果発表といくわよ！　最初の問題、ホテルはどっち？　答えは……どっちもよ！　観光資源と観光インフラ、どっちにも該当するわ！」

ここで母様を始めとする観光資源派は歓喜に沸き、父様率いる観光インフラ派は少々釈然としないような面持ちを湛《たた》えていた。答えが両方も有り得るとは聞いてない、という声は聞こえないフリだ。

「続いて第二問目！　この領地の何もなさは……どっちも！　これも観光資源であり、観光インフラにも当てはまるわ！　『何もなさ』はむしろ、ここの最大の観光資源になるのよ！」

「えぇぇあ!?　アリなんスかそんなの！　最初から言っといてくださいよ！」

「二択と見せかけた三択じゃん！」

混乱の中、悲鳴に似た嘆きと悲痛な怒号が飛び交う。

あー……落ち着く。このグダグダ感。商会の空気だ……。意地悪クイズ作ってみて正解だったな。

そんなさなか、ここまでの自分の考えを整理するように、父様がぽつりと呟いた。

「ちょっといいかな？　ルシアとエイミーの言うように、豪華絢爛《けんらん》な宿なんて、他のどこにも存在しないものだ。……ただし、今はね。ルシアはしっかり考察と分析をしたうえで提案してくれたのだと思う。でも、他の観光地や田舎領地にも真似《まね》されてしまったら……？　ルシアのように、一から新しい概念を分析できずとも、ここの狙いや強みを分析することは簡単だ。そうなってしまえば、『ホテル』とはこの領地だけが持つものじゃなくなる。だから観光資源とは言い切れず、観光インフラにしか当てはまらないんじゃないかと思うんだが、どうだろう」

途端に水を打ったように静まり返る室内。先程の空気はどこへやら、皆一様に押し黙ってしまった。

やはり、両親はすごい。

全く専門外の分野にも拘らず、意図を理解したうえで、先を読んだ構想ができている。

確かにそうなのだ。百パーセントその通り。

前述したように、地球ではホテルや旅館とは観光インフラに該当する。お客様が観光旅行を楽しむための基盤設備の一つであり、父様の言うように「資源」とは言えない、ありふれたものだからだ。

しかしある条件を満たせば、立派な観光資源としての側面も持つのだ。

渾身《こんしん》のドヤ顔、再び。キラリと輝く紅《あか》い眼光が、鋭く全員の姿を捉える。

やっと言える！　ここまで解説が長かった。

「――だったら！　新しい価値を付与しちゃえばいいじゃない！　アシュリー男爵領にしかない、独自の価値を！　それが私の構想する、観光資源としての『ホテル』よ!!」

「豪華な宿屋が、独自のものになるというのは……!?　そうか、付加価値……！」

父に向き直り、瞳を静かに閉じて肯定する。

「そう。その付加価値こそ、次の説明に続くわ。みんな、ここでまた一つ視点を変えてみましょう。『宿屋は旅の途中、屋根を提供するだけのもの』っていう常識をね」

元々地球において宿屋というのは、教会や地主といった、地域の有力者や公共の場を運営する人たちが、旅人に好意で屋根と食事を提供していた施設に由来する。

教会の使っていない講堂、家の離れなどを貸し、数日旅人はそこに滞在する。

旅そのものも、仕事によるものや、必要に迫られての道中に過ぎないものであったため、最低限の食事と雨風をしのげる屋根、外敵やならず者から身を隠せる場所が借りられるだけで十分だったのだ。

それがやがて、衣食住を与えることで利益を得ようとする商売へと変遷していった。

この世界「アトランディア」でも、似たような歴史を辿っている。（ここでは教会ではなく「聖会堂」というのだが――）遥か昔は、各地域の聖会堂が貿易や行商に訪れる旅人、商人に数日の間講堂に住むことを許可し、自分たちの食べる食事の一部を提供していた。

それに目をつけた商人や、お金のある貴族が思いつき、人を雇って「宿屋」という商売を始めた。

何しろ、持て余している屋敷の一部や、少しの金であばらの長屋を建て、数日滞在する間に、最低限の食事を提供すればいいだけの話なのだ。

ある程度金銭面に余裕のある者であれば、いざやろうと考えれば、誰でもできる商業施設。あくまで最低限を保証するだけの仮の建物。

それが今現在の宿屋の認識だ。

誰もそこに高度なサービスや贅沢など、端《はな》から求めても考えてもいないのだ。

「私がいう『豪華さ』っていうのはね。何もいい材料を使って、見た目だけとにかく華やかな、でっかい宿屋をつくりましょうって話じゃないわ」

さらに言葉を続ける前に思考を飛ばした。

「アトランディア」に転生して、物心ついた時から、ずっと考えていたことについてだ。

それは誰一人疑問にすら思わない、ごく普通の常識。

この世界……貴族にしかできないことが多すぎない？

アトランディアの貴族は、その歴史、成り立ちゆえに、背負う義務と責任が極めて重い。尊敬と統合の象徴でもあり、その身を挺《てい》して、平民を常に守ってくれる社会の仕組みとなっている。

その分……平民の感謝の気持ちとも言える分として、平民とは得られる権利に差がある。

本当に特権的なものや、その重い義務とご多忙、ご心労の代償となり得る利益なら、貴族様だけが得られて当然だと思う。

だが、私が考えるに。その中には、地球では庶民にとってごく一般的な……たとえ平民が享受したとしても、決して不思議はない権利も歴然と存在しているのだ。

まず真っ先に思いつくのは、「料理長《プロ》の作ったごはん」だ。

貴族であれば、その家格や地位に拘らず、必ずお抱えの料理人が存在する。

対する平民はどうか。

家族が力を合わせ、食材を買うお金を稼ぐところから始まり、毎日毎食食べられるとも、満腹になる保証があるとも限らない。

何より、調理するのは自分たちの仕事だ。

レストランなどの飲食店は、一般庶民には到底手が届かない場所。あそこは主に、貴族が同等格か格下の者をもてなすため、もしくは大商人が接待に使う場所である。

お金が少し貯《た》まったから食べに行こう、というノリで入れるところではないのだ。

次に挙げられるのは、「マッサージ」。

貴族は、人によってはマッサージやエステをする専用の使用人を雇っている場合もある。

それに対し平民は。

その生涯を終えるまで、プロの技術者からマッサージなどしてもらう機会は得られない。子供が肩たたきをしてくれるくらいであれば、経験するかもしれない。

あくまで平民にとって、マッサージというのは「こちら側がするもの」であり、高級サービス。

別に貴族様たちは、権利を独占しているわけでも平民に禁止しているわけでもないが、これらが全て人口のごく限られた人々しか経験することがない、至上の贅沢に分類されるのは事実である。

私ルシアも、この世界に生まれ落ちてから、先日初めて「料理長ギリスの作った料理」を口にした。

母様も相当な料理上手ではあるが、やはりプロは違う。その道を極めた専門家にしか出せない、旨《うま》味《み》と味の広がりがある。

そして、私達がなんでも自分で家事をやってしまうがために、完全に暇を持て余した使用人たちの手によって、ここ毎日就寝前にマッサージをしてもらってもいる。

彼女たち曰《いわ》く、「使用人としての仕事がないのは一応予測していたが、こうもここまでとは思わなかった。その場合に備えて、暇つぶしのためにマッサージを勉強していた甲斐《かい》があった」とのこと。

しかし、それを味わう機会が得られたのは、私達が「たまたま貴族になれたから」なのだ。

地球では庶民でもごく普通の、あらゆるサービス。この世界では貴族様だけの特権だなんておかしくない？　非常にもったいなくはないだろうか？

なればこそ！　それは商売の余地となる。

それを提供する「全く新しい」サービスを、今始めようではないか！

これは当たる。間違いない。私の商人魂がそう告げている！

「貴族しか体験できないいろいろな権利……そして、豪華な宿《ホテル》という観光インフラ。何もなさというこの土地の基盤。それらが融合することで、新たな付加価値へと変わる！　私の考える『形のない観光資源』。――それはズバリ、『貴族ぐらし』よ!!」

自由の女神よろしく、片手を宙に突き上げ絶叫する。……決まった！

「貴族ぐらし……？　そ、それはいったい？」

「……あのね。私達、貴族になってからまだほんのわずかだけど、すでに今まで味わったことのないいろんな権利を体験させてもらっているじゃない？　使用人の皆のおかげでね。で、皆うすうす感じてると思うんだけど………」

質問にすぐには答えず、使用人一人ひとりに目を遣《や》り、全体を見渡す。

「この家で使用人やってても、暇でしょ？」

「ホントですよ!!」

ジニーが机を轟音《ごうおん》を立てて勢い良く叩いた。……よほど腹に据えかねていたらしい。ごめんって。

「まあまあ。だから、皆にはホテルで思う存分『使用人』をやってもらいたいわけよ。みんな、領民の人たちと協力してね」

「貴族ぐらし……貴族だけの権利……ホテルという宿で、使用人として働く……？　ま、まさか……！」

「ふふ。母様、きっと正解ね！　話は簡単よ。この領地に来てくれるお客様を、観光客じゃない。『この地に新しく赴任して来た領主貴族』としておもてなしするの！　ホテルの見た目は、諸侯貴族《ロード・フューダー》様が暮らすお城みたいにしたいわね。つまり！　ホテルとは、料理人の作る美味《おい》しい食事。使用人を呼びつけて身の回りのお世話、エステにマッサージ。そんな体験ができる、貴族のお城『そのもの』！」

「あ！　わ、わかった！　お嬢様の言うホテル、それが新しい観光資源になる『貴族ぐらし』とは……単なる宿泊の場所じゃなく、貴族そのものみたいに扱ってもらえる特別な付加価値……！」

ひらめきに輝く笑顔のパンジーにビッと指をさす。歓喜と興奮にざわめくノイズが心地好い。

「その通り！　そこで活きてくるのが、ここには『数年間領主貴族はいなかった』『あんまりよその人に皆慣れていない』『名所みたいな見るものがない』っていう、いわばないない尽くしの事実よ！」

「そうか！　た、確かにそれであれば……！　他の観光地や田舎領地であれば、いくら『あなたはこの領主様』と言われても、どうしたって実際のそこの領主貴族の顔が思い浮かぶだろう。対人が不得手なことは、高い身分の方に恐縮しているという『設定』にできる。何もない土地は、自然が好きな人の目には手に入れた念願の領地に映り、そうでない人には、これからここを開拓してゆくんだという気分にさせることが可能だ。それらはつまり、絶対にここにしか存在しない観光資源……！」

「ええ。ホテルっていう『お客様の屋敷』が観光資源にも観光インフラにもなる、ないからこその価値って意味、わかってもらえたかしら？」

「そして地元民の協力、出迎えという、普通は観光インフラにしかならないものも。貴族ぐらしの設定を取り入れることで、『領主様、ようこそ！』『綺麗な土地で幸せに暮らしているのは、領主様のおかげです』……そんな風に、唯一ここだけでしか体験できない、観光資源ともなるというわけね！」

「そうなの。私がやりたいのは、『コンセプトリゾート』！　言うなれば貴族サービスのご提供！　それをコンセプトとして導入する、新しい観光リゾート地の構築よ！」

「そこであたし達や領民の皆さん、全員がコンセプトになる。マッサージしたり貴族のお料理を提供したりして、元から使用人だったみたいに振る舞うんですね⁉」

「そういうことよ！　これなら、領民の皆には領主が主導する産業が行き渡り、もっと豊かな土地に。しかも領地自体はなんにも変えることなく、今まで通りに生活するだけで仕事ができる。私達家族に至っては、リゾート領地で永遠引きこもり生活が送れるってわけよ！　使用人の皆は、もう暇で死にそうになることはないわ！　……皆どう？　いいかしら？　領地リゾート化計画、今ここに発足‼」

協力してくれる人は手を挙げて。そう言い切るどころか、「協力し」あたりでその場の全員が挙手してくれた。熱気が直《じか》に伝わってくるようだ。瞳はやる気にきらめき、輝いている。

――たとえこの世界には前例のない無謀な試みであっても、この皆がいてくれる限り、なんだって成功できるだろうと確信した。

　もちろん、両親もだ。

「これは……これは売れるわ！」と雄叫《おたけ》びに近い母様の声が聞こえた気がしたが、聞かなかったことにしておこう。

「いやあ……子供の成長というのは、実に早いものだな。ルシアはいったい、どこでこんな知識を身につけてきたんだい？」

「ぅっ……それ聞く……？　あ、あー……あのね、前に王都の図書館でこういうことが事細かーに載ってる本を読んだのよ。観光業も楽しそうだなって思って、結構ハッキリ覚えていたの。それだけよ、ふふ。ふふふ……」

「そうだったの。一度読んだだけの内容を説明できるくらい覚えているなんてすごいわ。さすが自慢の娘よ！　偉いわ、ルシア！」

◇◇◇

「…………と、いうわけよ！　あなたたち五人の話を聞いて、ここがコンセプトリゾートにさらに向いていることを悟ったわ。ここに貴族がずっといなかったことは、貴族様の間や王都では結構有名な話。この綺麗な領地を壊したり、開発することは誰一人望んでいない。それに皆、代官たちに使って培ってきた、仮の笑顔と演技力があるんでしょ？　それを活用しながら、のどかな領地で普通に暮らしていればそれでいいのよ！」

ジェームス、バート、ラルフ、ヒューゴ、オリバーの五人に対する解説が終了した。

手に握られていたのは、懸命に作成した一連のフリップ。こんなに間を置かずして使うとは考えていなかった。

打ち解けられたらゆっくり声をかけて回って、何人かずつでもいつか勧誘できたらな、としか思っていなかったからだ。

まさかこうも早く、逃げ出すことのできない貴重な労働力を獲得……いやいや、実にありがたい完全な協力者が名乗り出てくれるとは。

このフリップ、頑張って作って本当に良かった。

「あなたたちには、領地の先頭に立って、ホテルを建設したり観光インフラを整備していったりする、本当の初期段階からのお手伝いをしてもらいたいのよ。悪くない案だと思うわ！　……どうかしら？」

「「「…………お……」」」

「お……？」

「「「お、おもしれえ……!!」」」

「つまりホテルってなもんさえ造れば、他にはなんもいらねえのに、この領地が観光地に化けるって寸法か……！」

「オレたちゃ、これまでみてえな演技を『使用人』『領民』のフリに使うだけで、お客へのサービスにもなると。やり過ごすだけの演技だったもんが仕事になるってわけだ」

「今までただストレス食うだけの我慢比べ、外面でしかなかったのが、伯爵様も夢見ていた……この領地の産業に変わる……！」

「やったらあ！　お嬢様、なんなりと言いつけてくだせえ。そもそも肉刑も覚悟して、今日ここに来たんでさ。どんな重労働でも下働きでも、あなたさまのためならオレたちゃなんでもやりやしょう！」

「まずはオレたち五人だな。お嬢様はさっき、他の領民にも協力を取りつけると言いやしたでしょう。こんな面白くてやりがいもある話、領地の仲間たちが乗ってこないわけがねえ。どんどん話広めて、どんどん労働力つぎ込んで。早いとこそのコンセプトリゾートってやつ、実現させましょうや！」

良かった。みんなやる気になってくれた様子だ。

領民がのんびり暮らせることと、クローディア伯爵様が遺した素敵な大地を守りつつ。領民が心豊かな生活を送れる土地となり、来る人がみんな幸せになってもらえる理想の場所。

領主の娘、男爵令嬢《バロネス》アシュリーの名にかけて。必ずや叶《かな》えてみせよう！

アシュリー男爵領の計画が、今動き出した！

「そうとなれば、話は決まりね。まずは一緒に領民の皆さんにお話をするところから始めて、ホテルの建設と同時進行で、徐々に観光インフラの整備を手がけていきましょう。改めて、よろしくお願いするわね」

優しく微笑んで手を差し伸べる母様に、一瞬戸惑った様子を見せながらも、ジェームスが代表してその手を取り、大げさに感じるほどに、五人揃って深々と頭を下げていた。

なぜ彼らがぎょっとした表情をしたのか、理由がわからず少し考えていたのだが、おそらく母の見た目がキツく気が強そうなために、この集団の中で一番怖い人物だと認識していたのだろう。

愛らしく、よく笑う母様の姿を知っているのは、見知った人物のみ。

ともすると氷の女王に見えるルックスであることを、普段から接している者はつい忘れがちだ。目を遣れば、ジェームスから交代して全員と握手をし始めており、若者たちの表情は尊敬のような緊張は見られるものの、柔らかい。

誤解が解けたようで何よりである。

「君たちにはいろいろと教えてほしいことが山ほどあるんだ。事業を成功させて、皆の豊かな暮らしと、娘の言うところの『コンセプトリゾート』を無事実現させるためにも、ぜひ力を貸してくれ」

父様はそう言って、先日作成していた計画書を彼らに差し出した。

明確なビジョンさえ見えてくれれば、商人の行動は非常に早い。

時折私を呼び意見を仰ぎながら、ジョセフとアンリを補佐につけ、地球の役所に提出してもあっさり通りそうな「アシュリー男爵領　貴族ぐらしリゾート計画書」が完成したのであった。

「まず……やるべきことは山積みなんだけれど、とりあえず今日の挨拶回りに行こうかしら。今日はあなたたちにも来てもらって、ご家族や知り合いの皆さんに、一緒に説明をしてほしいわ」

そう。なんだかんだで、今日はまだ日課の挨拶回りに出かけられていない。

彼らの謝罪と領地の過去を聴き、ついでとばかりにリゾート化計画の解説を終え、そうこうしている間に、とっくに午前が終わってしまっていた。

明日もまた来ますと言って別れたのにも拘らず、いつもの時間に姿を現さない私達を心配してくれている可能性もある。特に、おじいちゃんとおばあちゃん達が。

もとより、これは待ち望んでいた機会。いつか領民の協力者を得られた折には、共に状況説明と説得にあたってもらう予定であったのだ。

まだよそ者に近いうえ、一応貴族である私達に「領地で新しい事業をやります！　協力してね！」といきなり言われるよりかは、領地の仲間から計画の魅力、展望を聞かされた方がきっといいはず。

「それじゃあ一旦解散して、お昼を食べてから集まることにする？　あ、それともうちで食べていっても構わないわよ。今は料理長《シェフ》が不在だから、私と娘が作った素人料理になってしまうけれど」

「いっ、いえいえそんな！　領主さまのお屋敷で食事させていただくなんて、そだな恐れ多いことはできません。オレたちは一回帰りやすので……なぁ、お前ら！」

と真っ先に返答したのは、ジェームスだった。

その様子から見るに、やはり彼が五人のリーダー格で確定らしい。

協力者になってもらった以上、関係性や人柄について、これから詳しくなる必要があるな……。

「ああ、もちろん！　解散してまた集合いたしやしょう。どこかで待ち合わせますか？　集まるんなら、テナーレのファンティム辺りが良いと思いやすが。それとも、このお屋敷にお迎えに上がった方が？」

と、返答したのはバートだ。

よく見れば、多分ジェームスが一番歳上。三十歳くらいであり、バートはその次……二十代後半くらい。あとの三人はだいたい二十代半ばの、同い歳に見える。

悪友というよりかは、「気のいいあんちゃん二人と弟分たち」といった関係なのかもしれない。

「うーん、そうね……テナーレだけを回るならそれがいいと思うんだけど、ご近所のエルトの人たちにぐるっと挨拶してから、いつもテナーレに繰り出しているの。だから悪いんだけど、またこのお屋敷に迎えに来てもらってもいい？」

「はい！　承知しやした！　じゃ、オレらは一回失礼して…………」

「ちょーっと待ったぁっ‼」

「……ん？　いったいどうしたというんだい、ジニー」

片手で頭をかく仕草をしながら、私達三人に対して何度も礼をして、玄関口に歩を進めていた若者たち。しかしそれに鬼の形相で立ち塞がり、彼らの行く手を阻んだのは、ジニーを中心に据えたうちの若手女性使用人たち六人。

かしましファイブ、ＷＩＴＨキャプテン・ジニーである。まあケイトだけはかしましくないのだが。

主人たちの話が終わるのを今か今かと待ち構えていたらしい。

そして、全員の顔がなぜか怒りに燃えていた。

え？　どうして、何を怒ってるの。私達、何かしたっけ？

そう疑問に思ったのも束《つか》の間《ま》、殺気を滲《にじ》ませたジニーがずいっと彼らへの距離を詰める。

それに随《したが》って、かしましファイブは隊列を崩さぬまま、ジニーの背後に整列し、一歩たりとも道先を避けようとはしない。

（……どこかで見たことがあると思ったら、アレだ。地球の戦隊モノ……）

「お話はぜぇんぶ、お兄ちゃん達から聞きました…………。お嬢様に仇為《あだな》す者に、あたし達はそう簡単にお嬢様のお身柄を託しはしませんよ！　つきましては、こちらの誓約書にサインしていただきましょうかぁ……？」

こ、怖……。何その地の底から響く魔王の声色……！

疑問系でありながらも、完全に有無を言わせない。相手に反論の余地、逆らう気力を決して与えない、見事な距離感と論調である。

まさに、この兄にしてこの妹あり。ジル＆ジニー兄妹は、幼少期に親から効果的な脅迫の仕方でも教え込まれたのだろうか……。

（ていうか待てよ、「お兄ちゃん達から聞いた」って）

嫌な予感がして、先程男性使用人たちが引っ込んでいった執務室の方向に目を向けると。「言っちゃった☆」とでも言わんばかりに、弾《はじ》ける笑顔で舌を出し、片手の親指を立ててみせる、グッドサインを送ってくるジルと目が合ったのだった。

いや、「グッ」じゃないわ！　なんだその輝く笑顔！

口止めしていなかった私達が悪いということなのか。妹《ジニー》に言ったらこうなること、よくわかっているだろうに！

そう考えている間にも、話は着々と進行していた。

「まずはここに記載している内容、三つ。全部誓ってもらえると約束できますか？」

誰より小柄で可愛らしい、天使の笑みのリリア。だがその背後からは、タールの如きどす黒いオーラを漂わせている。目が全く笑っていない。

「「は、はい…………」」

身長百四十七センチメートル。私が追いつくのもきっと遠くない、目線の遥か下のリリアに対し、彼らはすでに気圧《けお》された様子。

目を通すことすらなく、羽根ペンを震える手で握りしめ、必死の形相で筆を動かしていた。

いったい何が書かれているのか。下から覗《のぞ》き込んで文面を見てみる。

一．いかなる場合においても「お嬢様ファースト」を心がける
二．アシュリー家の室内生活を決して阻害しない
三．今後一切の場合において、お嬢様に再び危害を加える状況及び、それが限りなく疑わしい状況にある時、使用人による私刑に処することとする

いやもう、怖い。何この誓い。禁忌の魔術の誓約か？　実に怖い。うちの使用人たち。

何が怖いって、両親とはまた別のベクトルで私を甘やかそうとしてくるところ。

ありがたい限りの恵まれたことではあるが、少しは自重してほしい。

母の妊娠時から誕生を全員で心待ちにしていたこと、皆私を共通の娘か妹と感じていることは何度も聞いているものの、重い。その重すぎる愛情は、今日も留《とど》まるところを知らない。

いや、そんなことより、サインしちゃったよこの人たち！

「ちょっと、あなたたちよく読んだ？　これ、明らかに不平等条約よ？　『私刑』ってことは、いざ何をされても文句は言えないのよ？　サインしちゃっていいの⁉」

「はっ……はい、もちろんですとも！　オレたちゃ最初っから、お嬢様に再び危害を加える気なんてさらさらないんでさ。どれもこれも全部、今さらの内容ですんで！　は、はは、はは………」

「そうですよねぇ？　そうでしょうとも。……絶っ対に、次はありませんからね」

とドスを利かせるパンジー。何度も首を縦に振って、それを全肯定するユノー。彼女の肩から顔を覗かせ、「ぜったいですよ！　お嬢様に無理をさせたり、嫌な思いをさせたら許しませんから！」と、よく通る声を張り上げるメリー。

「ヒッ、ヒイイ！　はい……！」

なにこの徹底した包囲網。

ヒューゴは必死に笑い声を出してはいるものの、歯がカチカチと音を立て、膝が震動している。

それもそうだろう。

代表して立っているのが、よりにもよってジニー。他の五人もまた、ある者は微笑み、ある者は睨《にら》みつけながら、今にも噛《か》み殺さんばかりの殺気を放っているのだ。

特に恐ろしいのが、「…………」と一言も発さずに、ひたすら無表情で睨み続けるケイトである。

ゴゴゴゴ……という効果音が今にも実際に聞こえてきそうだ。

彼女たちを押し退《の》け署名を拒否することは、常人には不可能である。

だからこそ、最も発言力のある（お願いを叶えてもらいやすい）私が助け舟を出したというのに。

さすがはバカ正直。いや、純朴というべきか。

彼らはやはり、根は優しく穏やかな、争いを好まない人たちなのであろう。

もう誓約書というよりかは、しもべ契約と言っても差し支えない書類にサインを終えた彼らは、笑う膝を懸命に動かしながら、屋敷を後にしたのだった……。

◇◇◇

およそ二時間後。

約束した通り、五人が屋敷前まで迎えに来てくれた。

私を見るなり、「お嬢様！　ご機嫌いかがでしょうか！　お疲れではありやせんか！」と、まるで発声練習か何かのように叫んできた。

……あの短時間で、すっかりその身に恐怖が刻み込まれている。哀れな……。軍部の新兵かよ。

ちょうど歳もあまり離れていないくらいだろうし、奥さんを彷彿とさせたのだろうか。そういえばこの五人、どこか尻に敷かれていそうな、奥さんを溺愛してそうな感じがあるもんな……。

まだ敷地内からすら出ていないのに、お疲れも何もあったものではない。

そんなに気を張る必要はないし、ごく普通の人間に対する最低限の扱いをしてくれたらそれでいい、使用人の皆の前では少しビシッとしてくれればなお良い、と告げた。

それに少し安心した表情を見せてくれた五人。

そして、「失礼しやす」と言いながら、オリバーが私の脇の下に手を差し入れ、慣れた手つきで抱きかかえてくれた。お姫様抱っこの体勢だ。

「ん？　運んでくれるの？」

と聞けば、「はい！　お嬢様にご足労かけさせるわけにゃいきやせんから！」「コイツは娘二人いますから慣れたもんでさ」「乗り心地が悪けりゃ、蹴って知らせてやって構わねべした」などの声。

どうやら、なんだか早速甘やかしてくれる姿勢のようだ。ここで変に遠慮してもなんにもならないし、実際体力ゼロの私には助かるのも事実。また、こういう時は素直に好意を受け取っておくのが後々のためにもいいことを、このルシア・アシュリーはよく知っている。

案の定、「ありがとう」と笑顔でお礼を言うと、彼らの端正な顔立ちがデレデレ顔へと変わった。

仕事上の付き合いだけではなく、意外と仲良くなれるかもしれない。今の段階ではまだわからないけれど、それが現実になればいい。

その後お姫様抱っこから普通の抱っこに変えてもらったり、位置の微調整をしながら。やがて一行は会話がてら、挨拶回りの道中へと出発したのだった。


「ラードナーのおじいちゃん！　おばあちゃん！　こんにちは！」

「あんれあれまあ、ルシアお嬢様でないですか。どうも、こんにちは。今日もまあお可愛らしいこって。先日お渡しした果物は、召し上がっていただけましたかい？」

「とってもおいしかったわ！　本当にありがとう。両親も使用人のみんなも喜んでいたわ」

「今日はなっかなかおいでにならんもんですから、なんかあったんでねえかと心配だったんですわ。バーキンとこの若坊主ども引き連れて、どうかなさったんですかい？」

「そうなの！　実はね、今日は領民のみんなに重大発表があって来たのよ。五人にはね、この領地での最初の協力者になってもらおうと思って。それで声をかけたの」

「重大発表？　なんだかわからんけんども、こん田舎の青二才たちに、お貴族様から役割がいただけるたぁ、こげなありがたいことはねえですわ。今のまんまじゃ住みづらいとか、なんか庭づくりでもやらせせんですかいね？　どうぞこき使ってやってくだせえな」

「違うのよ！　五人だけにやってもらうことじゃないわ。あのね、この領地全体で、一大事業を始めようとしているの。領民のみんな、全員の協力が不可欠なことなのよ！」

「りょ、領民全員の協力ぅ？　……やー、アシュリー家の皆さま方は、使用人の若《わけ》ぇ子たちも含めていい方ばかりってもうみんなわかっておりますから、協力はしますけんどねえ。ワシらみてえな年寄りに、できることなんざあんですかいな？」

「あるのよ！　むしろ『観光まちづくり』のためには、地域の皆さんこそ、一番大事な役割があると言えるわ！　領地まるごとの受け入れ態勢、すなわち観光インフラ。そして子供やお年寄りに至るまで、徹底した観光資源。みんな総出のコンセプトづくりって観点でね！」

「か、観光ぉ!?　こったらとこに観光客なんか来んですかいね？」

「それにそのなんたら資源……コンセプトっちゅうんは……？」

「いやあ、娘がすみません。その件に関しましてして、ぜひ詳しくご説明させていただきたく。領民の皆さんを一堂に集めて、改めてお話する機会をいただけないでしょうか………」

およそ数時間。エルトからテナーレまで、領地を一回り。今はもう夕方だ。

互いに労《ねぎら》い合い、屋敷の外で紅茶で一服しているところ。

誰に会ってもだいたい皆同じ反応だった。ただ、初日とはまるで逆の方向で。

そのたびにまず私がまくし立て、父が一見たしなめるように見せかけて説明会への出席の確約を取り、続いてすかさず母が日時を取り決め、時折五人が一言つけ加えるというナイスチームワークによって、今日の挨拶回りが終了したのだった。

勢いに押されたのもあるだろうが、多くの人々は「まあ、アシュリー家の皆さま方の言うことなら……」と言い、拍子抜けするほどあっさり同意してくれた。

初日に比べれば、扱いが天と地の差だ。

オリバーが言うには、「皆さま方はすでに、領民からの評判がすこぶる良いんでさ。ほんずねえのはオレたちだけだったくらいで。気さくでお優しい方々で、使用人も働き者だ。お貴族様になったのも納得だ、王都の連中もたまにはいい仕事をするもんだ、ってな具合で」とのこと。

「ちゅうより、これ、オレたちがいた意味あったんですかね？」とのラルフの問いに、

「大アリよ！　あなたたちがそばにいてくれたことで、『ああ、領民にとって不利益はない話なんだな』って、一気に信用度が増すじゃない！」と即答する。

そう。今日はあくまで領民に、なんらかの計画が存在するのだという認識を持ってもらうことが目的。警戒心や不安感を与えないためにも、領地の仲間である彼らの存在は、安心アピールの点で重大な意義を持っていた。

今日のところは解散とはせず、わざわざ迎えに来てもらい合流したのには、それだけあなたたちの存在を重要視していたためである。

それを母から説明された五人は、安心したような、どこか誇らしげな笑みを浮かべた。

「たとえ同じ説明をされたところで、私達単独とあなた達同伴じゃ説得力が違うわ。まだまだ私達は、よそ者なことに変わりはないしね。スムーズに話が進んだのはあなた達のおかげよ」

との私の発言に、両親は頷くものの、なぜだか五人の歯切れは悪い。

彼らは口を揃えた。「それはない」「今やここにアシュリー家の方々を信用しねえヤツはいない」と。

「えっ？　そうなの？」と母様が思わず聞き返したが、

「噂が広がるのも早い田舎です。あなた方が毎日それは熱心に領民に声をかけて回ってたのを、もうチビでも知っておりやす。会うヤツ誰もが、やれ男爵様がご立派だ、お嬢様が可愛いだと話していっから間違いありやせん」とバートが返す。

「それだけ、すでに強固な人脈を築きなさったっつうことでさあ。正直もうこうして毎日出歩いて回

る必要もねえと思いやすがね。極端な話、メモ紙玄関に突っ込んで、この日時来いって命令しただけでも、全員喜んで集まるんでねえかと」

そう答えるジェームスの言葉に、他の四人はまるで示し合わせたかのように、同時に頷いてみせた。

「……っそれは本当かい!? や、やった……！」

父様がつんのめる勢いで反応し、歓喜の声を上げた。私と母様もまた、片手をハイタッチしてそれに同調する。少しばかり大げさな気もするが、願ってもない話だ。

やった。っていうことは！　もう極力外出する必要はないんだ！

明日からはもうでかけなくともいい。その分計画を詰めていこう。なるべくソファかベッドの上で。

しっかりした計画を準備することこそ、これからできる信用構築だ！

目と目で語り合う、一家三人であった。

毎日インドア生活の時間と気力を削り、少しずつ着実に良好な関係を構築してきた甲斐があったというものである。

説明会の日時は、二週間後に決まった。

都合のつかない人がいれば他の手段や日時も考えたが、満場一致の即決だった。

「君たちにはね、一番やってもらいたいのは広報活動なんだ。領地の総結集、総動力が目標でね。皆からの了承と協力を得て、ホテルの建設を始めたい」

「ルシアから聞いた内容を、できるだけ熱心に皆さんに広めてほしいの。わからないことや疑問に思うことがあれば、その都度訊きに来てちょうだいね。それからもし良ければ、これから二週間、たまに報告に来ていただいてもよろしいかしら？」

「はいっ！　了解しやした！　お任せくだせえ！」

「ところでなんですけど」

「ん？　なあに？　ジル＆ジニー」

次の日の夜。

掃除の仕事を母様と私から奪い取り、屋敷中をピカピカに磨き終えたジルとジニー兄妹が、どうにも腑《ふ》に落ちないといった表情で話しかけてきた。

「お嬢様はそもそもどうして、ここで産業を根づかせようとか考えたんスか？」

「そうですよー。だってそれこそ、貴族は特権階級で、ずっと引きこもってお屋敷にいたところで、別に文句をつけてくる方なんていませんよ？　何もわざわざ新しく仕事を始める必要はなかったんじゃないかな～って」

「ああ……それね。実は私には……いえ、私達一家にとって、絶対に譲れない理由があるのよ」

やはりついに来たか。誰かからは確実に訊《き》かれるだろうと踏んでいた。

絶対に譲れない理由、それはただ一つ。

「「それは……………？」」

「あのね。貴族になってしまった以上、極力普段はパーティーやらに行かないとしても、どうしても貴族のお客様をうちに招かないといけない事態がこれからきっと出てくるじゃない？」

「え？　まあ、それはそうスね。旦那様のお仕事相手も然りだし、何よりお嬢様が社交界デビューする年頃になったら、ここで社交の場を開催するっつー機会もたびたびあるでしょうしね」

「でしょ？　それだけじゃなくて、商会時代の知り合いとか、別に知り合いじゃなくても『新しく叙爵された男爵ご一家に挨拶したい』とか言ってくる貴族様もいるかもしれないわ」

「あー……有り得ますね。でもそれと観光業を始めることに、なんのご関係が？」

「――その歓待を。ホテルの従業員、つまり使用人の皆に丸投げ……いえ、担当してもらうのよ！」

「「あ！　なるほど!!」」

「そして、なぜ私が『貴族ぐらし』っていうコンセプトを考えたのかというと。私達アシュリー家は、今この土地の領主。紛れもない貴族家よ。未《いま》だに信じられないけど、それが客観的に見た事実」

うんうん、とシンクロしながら頷く二人。

「でもそれを知ってる方はごく少ないわ。それこそ私達の叙爵式に出席した一部の貴族様くらいじゃないかしら。存在は知っていても顔は知らない、どこを領地に割り当てられたのかまではわからない方もいるでしょうしね。ましてや平民の人々は知る由もない話。だからこそ、『前領主を亡くしてから、領主貴族が不在だった土地』『そしてあなたが、そこを治めることになった貴族！』っていう設定が誰に対しても通用するわけよ。そこにコンセプトを持ち込める余地があったわけ」

実際に若者たち五人の話から、それが事実だと証明された。

私が見出したその余地は、すでに多数の方々の共通認識だった。前提設定として活用していけるということだ。

「つまり！　そしてむしろ！」

「「つまり…………？」」

「ここに来てくれたお客様は、みんな自分こそが領主と思って歓待を受ける。本来私達に挨拶しに来ようと考えていた方でも、それを忘れてしまうほどのおもてなしをね。そうなると……そこで本物の領主一家が『どうも～！　この地の領主、アシュリー男爵家でーす！』って登場なんかしたら、興ざめなわけよ！」

「「あ――――！　納得!!　つまりコンセプトすらも、全部引きこもりライフの布石ってことですね!?」」

なおかつ、「貴族の接待は貴族がするもの」。そんなこの世界の無意味にさえ思える常識を、覆すひとつの足がかりになる可能性もある。何も私達家族だけではなく、社交が面倒極まりないと思っている方は意外といるのではないだろうか？

「そう、その通りよ……私達は、本当は歓待したくてたまらないのに、泣く泣く引きこもらざるを得ないの……。コンセプトを、この領地の観光資源を、自らぶち壊しにしないためにもね…………」

「お嬢様すげえ！　超納得しました！　ヤベぇ、そこまで考えてらっしゃったんスね！」

「あたし達、皆様のインドア生活をサポートするために、使用人の道を選んだ身！　そうと聞けば俄《が》然《ぜん》やる気が出てきました！　ぜひご協力させてください！」

「助かるわ……物わかりのいいみんながいてくれて……。うっかり私達という本物の領主がいることが世間に知られてはいけないから、このことは内密にね……」

「「はい!!」」

アシュリー男爵領の月夜は、穏やかに更けてゆく――……。

第五章　アシュリー男爵領、結束ですわ！

広報活動は非常に好調なようだった。

先日作成したばかりのフリップは、このわずかな期間で進化を遂げていた。

私お手製のものの他、画力がすごいことが判明したユノーが描いてくれたもの、さらには若者たち五人自身が考え、領民目線での利点を補足してくれたもの。今や無味乾燥な説明用紙の枠を超え、新事業と新形態リゾートの魅力がぎゅっと詰まったものに仕上がっているのだ。

そんないわば完全版フリップを手に、理想の室内生活を送る私達家族に代わって、彼らは実にしっかりと広告塔の役割を果たしてくれている。

というか、コミュニケーションが不得手な私達よりも、その魅力と恩恵を伝えるのが断然上手《うま》い。

もし地球に生まれていたならば、彼らは広告代理店で出世コースを上り詰めていたことだろう……。

真夏の風を浴びながら、時折独り懐かしきオフィスビル群を思い浮かべ、地球に思いを馳《は》せていた。

彼らは時に全員で、少なくとも一人がローテーションを組んで、毎日報告に来てくれている。

そして嬉《うれ》しいことに——屋敷を訪問してくれるのは、もはや五人だけではない。

「お嬢様、今日もめんけえこと。ちょっとお時間いいですかいね？　訊《き》きたいことがあんのですけど」

「ここの若えもんは、おかげさまでみんなやる気になってんべ。ワシら年寄り連中もな、今区域ごとさ集まって『領民』の練習してんですよ。多分お嬢様の想像以上だ。期待しててくなんせ」

「お嬢様の考えてけでくださったこと、ありがてえこって。オレらはもうお代官達が言ってだみてえに、いてもいねくても変わんねえ、つまんねえとこの田舎者なんかでねえんだ。ワシら一人ひとり、『貴族ぐらしの里』の観光資源で、観光インフラの構成員。大事な一パーツなんだってな」

「観光業な、考えたこともねがった。ここば心底気に入って、何回も来てける人がおるようになって……して、それが仕事になんだべ？　やんや、楽しみだべなあ……」

——そう！　領民の皆がたびたび訪れてくれるようになっていた。

「質問には随時答えるから、わからないことがあればいつでも屋敷に来てね！」とは若者たちを通じて伝えていたのだが、今や想像を遥《はる》かに越える頻度で、気軽かつフレンドリーに来てくれる。

また、事業そのものももちろんのこと。私達がここに存在すること、私達が領主であることが受け入れられたようで、とても嬉しかった。

そもそも二週間という期間を取ったのは、領民それぞれに考える時間を提供したかったためだ。

一気に情報を詰め込まれ、いつの間にやら有無を言わさず協力させられるより、しっかり考えて見極め、疑問を持つ機会があった方が絶対にいい。

その疑問に答え、一つずつ不安を解消していく猶予期間にしたかったのだ。

しかしそれも意味がなかったと言えよう。

むしろ実情は、やる気と認識を互いに深め、熱意を日に日に高めていくブースト期間となっていた。

このようなプラス方向の意味のなさが発生するとは、実に嬉しい誤算だった。

「皆が楽しみにしてくれてるみたいでとっても嬉しいわ。もちろん皆にとって損はない話ではあるけど、やっぱり私達家族が伝えてたんじゃ、こう上手くもいかなかったと思うの。あなた達のおかげね！」

お昼時の森の中、陽気な小鳥のさえずりと同じように弾む私の声。肩車してくれているバートをはじめ、若者たちに言うお礼にも心がこもる。

「いいえ、親父《おやじ》共が言ってる通りでさ。誰も知らねえ、考えもしなかった、領地と領民のためになること。しかもこの領地だからこそできる新しい仕事。それを他でもねえ、お嬢様が提案してくれた。話はそれに尽きやす」

全力でそれを肯定し、何度も頷《うなず》く四人。普段は全肯定などすることなく、見事なかけ合いが始まるというのに。この若者たち、つくづく息ぴったりだ。

そんなことないわよと返しても、似たような返答の応酬になる。謙遜のし合いが始まってしまった。

本当にこの五人の尽力あってこそなのだが、なかなかそれを認めてはくれない。現状、二週間というこの期間を長く感じているほどなのだ。

これがアシュリー家だけでやっていたのなら、未《いま》だ周知すらされていなかっただろうことは容易に想像がつく。今日この日だって、計画が形になり始めている実感など、さらさらなかったはずだ。

こよなく自然を愛し、あらゆる苦しみに耐えてまで、必死に地元を守ってきた領民たち。

惹《ひ》かれるように、呼ばれるように。素晴らしい地に導かれ、ここを統べることとなった私達。

意識が互いに呼応し、結束と目標を一つにすることができたのも。もしかするとそれは必然であり、道理であったのかもしれない。

現在、全てが滞りなく進んでいる。アシュリー家側の準備も万端だ。

私達一家は今、お屋敷を事務所として活用し、商会をやっていた頃のような自宅兼用オフィスの開設を目指しているのだ。使用人の皆の全面協力を得ている以上、実現は夢ではない。

室内業務、在宅ワーク。……これは絶対に譲れない！

アシュリー男爵家が担当するのは、予約受付と経営・投資、それから何より大切な、従業員として働いてくれる領民の皆の給与管理など。

内勤業務でできそうなこと、責任が伴うこと。極力皆がやりたくなさそうで、かつ負担になりそうな業務。それらを一手に引き受けることにした。これなら全て室内での仕事が可能である。

それに――私達は仮にも、この土地の領主貴族。私達はコンセプトにとって邪魔な存在。

「前領主の伯爵様亡き後、ずっと貴族のいない土地。そこに来たのが新領主であるあなた様！」という最大の観光資源を壊さないためにも、決して表舞台には出ないつもりなのだ。

まあ要するに、私達の悲願・完全引きこもりライフという目的と、建前とが矛盾なく両立。なおかつ円滑に業務が進むシステムの確立に成功したのである。

男爵家屋敷を「貴族ぐらしの里・事務局」として運営する予定だ。こちら宛《あて》に手紙か何かを送ってもらう予約制を想定している。

たくさんの手紙が来る日が、今から待ちきれない。

「……もうすぐね」

呟《つぶや》いた後思った。もうすぐ近づくのは、あくまで説明会の日程。まだオープンや着工どころか、全員の了承を得る段階にすらいっていない。しかし確かな手応えがここにある。

でも。彼らは力強く同意を返してくれた。

きっと以心伝心なのだ。彼らにもきっと、私と同じ光景が見えている。

もはや説明会は、改めて領地全体が団結し、ホテル建設に向け動き出すための場でしかないと。

その先にある準備も、やがて来る開幕の時も。きっともうすぐ訪れるに違いないと……。

「こんなにやりがい感じたこと、今までにありやせん。説明会……一人の反対も出ねえくらいの大成功にいたしやしょう！」

「オレ達、その日にゃもう説明することもねえ状態にしてみせます」

「ええ！　頼もしい限りね。……じゃあ、まずは説明会！　リゾート化計画、その実現に向けて！明日からまた頑張りましょう!!」

「「おお!!」」


あれから一週間。

ついに今日、領民全員を集めての説明会が開催される。念入りに準備と練習を重ね、万全を期した。

場所はここ、テナーレ地区カンファー。領都のど真ん中に位置する集会所である。

二番目の代官が無理に建築した後全く利用されず、トマソンとなりかけていたこの建物が日の目を見る時がようやく来たのだ。

せっかくあるんだから集会所を使いましょうと当初ジェームスに提案したところ、しばしポカンと口を開け、何やら考え込んでいたかと思えば、「ああ……確かに、んなもんありやしたね……」と来た。

あったところで集まらない、集まったところで特にすることがない、そして血税を勝手に使われた挙句《あげく》に、気づいたら建てられていただけのもの、という負の三本柱揃《そろ》い踏み。

意地でも使わねえと心に決めていたら、いよいよその存在すら忘れかけていたようだ。

歴史的建造物か何かか。代官はともかく集会所に罪はないよ。

実際お金と土地、両方の無駄遣いであることは事実だけど。

今一つノってこない彼らには、とりあえず「だっていつ何時《なんどき》行っても、人っ子ひとりいないじゃないの……。たまには利用してあげましょうよ……」とだけ答えておいた。

ここを観光インフラの一つとして活用する計画があることは、今はまだ秘密である。

「皆さん、お集まりいただきありがとうございます。私達アシュリー家の勝手で始める事業に、これだけのご賛同がいただけたのは誠に幸いだ。責任を持って、ここエルトとテナーレをより良い土地に。『発展させない』リゾート開発を行っていくと誓います」

一家の主《あるじ》であり、この領地の最高権力者である父様が代表し、開会の挨拶を行った。

盛大な拍手によって迎えてくれた領民に礼をする父。続いて、母と私も順々に頭を下げる。

若者たち五人が、私の指示通りに長机を並べて設《しつら》えてくれた会見台の席に着くと、これまた記者席のように並べられた椅子に座る、領民たちのたくさんの輝く眼差《まなざ》しを浴びるほど感じる。

皆この計画に大いなる期待を持ってくれている。

計画実現へ、全員で踏み出す第一歩。

今日この日に備え、私達三人は連携をより密にした。使用人に付き合ってもらい、リハーサルも済ませてある。

少しの緊張と、高揚から来る胸の高鳴りを感じながら、いざ口火を切ったのだった。

「それでは皆さん、よろしくお願いいたします。バーキンさんやアーチャーさん方のご子息様たちにご協力をいただいて、皆さんきっと、すでに概要はご存知のことと思いますの。改めてご協力感謝申し上げます。私共の稚拙な説明を繰り返すより、今日は最終的な疑問を解決する会にしたいと考えておりますわ。どのようなご意見でも構いません。どうかお気軽にご質問くださいまし」

冒頭はあらかじめ決めていたように、母様の前置きから。

私達の総意は、本当にこの言葉通り。ジェームスたち五人が担い広めてくれた、一流営業マンばりの魅力あふれる説明。その後に私達の同じ説明が続いたんじゃ、完全に蛇足。熱意も削がれかねない。

領民全員が結束するためにも、どしどしガンガン意見をぶつけてほしい。

まずは三人で分担しつつ、計画の全容、この領地における観光資源と観光インフラとは何か、コンセプトテーマ等の、本当に大まかな概要説明からスタートした。

皆にとって再三聞いているということもあってか、意外にもこの時点での質問は一切出なかった。

意見が多く寄せられる箇所は基礎から見直しを図るつもりであったし、なんらかのご指摘は必ず出ると踏んでいた。想定問答集まで作成していたのだが、いい意味での徒労に終わってしまったようだ。

再解説は実に順調に、予定時間を大幅に巻いて終了した。

続いては……というより、もうこれしかすることがないが、なんでも質疑応答のコーナーに移行だ。

ここで誰からも何もなかったなら、ただ無意味な集会を開催しただけになってしまう。誰でもなんでもいいから意見をおくれ……！

その願いが通じたのか。森の小さな集会所は、ここに来てついに盛況を迎えた。

「お前聞きたいことあるっつってたべ？」

「待て、一気に訊けば男爵様方に迷惑だっけや。誰か代表せ」

そのように、若者たちが率先して盛り上げ、取りまとめてくれたのだ。

……最も不信感が強かったはずの世代が、今こうして私達のため、私達が主導する領地のために動いてくれている……。

家族三人、感無量だった。私に至っては、少々涙をも滲《にじ》ませていたのは秘密にしておこう。

やがておずおずと挙がった手は、オルコックさんのものだった。

「すいやせん、ほんとに卑しい質問だとはわかっとるんですが……事業ば軌道に乗せるために、領民一人あたりの負担額はなんぼほどになるでしょうか……？」

非常に大事な質問が最初に来てくれた。

むしろそんな大事なことを、質問されるまで喋《しゃべ》らずにいて申し訳ない。

実のところ。その財源は、もうとっくに決めている。

自然と父様が代表となり、回答に口を開いた。

「ご質問ありがとうございます。皆さん、その件に関して心配は無用です！　ホテルの建設、インフラ整備。その他諸々《もろもろ》の費用、全てアシュリー男爵家が負担いたしますから」

「………っうえ!?　そんな、何を言っておられるんで！　聞いてやせんぜ！　雇用も計画も、なんもかんも皆様方に負担していただいて、オレたちが一シュクーの金も出さねえわけにゃ……！」

素っ頓狂な裏声を出したラルフに対し、他の領民も「その通りだ！」などと呼応する。皆、私達を心から信頼してくれているらしい。最初から協力前提のつもりだったようだ。

……しかし。私達としては、それでは困るのだ。それに返答したのはまたも父様。

「いや、ぜひ私達に出させてほしい。実は私達、爵位と一緒に余りに余った褒賞金をもらってしまってね……本当に困っているんだ。どうか、ね？　これも人助けと思って出させてはくれないだろうか？」

そうなのだ。むしろ私達に総額を負担させることこそ、領主への奉仕だと思ってほしいくらい。

押しに負け、桁を間違えていると疑うレベルの褒賞金を受け取ってしまい、途方に暮れていた私達。

領地リゾート化計画の勃発により、やっとその使い途《みち》が見つかった。しかも浪費ではない、領民のために使える手立て。

このお金を惜しみなくつぎ込み、立派なホテルを建てさせてもらう！

父様の言うように、私達の勝手で始める事業である。なんとしてでも使わせてもらわねば困る。

……似たようなことを、この褒賞金を持ってきてくれた官僚様にも言われたような気がするが。

その消費額概算、願ってもない使いどころに、つい先日一家で小躍りして喜んだばかりなのだ。

「……おかしい。俺たちが不利益を被《こうむ》る話を頼まれるならともかく、こんな話があるか？」

と首をひねる声、それに同意する声が次々聞こえ出した辺りで、

「さぁっ！　次行くわよ次！　お次はどんな質問が来るかしら!?　どんっどん回答していくわよー!!」と突如絶叫し手を打ち叩《たた》いて、無理やり空気を切り替えた。

それ以上、考えるのをやめてほしい。さもなくばあの膨大な額を押しつけるぞ。

その後は必死の司会進行によって、なんとか質疑応答の流れに戻すことができたのだった。

次に出たのはこのような質問。

「お嬢様に異論挟むようで申し訳ねえ。この『貴族ぐらしの里』のコンセプト、平民には絶対に受け

るもんだと思います。だが、もし本物の貴族様がいらしたらどうするんで？　貴族扱いも何もあったもんでない。逆にいつも通りだと思うかもしれねえ。せば、貴族様にとっちゃ、ここのコンセプトは普段味わえない体験じゃない。お嬢様の言う『観光資源』にはならないんでないかと……」

「た……確かにそうだ！　しかも貴族様とくりゃ、裕福な方が多いに違いねえ……！　お嬢様、アイツの言うことが正しけりゃ、もしかしたら客層が平民だけに絞られるんじゃ。太い客をみすみす逃すことになるんでねえべか？」

　先程の質問を上手く補足するように、このような意見が飛び出したのも意義が大きい。

　こういった詳細面は、立案者であり実質責任者である私に采配が委ねられている。念のため左右の両親と視線を合わせるも、二人は無言で頷き回答を促してくれた。

「いい質問ね！　二人とも意見をありがとう。これは私から答えさせてもらうわ。さっきの父様の言葉を借りると……だいじょうぶ！　このことに関しても心配は無用よ。絶っ対にここを気に入ってもらえる貴族様がいるの！」

　どよめきの中で取り出したのは、今日のために新たに作ってもらった、ユノーの新作フリップ。

　フリップには、よく似た顔の男性と共に仕事に取り組む貴族の姿と、商人と顔を突き合わせて経営の相談をしている貴族、そしてお城で働く貴族のイラストが描かれている。

「みんな、これを見てほしいの！　貴族様には、私達やクローディア伯爵様のように、領地を治めて暮らす領主貴族様《ロード・ノビリティ》、それからお大臣様みたいな、王宮の役職を持って国を治めている諸侯貴族様《ロード・フューダー》。その他にも、非爵位貴族様《ヤンガー・サン》、宮廷貴族様《ロード・カーター》と呼ばれる方々がいらっしゃるわ。そして……何を隠そう、この方々こそ最大の顧客候補！　この領地のメインターゲット層よ！」

非爵位貴族《ヤンガーサン》。

貴族の家柄に生まれながら、出生順やご健康状態、その他なんらかの事情によって、爵位と領地を継承する権利を持たなかった方々のことだ。

「イメージはこのイラストの通りよ。領主の座を継いだご兄弟とご協力して、一緒に領地を運営している方もいれば、相続した財産をもとに、商人のパトロンになってくださる方もいる。ご才覚を活かして、官僚様になってバリバリ働く方もいらっしゃるわ」

その中で、ご自分のお力を試したい、国や民へ貢献したいとお考えになる方は、宮廷貴族《ロード・カーター》となる道を選ぶこともある。

平民にとって、貴族とは雲の上の存在。たまたま私達がそれに価値を見出《みいだ》せない人間なだけで、多くの人にとり、爵位や領地を賜るなど、現実では有り得ない至上の大成と言える。おとぎ話に過ぎないからこそ、この領地のリゾートコンセプトは、きっと夢の非日常として映ることだろう。

それでは、非爵位貴族《ヤンガーサン》様にとってはどうだろうか？

ご一家の領地に生誕し、領主として君臨する家族の姿を見て育つ。爵位や領地とは遠いものではなく、ご自分のすぐそばにあるもの。やがて時は経《た》ち、その全てはご自分ではなく、ごく身近な方のもとへ。心からの祝福、一抹の口惜しさ……。複雑な思いを抱いた方もいらっしゃるはずだ。

「非爵位貴族《ヤンガーサン》様から見た『領主』っていうのは、ご自分のすぐ近くにあったのに、決して手が届かなかったものなの！　現実味のない夢物語じゃなく、渇望した、可能性があった夢。……つまり！　『貴族ぐらしの里』、このコンセプトテーマを誰より喜んでくれるはずの方々ってこと！　皆で心を込めておもてなしすれば、きっといつかお得意様になってくださるわ！」

感嘆のざわめきが広がった。皆納得したように頷き、周囲と話し合っている。中には、さすがはお嬢様だと少し大げさに讃《たた》える声も。

そう。むしろこの計画は、かの方々にこそピンポイントに刺さると言って良い。

のどかな領地。自らを慕う領民たちから、待ち望んだ領主様として歓迎される。

そんな光景は――非爵位貴族《ヤンガーサン》様方の奥に秘められた願いの顕現。笑顔を引き出し、そのお心に響くだろうことは、想像に難くない。

「初めてお迎えする際、お客様によってご対応を使い分けるのも良いかもしれませんわね。平民のお客様であれば、やはり『功績を讃えられ叙爵された』。非爵位貴族《ヤンガーサン》様でしたら、『宮廷での働きが評価され、ご次男筋で新たに系譜を築く許可が出た』という設定も良さそうですわ。それぞれのお客様に最適な設定。私共アシュリー家と一緒に、いろいろな対応策を考えてまいりましょう」

それを聞いてすぐ、「こんな設定だらどうだべ」「好みとかば聞いといて、二回目来てくださった時に掘り下げんのも面白そうだな」と、活発に議論が展開し始める。

皆の琴線に触れたようだ。事業を本当に楽しみにしてくれているのだと伝わってくる。

質問者の二人も力強く返事をくれ、母様の補足によって、この質問は綺麗《きれい》に締めくくられた。

実際に私が考案したコンセプトリゾートを演出していきたいものである。

テーマを突き詰め。最高のコンセプトは、とりあえずの基本設定にしか過ぎない。皆で相談し、さらにその後はちょっとした質問はあったものの、どれも議論や詳細を必要とするものではなく、すぐに解決へと至ってしまった。雑談に近い話が数分続く。

雑談の中でわかったのは、皆今日来てくれたのは、あくまで認識を深めるためだけ。最初から大きな疑問や反対があって来た人はいないという。

　これといった意見が出ることもなく、どうやら話題の種も尽きてきたようだ。

（もう少し待ってみて、これ以上質問が出ないようなら、ここでお開きにしても構わないかな……）

　そう考え終わるより早く、「あっ！」と声を張り上げ、慌てて質問をくれた女性が現れた。

「こんな間際にすみません。さっきのお話で、ここのコンセプトば好まれる貴族様もいんだってわかりました。でもやっぱし、それ以外の貴族様にはどうしようもねってことでしょうか……？　だって来てくださる中には、本物の領地、本物の領民を持っとる方もいるでしょう。したら、私らから『領主様～』なんて言われたって、薄気味悪いだけなんではないでしょうか？」

　フィナーレに相応《ふさわ》しい質問が来た……！

　ここでも回答権は私のものとなる。

「アボットさん、質問ありがとう！　確かに高い身分の貴族様には、『叙爵されて』とか『新たな貴族家に』とか、さっき説明したような同じ設定は使えないわ。でもこれも安心して。本当の領地をお持ちの貴族様がいらしたら……『第二領地』っていう設定でいきましょう！」

　このアトランディアでは、貴族の持ち得る権力、恩恵を抑制し、貴族がいることによって社会全体に利益が分配される、理想的かつ厳格な貴族制度が構成されている。

　特に象徴的なのは、貴族の持ち得る爵位、そして領地は、原則として一つのみという決まりだ。

「祖国への著しい功勲が認められ、該当所属国における、諸侯貴族《ロード・フューダー》の八割以上の同意が得られた場合において、また二つの領地と領民を同時に、贔屓《ひいき》差別なくして統治運営が可能と予見し得る者のみが、第二領地を保有する権利を有する」

要約すると、何かとんでもない功績を成し遂げ、かつ誰もが認める敏腕貴族だけが「第二領地」を持つことができる――と明文化されているのである。

後を引き継いで。父様が以前、商会の顧客だった貴族様から伺ったという話を、皆に語ってくれた。

「なんでも、大手柄を立てれば手に入るという話ではないそうです。貴族様の功績に与えられる褒賞とは、新たな家門の創設だったり、宝石や現金などの直接支給、家格の昇格などが主。第二領地という制度があるにはあるが、実際に適用される例はごくわずからしいのです。現実に第二領地を持っている方は、なんと現在お一人もいない。大陸中の歴史を遡っても数名しかいないのだとか」

貴族にとってのおとぎ話、価値あるコンセプト。それが第二領地！

そこで再び、私に交代だ。

「もともと領地をお持ちの貴族様には、言うなれば『最高のごほうび』になるわけね。まとめるとこういうこと！　第二領地とは、貴族様にとっての夢物語。現実では叶《かな》わない、ここアシュリー男爵領でしか体験できないものってことよ！　……ってことは、つまり……？」

「観光資源にあたるってわけだ!!」

喰《く》らいつく勢いで答えてくれた複数人の声は、もはや誰のものだったのか。会場は今や、張り上げた声も届かないほどの盛り上がりを見せている。各席で炸裂《さくれつ》するハイタッチは発砲音さながらだ。

「大正解！　どうかしら？　全部の要素を観光資源に変えられて、全部の人に喜んでもらえる方法。ここにはそれが揃ってるのよ！　……私の考えだけじゃ足りないけどね。それこそ夢のお話で終わっちゃうわ。だから、力を貸してほしい。いつか実現に向けて、一緒に動いていける日が来るといいな」

そう、皆はもっと誇っていい。この領地が持つ「何もなさ」とは、夢を与えられる余地そのもの。領地全体、領民全員が唯一無二の観光資源であり、観光インフラなのだから。

皆が一丸となって準備に取り組み、やがてオープンの時を迎える。いつになっても……何年先になってもいい。いつかそんな日が訪れると、今は信じていたい。

それを伝えると、皆の顔色は一様に晴れ渡り、期待したような輝かしい笑顔へと変わった。どこか頼もしい顔つきでこちらを見つめてくれていたのは、私の気のせいだろうか。

――そして。ここでいよいよ幕切れのようだ。

興奮のざわめきも徐々に収束し、新たな声が発せられなくなったのを見計らい。会場を見渡した後、式次第は自然と父様による謝辞へ移行した。

「皆さん、本日は改めてありがとうございました。娘が言ったように、私共には皆さんのご助力が不可欠です。全員で作る観光リゾートの実現。我こそはという方がいれば、いつでも構いません。ぜひ気軽にお声がけいただきたい。こうした機会はたびたび設けたいとも考えています。……長くなりましたが、この領地に『ホテル』がそびえる日を、皆さんと迎えられること。今日の説明会が実りあるものとなることを祈念し、これにてお開きとさせていただきます。――それでは、良い一日を！」

◇◇◇

鬱蒼《うっそう》と生い茂る深い森の中。

さわさわと涼やかな葉音を立て、風に揺れるコバルトブルーの木々。一束の風が吹くたび、日光に照らされる葉は蒼《あお》に緑にと色を変える。

それはまるで、大海原の波のよう。

耳に確かに聞こえるはずの、自然の優しくざわめく音色は、むしろ森の静けさを引き立てるばかり。

真夏の生温《なまぬる》い風に突き刺さるような陽光。頭上を覆う葉波によって、どこまでも冷涼で、柔らかに変えられ、軽く身体《からだ》に降り注ぐのだった。

「ハア……ッ……ヒィ……！　やっと着いた……。あ、おはようみんなぁ……！」

「お嬢様！　おはようございやす」

アシュリー男爵家の屋敷から沼を迂回《うかい》し、北に向かって数十分。

辿《たど》り着いたここはエルト地区の北端、アイヴィベリー区域と、今はドートリシュ侯爵領となったシプラネ地区とのちょうど境目。

育ち盛りの子供とは思えない息の切らし方、よろめく足。なんとか挨拶だけは元気に発した。

しかし、同じ年頃の子供を持つ彼らが想定する元気とは程遠かったらしい。口々に身を案じられ、半強制的に一番いい椅子に座らされた。

口をつけてないヤツですから、とレモンベースの薄塩水をまたも半強制的に摂取させられる。スポーツドリンクに近い味わいながら、今までに飲んだことがないくらい美味《おい》しい。

聞けば、バートの奥さんが全員分を作ってくれたものらしい。あとでお礼を伝えておこう。

久々に外出したら、このなんとも心地好い麗らかな空気。外では珍しくテンションが上がってしまい、ちょっとしたハイキング気分で寄り道したり、途中ペースを変えてみたりとはしゃいでいたところ、目的地に着く頃にはこの有様だ。本当に行き倒れるかと思った。

最近はすっかりインドア生活を謳歌《おうか》している身。引きこもって過ごしていると、常人では衰えないはずの筋肉と体力が、知らず知らずのうちに減退してゆく。前世でも長期休暇のたびに起き上がり方がわからなくなったり、喉が声の出し方を忘れたりしたっけ……。

また、引きこもりは気温の変化に弱い。

暑かろうが寒かろうが、部屋にいれば体感気温はある程度調節できる。ぬるま湯に慣れた今、日光の刺激を受け、少し強い風を浴びただけで身体が驚く始末。一気に疲れを感じてしまった。

せっかく三つあるうち、一番屋敷から近い場所を視察場所に設定したというのに。

肝心の話が始まる前から、私ただ一人だけがすでに疲労困憊《こんぱい》である。

「……で、本題なんだけど」

ゼヒゼヒと肩で息をしながらも、これ以上無駄に待たせるのは悪いと切り出した私だったが、せめて息が整うまで待つ、なんなら日を改めても構わないと皆が譲らない。

それどころか彼らは、「なして迎えに行かなかったのか」「お嬢様のおみ足で歩かせるという罪」「断られたって迎えに行くべきだった」などと真剣な面持ちで後悔し、次回の課題をも検討し始めた。

遠慮していても埒が明かなさそうだったため、お言葉に甘えて休息を取らせてもらった。

すっかりこの五人は、名目ばかりは労役刑、引きこもり領主一家の箱入り娘（※本当に部屋という箱からほとんど出ない）の、お目付け役兼お守り役と化してしまった。

ありがたいやら申し訳ないやら。おそらく見ず知らずの人が彼らを見れば、本当に生まれた時からのお世話係に見えることだろう。

しばらくの休憩の後。

「もう随分完成に近いんじゃない？　想像以上だわ！　本当に綺麗！」

「んでしょう？　雇いの工人が言うことにゃ、あとは仕上げの塗装をすれば完成だそうで」

「ここ、『エルトの森』関所だけじゃありやせんぜ。『芽吹丘の上』と『池ざかいの小道』関所も、もう塗料ば一揃え準備するだけだと。ご指定通りの色が出るようにと、今取り寄せてるとこだとか」

ようやくひと心地ついて、興奮を隠さず内部を弾む足取りで見て回る。

誰に言うともなしに私の発した言葉に、間髪を入れずオリバーとラルフが返答してくれた。

私は今、建設真最中の関所の視察に訪れている。

図面など描けるはずもなく、抽象的すぎるイメージだけを一生懸命説明することしかできなかったため、果たして領民や大工さんたちに伝わったのかすら不安だったのだが。

私の理想を遥かに超えて、木くずの香り漂う小綺麗な小屋が、温かみと可愛《かわい》らしさを湛《たた》えながら、もうほとんど出来上がっていた。

ここはもう、塗装と仕上げを行いつつ、中に必要な家具などを運び込む作業を同時並行。最終確認として父様に見てもらい、許可が出たら完成という運びらしい。

そう。説明会を終え、わずか数週間。森の小さな領地がすっかり夏色に染まる頃。

現在アシュリー男爵領は……一致団結、総員総出で各インフラの建設、整備にあたっている。

何もかも、計画の全てを上回る順調ぶり。

——説明会の次の日。屋敷の門環鐘《ドアノッカー》が朝早くから鳴り響いた。

いったい何事かと思って応対に向かうと、そこには領民のほとんどが熱気を滲ませ勢揃いしていた。

そして、「何から始めましょう？」と言う。

ポカンとする私達とは対照的に、皆やる気十分。準備万端だった。

彼らが言うには、説明会で大方の疑問を解決した後は、もうすぐにも役割が割り振られ、即刻計画が動き出すと思っていたそうなのだ。

それが蓋を開けてみれば、男爵家は「よかったら協力してくれると嬉しい」としか言わない。

とっくに腹は決まっていたうえ、老若男女を問わず楽しみにしていた。

それにも拘《かかわ》らず、肝心のアシュリー家側は現状と離反した、一歩引いた及び腰。ポカンとしていたのは、むしろ領民の方だったらしい。

そこからは急展開だった。何が何やら、嬉しさ半分驚き半分の私達であったが、各自の意欲や得意分野に合わせ、早速様々な作業、準備に取りかかってもらった。

若者たちが逐一現場の声を届けてくれている。ありがたいことに、ぜひお嬢様にも直接見てもらいたいとの要望を受けていたことと、また私自身の希望もあり、今日はいざ現地視察というわけだ。

「いつか叶うといい」「力を貸してほしい」などとのたまい、感傷に浸っていたのはなんだったのか。

ここ最近に至っては、つい先ごろの自分達の発言がアホらしくさえ感じているほどである。

未だどこか信じられない思いがある、どんどん進行してゆく計画。それを特に象徴しているのは、まさにこの「関所」だろう。

関所と言っても、何も領民に槍《やり》を持たせて見張りに立たせ、来る人を追い払ったり、所持品検査をするためのものではない。

ここは領地への入口であり、非日常空間への扉。外界と「お客様の領地」を遮断する役目を担う、コンセプトリゾートの要となる施設なのである。

設置を予定しているのは、他領との境界になる三ヶ所。

まずはここ、大自然の空気を楽しめる北側の道、「エルトの森」関所だ。

次に、最もたくさんの人が訪れるであろう東側の道、「芽吹丘の上」関所。

東の丘をまっすぐ進むと、王都へと辿り着くからだ。丘を越えて見える景色はきっと圧巻だろう。

最後は、旧クローディア伯爵領でもあるバレトノ地区との境界、西側の「池ざかいの小道」関所。

ちなみに、この領地の南側には続く土地や道はない。

……お客様が関所に到着した段階から、演技《コンセプト》は始まる。言動や雰囲気等から、お客様に最適な設定を推測。新しい領主様のお名前、嗜好《しこう》、お話ししてくれるようであれば経歴等をお伺いし、領主様を乗せることを心待ちにしていた御者へとお身柄を託す。その後は領地ののどかな景観を眺めながら、領主邸へお連れする……。

現実的に言えば、予約の有無の確認、お客様情報の聞き取り、次部門への引き継ぎ。関所とはそれらの仕事をしてもらうための部署だ。馬車係からは、続いてホテル係への引き継ぎも行ってもらう。

ここで聞き取ることができた基本情報や、実際にお世話を担当するホテル係から上がってきた情報は、「お客様カルテ」としてアシュリー男爵家で管理する想定もある。

次回の再訪に繋《つな》げ、サービスの向上に役立てていきたい。

日常からの切り替え、よりよいおもてなし、世界観の構築。全ての部門が重要な役割を果たす。

——仮にホテルの建設が終わったとしても、就業人員の確保、何より実際のオープンまでにはかなりの時間がかかるだろうと踏んでいた私達。

しかしそんな懸念も必要なかった。驚くべきことに、領民からの希望は一瞬にして出揃った。すでに全ての人事が決定しているのだ。あとは竣工を待つばかりと言えよう。

関所においては、演技力に定評のある人、お話し上手の人たちが多数名乗りを上げてくれている。

実質の機能性だけでなく、外観にもこだわり抜いた。

建築を担当してくれている領民の皆や、大工さんたちにお願いし、山小屋風の可愛いパステルカラー関所が完成する予定なのだ。

「エルトの森」はクリームイエロー、「芽吹丘の上」はライトグリーン、「池ざかいの小道」はアイスブルーの色合いを指定した。

無理そうならば廃案にしてくれて構わないし、現場に合わせて臨機応変に作ってほしいとは伝えていたのだが、先程オリバーとラルフが言っていたように、塗料を取り寄せたり微調整を重ねたりと、私の理想通りのものができるよう頑張ってくれているらしい。より完成が楽しみというものだ。

実はこれ、今時を同じくして建設中である、「ホテル」をミニチュア化したデザインになっている。

構想を伝えているのは両親と使用人の皆、そしてジェームスたち五人のみ。

全ての建築が終わった後、皆の驚く顔が見られることだろう。

またお客様にとっても、関所が見えた時点からワクワクを感じること間違いなしだ。

つまりこれも、領地の観光インフラでありながら、観光資源にもなり得る大事な要素なのである。

◇◇◇

説明会からはすでに二ヶ月。夏空の蒼、沼の碧《みどり》がまぶしさを深める。

各種のインフラはもはや完備に近づいてきていた。

「ここでは見たところ数種類の野菜は作っているようだが、酪農や畜産はやっていないだろう？　店には肉やチーズなども売っているみたいなんだけど、いったいどこから仕入れているんだい？」

「はい、男爵様。ここを通る貿易旅団から買いつけているんでさ。各国の旅団は王都だけでねぐ、こ
こみてえな地方にも売りに来るんです。そもそも道中の領地で売ることさ前提に、向こうさんも余剰に荷ば用意して旅に出るんだそうで」

「なるほど……ならば食糧調達に困ることはなさそうだね。私自身で貿易旅団の方々に交渉だな。アシュリー男爵領で大量購入ができるよう働きかけることにしよう」

第一に、食糧の確保が問題だった。

リゾート領地の目玉は、なんと言っても貴族が食べている美食のご提供。

食材もきっと多種多様なものが必要となるうえ、これまで領民が食べていく分だけ仕入れていた頃とはわけが違う。供給先を押さえ、定期的かつ大量に購入できる対策が必須だった。

ラルフの返答はその手がかりとなった。

各国の貿易旅団が必ずエレーネ王国を経由し、目的地に向かうのは私も知っていた。

内陸国で資源に乏しいために、あらゆる物資を常に必要としており、よく売れる。

またいかなる戦が起こっている時も、中立の立場を崩さないことでも有名な国だ。

確実に宿で休息が取れ、馬を休ませ、旅団に人を加えるためにも、中継国として重要なんだとか。

貿易が盛んである所以《ゆえん》だ。

なんでもラルフが言うには、この領地は王都からヴァーノンへの一本道でもあるため、たびたび貿

易旅団が通過する。領民が最低限の量を買うだけでも喜んで商売に来てくれるのだから、大口の定期契約を結ぶのはより容易だろう、と。次の機会に立ち会い、交渉してみることで落ち着いたのだった。

……その後この問題は、実にあっさりと解決に繋がる。

「この領地を通る貿易商人」とは、王都に住んでいた時のご近所さんであり、思い切り知り合いであったこと。もう交渉するまでもなく、双方に利益ある契約締結ができたことは、また別の話だ……。

「そういえば、ここは下水道はどうしているの？　今まで王都にいた時と同じように、何も考えず普通にトイレやお風呂を使えていたのよね。沼かどこかに流れるようになっているのかしら？」

「ああ、奥様それはですね、王都の下水処理施設に直接流れるよう管が引いてあるんでさ。クローディア伯爵様のご命令で、その昔領民みんなで工事に取りかかったもんですから。いざ新しく水回りを作るってなっても、勝手がわかっておりやすから心配ご無用ですぜ」

「まあ、そうだったの。先王の時代に命が出て、王都では義務化されたけれど、貴族領では普及していないところもまだ多いと聞いているわ。クローディア伯爵様は、領民のためにご尽力なさる方だったのね」

この世界では、あらかじめ桶《おけ》などに水を汲《く》んでおき、用が済んだら紙と一緒に水で流すという、初期的な水洗トイレの技術がすでに成り立っている。

王都では、だいたいどこの家でも井戸から引く上水道とは別に管が引いてあり、地下の長い長い道のりを流れ、王都郊外にある下水処理施設に直結する仕組みになっていた。

活性炭や鉱物片などで丹念に消毒・脱色した後、川などに放水するのだ。

ただそれも、母様の言うように先進的な地域に限られ、予算や手間を鑑みて、まだまだ未完備なのが実情である。

私達の住むお屋敷こそ、元々病床に臥《ふ》せるクローディア伯爵様のための別邸だった。ゆえに私は、王都と同じ仕組みでトイレが使えていても、なんとなく特に不思議なことでもないかと思っていた。

しかしヒューゴに聞くところ、領地全域が同じ仕組みだったらしい。クローディア伯爵様ご主導のもと、十年以上前、王都で義務命令が出た直後に導入されたのだとか。

この若者たちもまだ十代半ばだったが、当然工事に従事したそうだ。しかも領地の男たちは工法を身体が覚えているとのこと。

ならばとお願いしてみたら、本当に皆てきぱき手が動く。試験的に建設した公衆トイレと仮設風呂は、本物の貴族邸のものと全く遜色ないものが出来上がった。

そのため力仕事が得意な人や、当時指導役にあたっていた人が中心となり、現在水回り工事も絶賛進行中である。

加えて、下水を沼に流しているわけではないとわかったのも儲《もう》け物だった。エルトの沼の濁りは汚泥によるものではなく、苔《こけ》や水草などによる純粋な色のようだ。

そもそも、代々領地の子供たちの水遊び場なのだそうだ。ため池は水源であるため、遊ぶなら沼の方でという伝統らしい。それくらい綺麗で安全だということでもある。

うちの息子もよくずぶ濡《ぬ》れになって帰ってくるんでさ、と微笑《ほほえ》ましげな苦笑を浮かべていた。

つまり、沼も立派な観光資源として売り出していける。予期せぬ魅力発見となったのだった。

「井戸に引いているお水はどこから出ているの？　透き通っていて美味しいお水よね。ここには川はないし、沼のうわずみの部分？」

「お嬢様、今せっかくテナーレにおいでですし、ついでに見ていきやしょう。……ほら、おわかりですかね？　このバレトノとの境にあるため池、中にゴツゴツした岩があるでしょう。あそこからこんこんと水が湧き出続けてるんでさ」

食糧問題、下水問題が解決して、次に私が気になったのは上水問題。

これも越してきてからというもの、お屋敷では綺麗で美味しい水を常時使えていて、特に気にすることはなかった。それにこの領地は各地に井戸が点在しており、皆水には困っていない様子だ。

だが、観光業を始めるとなれば話は変わってくる。

生活用と事業用とでは、消費水量は段違いだからだ。それで領民に水不足が起こったら大変だし、もしも他の領地から一部水源を借りている事実があったとしたら、これから大量の水を使わせてもらう許可が必要になる。水問題は険悪なトラブルにも発展しやすい。

しかし、そんな懸念は不要であった。

オリバーの提言により、全て領地内で水をまかなっていること。その水源が尽きることはないことが明らかになったためだ。

ため池を有するテナーレのポンドウィスト区域。オリバーとそのご家族の居住地でもある。

その口はちょうど（※お姫様抱っこで）遠出していた時だったので、その足で直接彼と共にため池を見に行ったのだ。

彼の言う通り、ため池の中にぷくぷくと泡が立っている場所があり、岩から水が湧き出続けている様子が見てとれた。

山に積もった雪解け水が、土の間をゆっくり通って自然ろ過され、下流であるこちらに流れ出てきているものらしい。天然の岩清水が枯れることなく供給されているのだ。

この国は平地には雪はあまり降らないが、山にはたくさんの雪が毎年積もる。山に囲まれ、森に愛されたこの領地。それを荒らしでもしない限り、自然からの贈り物が止《や》むことはないだろう。

それに、水が原因で諍《いさか》いが起こる可能性もないことがわかった。

隣接するバレトノ地区……現在のブルストロード辺境伯領にはヴァーノン王国を主流とする長い川があり、元々向こうの人たちはそこから水源を得ていたそうだ。

アシュリー男爵領には、すでに私達が心配するまでもなく、基本インフラが確立していたのである。

これらは全て、領民の協力なくしてはわからなかったことだ。

若者たちを罰という名目で巻き込んだが、期待以上によく働いてくれる。予想を遥かに上回り打ち解けることもできた。

……初日の挨拶回り。皆の凍りついた笑顔を、今でもはっきり思い出せる。

こうして確かに計画の実現が近づいているのも、今や領民の皆と笑い合えている幸運も。この五人の尽力が根底にあったからこそだと思う。

——オープンの日を迎えたら、彼らの年季も明ける。

私のお世話係みたいになってきたのに、少し寂しい気もするけれど。……それまであともう少し、一緒に頑張ってもらおう。

◇◇◇

「そうそう、大事なことを忘れてたわ。今日はこれを持ってきたのよ」

麻でできた丈夫な手提げ袋から取り出したのは、萌葱《もえぎ》色の絵の具で縁取った白塗りの板。それから、それなりに質のいい紙が数枚だ。

「こっちの板は……料金表ですかいね？」

「そうよ！　父様と母様、商人として一流の番頭まで上り詰めたジョセフ、経理を任せたら右に出る者はいないアンリの四人で話し合って決定したわ。私もこれは適正価格だと思うから、よほど何かない限り変更はなしね」

カントリーデザインのこの板は、バートの言う通り料金表。色合いは各関所のテーマカラーごとに変えてある。関所に入るとすぐ見えるよう、大人の頭の位置より少し上に打ちつける予定だ。

だいたいここかな、という辺りに一番背の高いジェームスに板を抱えて立ってもらったが、やはり淡い色はパッと目を引きわかりやすい。早速彼が辺りにあった釘《くぎ》で仮打ちをしてくれた。

料金表をぼんやりと眺めながら会話を続ける。

「一泊　八十八シュクー　二泊　百五十シュクー」と料金が記載されている。

ちなみに、私がいつか物の価値から推測し、換算した為替は、一シュクーあたり約百円。

地球のリゾート地と比較すればだいぶ安い。また、泊数が増えるごとに少しずつお安くもなる、実にお得な料金設定となっている。

「意外と安いですね。もっと足元見ても許されるくらいだと思いやすが」

「でしょう？　でもここは一回で満足、一生に一度の大贅沢《ぜいたく》じゃなくて、何度も来てもらうことがコンセプトの一つじゃない？　最初は叙爵されて初めて領地へ、二回目からは領地の視察、領地改革のつもりで……みたいに。だから基本的にお安めでいくんですって」

「あー、なるほど。男爵様方はさすが、よくよく先を見据えて考えていらっしゃる」

五人は感心した様子で頷いていた。

その後は位置の微調整をし、残り二つの関所にも後日取りつけてほしいとお願いした。

「こっちの紙は？」

「これはね、馬車係やホテル係、アシュリー家に引き継ぐお客様情報なんかをメモする紙よ！」

「ずんぶ古びてっけや……質のいい紙だってのはわかりやすが、もっと新しい紙にはしねえんですか？　あ！　まさかこれにもなんか意味がおありで？」

「ふふ、よく聞いてくれたわね。そう！　ちょっと言い方が悪いけれど、いかにも『田舎領地っぽい』紙を用意したの！　他にもほら、この羽根ペン。これはタカさんの羽根でできてるの。一応言っておくと、王都とかではガチョウさんの羽根が主流なのよ。それを染めたカラフルなものもあるわね」

話している途中に思い出し、羽根ペンを同様に取り出した。

この羽根ペンは、今言ったようにタカの風切羽でできている。

濃い茶色をしているため、ガチョウの羽根とは違い、染めることは不可能だ。

また、羽根を加工せずにあてがっているらしく、毛羽先が荒々しく無骨な印象を受ける。上質な品であることに間違いはないが、元王都民としては少々レトロなデザインと言える。

「ははあ、なるほど。オレはわかりやしたぜ！　こったらような『ちょっと高級だけども、ちょっと古くて田舎くせえ』、『領民が頑張って用意した』感じのもんをわざわざ揃えたっつうことでしょう？」

「そういうことよ！　いい感じのアイデアだと思わない？　今こういう小物を揃えまくってるのよ！　お客様の目に入った時、ちょっとした雰囲気《コンセプト》の演出になると思って。オープンまでには、領地のいろいろなところに準備したいの。よかったらそのうち手伝ってくれると嬉しいわ」

もちろんでさ！　と五つの声が見事にハモった。実に頼もしい。

そして。関所の視察、料金表と小物を渡すという今日の目的は終わったことに気づく。ふと時計を見ると、時刻は十三時頃を指していた。

「お嬢様、これからどういたしやすか？　お屋敷までお送りしますよ。もしお疲れでないなら、ホテル視察にでもお連れしやしょう」

手持ち無沙汰に時間を確認する私を見て、ジェームスがそう申し出てくれた。

「うーん……悪いんだけど、今日は遠慮しとくわ。完全に自業自得なんだけど、もう疲れちゃって。馬車があるなら行くのも考えたところだけどね」

申し訳ない思いだが、それは断らせてもらった。

実際のところ自分の足で歩くわけではなく、多分彼らのうちの誰かが運んでくれるだろうとはわかっているのだが。肉体的な疲れに加え、疲労度のようなものがそこそこ高い。馬車で座るか寝転ぶかして移動するのならともかく、そうした体力の回復なしに、新たに追加されたスケジュールをこなすのには耐えきれない気がするのだ。

「そうでしたか。無理はなさっちゃいけねえ。お嬢様の体調が一番大事ですから。んじゃ、お屋敷までお送りいたしやすぜ」

ラルフが手を取って、そっと立たせてくれながら、当然のように私を抱きかかえた。今日の担当はラルフのようだ。揺れを感じさせないことを意識した様子で、ゆっくり屋敷方面へと歩き出す。

……この五人、扱いが丁重すぎるんだよな。もう少し雑に扱ってくれて構わないのに。

両親や使用人とはまた別の甘やかし方をしてくる。

まあ彼らの場合、そこに忠誠心やら罪悪感やらも混ざっているのだろうけども……。

取り留めのない会話をしながら、森をのんびり南下する。ヒューゴとオリバーが話の流れでとある話題を投げかけてきた。

「そういえば、大変失礼なお話かとは思いやすが。アシュリー男爵家には馬車がないんで？」

「オレも気になってたんでさ。馬車買う余裕くらいありそうなもんなのに、って」

「え⁉　わ……私いつもそんなに重かった⁉」

二人はすかさず他の三人に「デリカシーっつうもんがねえのかお前ら！」「言い方があるべ他に！」

「失礼って言えば済むと思ってんのか！」と集中砲火を浴びていた。

だが、冷静になってみれば逆に申し訳なかった。二人は不思議そうに質問してきただけ。ただ一人めちゃくちゃ動揺してしまったが、全然そんな話題ではなかったからだ。

二人はすっかり「そんなつもりでねかったんです……」と恐縮しきっていた。

その後、私を運ぶのは自分たちがそうしたいからしているだけのことであり、馬車に乗れと言ったつもりは双子神に誓って毛頭ない。そもそもお嬢様は綿みてえに軽い、軽すぎて不安になるくらいだと口々にフォローを受け、十分もしないうちに上機嫌となり、会話を再開したのだった。

「ああ、言ってなかったかしら。馬車はあるのよ。今ね、うちの料理長《シェフ》に貸しているの」

そういえば確かにその事情を説明していなかったことに気づく。

「今料理長《シェフ》のギリスは、ホテルで働いてくれる料理人さんを探して、かつての修業先を回ってくれているのよ。領地のお母さんたちに厨房《ちゅうぼう》に入ってもらうのでも良かったんだけど、『貴族が食べる料理』をやっぱりお出ししたいな、ってことでね」

「ああ、道理で！　いつ行ってもシェフが不在だとばかり聞いてやしたし、皆様方、いつも徒歩で視察に来られるから、おかしいとは思ってたんでさ」

そうなのだ。ギリスは今、かつての恩師と呼べる方に弟子を紹介してもらったり、腕の確かな同期たちの行方を追ったりして、料理人集めに奔走してくれている。

エレーネ国内の貴族邸やレストランはもちろんのこと、一時期は南の美食大国、ウィンストンで修業をしていたこともあったらしい。文字通り大陸を駆けずり回って旅をしているのである。

彼は皿洗いや皮むきしかさせてもらえなかった頃に、高貴なお客様への応対雑務として馬車の操縦を覚えさせられたそうで、運転技術、馬の扱い共に長《た》けている。

それにただ馬に乗って移動するより、誰も知らない新興最下級貴族とはいえ、男爵家の紋章が刻まれた馬車に乗っていた方が「貴族の遣いで来ている」とわかり、箔《はく》づけになりそうな気がする。

それから、昔の師匠さんや貴族といった目上の人を乗せて移動する機会もあるかもしれない。

そうした数々の理由から、ここ最近は馬車ごとギリスに貸し出しきっているのだ。

「……で、皆うすうす感じてると思うんだけど。この家で使用人やってても暇でしょ？」

「ホントですよ!!」

「そして。この家において最も不憫《ふびん》で、申し訳なさの極みなのは、ギリス！　あなたよ」

両親と使用人を前に、計画の全容を説明していたあの日。そんな会話も同時に展開されていた。

長い長い下積み、研鑽《けんさん》を重ね。いつか夢に見た料理長《シェフ》の座をついに獲得したギリス。

しかも、叙爵された貴族への褒美として。その誇らしさと喜びにさぞ打ち震えたことだろう。

貴族家の料理長《シェフ》ともなれば、腕を振るう機会も多い。

三食の食事の他にも、奥様のための特別メニューだとか、お嬢様に毎日日替わりのスイーツを用意したりだとか。かなりの頻度で開催される社交のため、店で料理を作っているのとは比べものにならないほどの品目を毎回作っては、様々な賓客に舌鼓を打ってもらったりであるとか。

……そんな毎日を期待して、彼はここに来たはずである。

ところが実情はこれだ。

ギリスが遣わされてしまったのは、よりにもよって引きこもりアシュリー男爵家。

――望んでいた機会は、この屋敷では訪れない。自分一人で全てが事足りる。いやそれどころか、自分の腕すら不要なのではないか？　これでは肩書きが立派なだけで、いっぱしの料理人とは呼べないのではないか。夢見ていた日常とは、到底かけ離れている――。

「……なんて思ってるんじゃない？　どうかしら？　かなり図星でしょ」

「……いえ！　そんっ……」

そこまで言って、下唇を強く噛《か》み締めて押し黙ってしまった。

おそらくは「いえいえ、そんなことはありませんよ。ここで働くことができて毎日とても充実しています」とでも答えるつもりだったのだろう。

だがもはやここまでバレているのなら隠し切れまいと観念したのか、もしくは思わぬところからの突然の指摘に、つい本音が漏れ出したといったところか。顔が苦悶《くもん》に歪《ゆが》んでいる。

それに関しては、私達三人とも本当に申し訳ない限りだと思っている。

この家において、彼が生き生きと働ける機会を設けられる予定は、特にない。

だからこそ。

「ギリス。私が今説明した、『ホテル』で働いてみない？」

この時に私から提案したのだ。

――ホテル内部にレストランを作る。

コンセプトリゾート、貴族ぐらしの里。

プロの料理人が作る料理のご提供は、重要な観光資源の一つだ。

「この計画のためには、あなたの力が不可欠よ。そして、ギリス一人では全然手が足りないでしょうね。料理長《シェフ》であるあなたのもとで働くお弟子さんが必要ね。だって貴族様が食べる美食を、たくさんのお客様に毎食出すのよ？　――ああ、でも。私達は料理人さんの心当たりなんてないわね。例えばなんだけど……そうね、ギリスの同僚だった人とか、見込みがあった後輩さんとか。あなただったらいい人材を知ってるんじゃない？」

「……！」

ハッと目を見開くほど表情を変えた彼を、その時に初めて見た。

「ギリス。あなたにこの屋敷の令嬢としてお願いします。ホテルで働く料理人さんを……いえ、あなたのお弟子さんとなるべき人を、この領地のために探してきてほしいの！」

しっかり私の目を見据えた彼は、無言のまま大きく、そして力強く頷いてくれた。

「……そんなわけなのよ。たまーに屋敷にフラっと帰ってくるんだけど、料理人さん探しの旅、結構順調みたい。そのうちあなた達にもお互い紹介したいわね」

父様はあともう少ししたら、男爵として王宮での仕事が始まる。

叙爵されて貴族となった者は、領地での暮らしに慣れるまで、数ヶ月間ほど仕事を免除してくれるらしい。その期間ももう終わり、ついに貴族としての働きを求められるというわけだ。

それに伴い、出仕のために馬車が必要となる。

ゆえに先日「出仕の日にはなんとか馬車を貸してほしい」と頼んでいた父様に対し、ギリスは「かしこまりました。ご心配なく！　完全に馬車をお返しできるのももうじきです」と即答していた。

その言葉から察するに、確かな手応えがあるのだろう。現に、時折会える彼の顔は疲れが滲んではいるものの、明るく爽やかだ。彼の美味しい食事がまた毎日食べられる日も、きっと近い。

「そうそう、まだ構想なんだけど。領民の皆にも料理人さんのごはんを食べてもらえるようにするつもりよ。今男爵家の皆で話し合ってるところなの。あなた達の口にも絶対入るから、期待しててね！」

「おお！　それは楽しみでさ」

五人はいかにもワクワクした声色。期待と共に、仕事への熱意も高まったようだ。

レストランを割引価格で利用できるようにするか、あるいは料理祭のようなイベントを不定期に開催するか。全員の協力があって成立する事業だからこそ、そうした「福利厚生」もしっかり考えている。そんな楽しみもまた、もうすぐそこに迫っていると言えよう。

◇◇◇

最近父様は少し目を離した隙には、魂を半分口から出しながら、涙目になってげんなりしている。どんな仕事をすることになるのかというよりも、通勤しなければならないことが辛《つら》くて辛くて仕方がない様子だ。

……私も母様も気持ちはよくわかる。しかし代わってあげることはできないために、精一杯励ますことしかできず心苦しい。

未だにろくな自覚がないながらも、私達は着実に貴族としての道を歩み始めているのだ。

その証拠にと言うべきか、私にも家庭教師《ガヴァネス》がついた。

今学んでいるのは、エレーネ国文法に算術、幾何学、それから天文学と歴史、音楽とマナー。

実はこれがなかなか楽しい。というのも、前世で座学は結構好きな方であったし、地球とこの世界の違いが興味深い。特に歴史は新しい物語を繙《ひもと》いていくようで、毎回非常に面白く感じている。

何より、通学の必要がないのだ。どこにも行かなくていい引きこもり座学ライフ。文字通り家庭教師。屋敷に先生が来てくださるのだから。

やはりここでも「通学不要」の条件は守られているらしい。

とはいえ、どこか気疲れするのも事実。

こうしたフリーの日くらい、のんびりした時間を過ごしたい。快く送ってくれた彼らには少し悪い気もするけれど、今日はもうリタイアだ。

次の機会が訪れたなら、その時はテナーレの方に連れて行ってもらおう。

その頃にはもう、きっとホテルもより形になってきているはずだ。

だからせめて今だけは、お日さまと共にゆっくりしていたい……。

窓から吹き込む爽やかな風が暑さを打ち消す。

鳥の鳴き声に呼応して、木々が揺れる音はまるで森が会話しているかのようだ。

のどかで穏やかな空気は身体の感覚をなくしながら、徐々に微睡《まどろ》みへと落としてゆく。

深く息を吸うと同時に。耳腔は遠くから聞こえる、馬蹄《ばてい》と車輪の轟《とどろ》きを静かに捉えていた。

◇◇◇

さあっと森を吹き抜ける一陣の風。

それはもう暖かさを含んではおらず、ひとたびの風ごとに、辺りの熱もさらっていってしまうような錯覚さえ感じさせる。

みずみずしい緑から、少しずつ黄や赤に色を変えつつある、落ち葉のじゅうたんを軽やかに巻き上げ。彩り豊かな季節の到来を、葉の舞いは楽しげに告げていた。

冷え込む体温などお構いなしに、瞳は、そして沼の水面は自然の芸術に喜びを隠せず、輝くばかり。

鼻腔は数々の木の実やキノコ、花々の実りを告げるかぐわしき香りを敏感に感じ取り、山の恵みの味わいを自然と想像させ、胸は期待にふくらむ。

初めて味わった森の夏色が懐かしくも思う。

しかし森の秋もまた、どこまでも天高く、山や木々が青と緑から好みを変え、私達の髪色の如き紅に装いを改める、美しさだけがあふれる季節だった。

アシュリー男爵領も、少し、また少しと秋の風合いに彩られてきている。

そろそろホテルも完成目前。事業の本格化も秒読み段階に迫りつつある今日この頃。

あと数日で、私は誕生日を迎える。

前世では二十歳を越えて以降、また一つ歳《とし》を重ねてしまうこの日が恐ろしくも感じていたが、まだ幼い今現在の私にとっては「ちょっと嬉しい素敵な一日」にしか過ぎない。

端的に言えばとっても楽しみなのだ。

しかしそれはそれとして、毎年両親と使用人たちのテンションがやたら高い一日でもあるため、

「またあのお祭り騒ぎがやって来るのか……」という、前世とは違う種類の恐ろしさを感じてもいる。

母の出産を心待ちにしていた記憶と誕生の際の爆発的な喜びを、皆今もなお引きずっている。

皆はどうも、一年で最も盛り上がるべき最大イベントと認識している節がある。

今年もまた、気合の入りようがすごいのだろう。今から覚悟が必要だな……。


「…………で、ここでパンジーとメリーが待機してるでしょ？　お嬢様はお誕生日だってことにまだ気づいてないタイミングだから、『森で見つけた花なんですー』って感じで花束を渡すと」

彼女にしては珍しいしかめっ面で、計画書っぽい紙と真剣ににらめっこしているジニー。

女性使用人のリーダーである彼女が計画の総責任者を担っているようだ。

ジニーの言葉に、なんとも頼もしい顔で頷くパンジーとメリー。

仕事の時にその顔を見せてほしい。……そうだ、仕事がないから仕方ないのか。

ケイトは無表情ながら、ほんのり口元が和らいでいる。周囲には花のオーラ。彼女が最高に楽しさを感じている時の証拠だ。

リリアはいつものぽやーんとした表情で、これまた楽しそうにハロルドと計画を語り合っていた。

「そしたら次、ロニー！　お嬢様は毎日のお勉強、たびたびの視察でお疲れだから、そこを考慮して！　この日一日はアンタが抱えて移動させて。肩車でもお姫様抱っこでもいいわ。おうちでゆっくりしてもらうんだから、外には出しちゃダメよ！」

「りょっスー」

「りょっスじゃないわよ！　計画の重要性を理解してんの⁉　この時点でもまだまだ、お嬢様に気づかれちゃいけないんだからね！　旦那様と奥様の作戦に上手く繋ぐ義務があんのよ‼」

……ま、丸聞こえ……。丸聞こえだ……！

厨房で白熱する会議は廊下の果てまで全漏れだった。

皆が企むサプライズバースデーが真の意味で成功したことは、これまでに一度もない。

数日知らないフリを貫き通し、当日の計画中盤辺りで、あたかも今気づいたかのように一つひとつのことに驚く。そして「え……⁉　今日、わ……私の誕生日……？　みんな……！」みたいな演技を入れ、一見大成功に終わる。皆は大満足。それが毎年のルーティン。

つまり、仕掛けられる側の私の努力があってこそなのだ。正直地味に辛い。

好意と善意でやってくれているのがわかるだけになおさらである。

私の演技力は毎年上達してゆくばかり。領民の皆の演技にも決して負けることはない気がする。

そもそも、機微を察するのが得意だったり、計算能力が凄《すさ》まじかったり。紙を見るより聞いた方が早いレベルで在庫数を把握していたり、キャッシュフローを基に経営に携わったりできるような頭のいい彼らが、どうして私に全く気づかれていないと思い込めるのか、本当にわからない。怖い。

両親もまた然《しか》りである。

今年もまた祭りが始まろうとしている。

何も知らない雰囲気を纏《まと》い、日々家庭教師の先生と共に勉強をして、たまに視察に行っては領民を労《ねぎら》ったり。私のたゆまぬ、そして孤独な努力は日々続いた……。

——そんなこんなで、誕生日前日を迎えた。

男爵令嬢の朝は早い。

今日は私のお世話係の五人（※労役従事者）と一緒に、ご予約からお見送りまでの一連の流れの確認や、ホテルのために新しく引いた井戸の様子を観察したりと、領地内をほぼ一周して視察する、濃密で充実した日程をこなしていた。

夕暮れが迫った昼下がり、ラズベリーティーを飲みながら休憩していた折。「明日の予定はどうなさいやすか」とバートが聞いてきた。

家庭教師が始まってからというもの、彼らは会うたび必ず私の予定と疲れ具合を確認し、希望があった時にのみ視察に連れ出してくれているのだ。

そういえば最近は授業や視察、事務作業等に勤《いそ》しむ日々で、結局完全フリーの日はなかったな。

明日も大丈夫よ、授業もなかったはずだし、と答えようとしたその瞬間。

「――おうちでゆっくりしてもらうんだから、外には出しちゃダメよ！　――」

と喚起していたジニーの言葉と、おそらく誕生日だからこそ勉強もなしという予定を組まれただろうことを思い出した。

もうそれを思い出してしまうと、誕生日くらい一歩も部屋から出なくとも良いだろうという誘惑に甘えてしまいたくなって、

「ごめんなさい、明日は屋敷でゆっくりさせて。一日なんにもないお休みが欲しいわ。私、明日は誕生日なの」と少し浮かれながら返答した。

（……あ！　待てよ、コレ言ったらダメだったんじゃないか⁉）

答えてから青ざめたが、気づいていることが知られたらまずいのは屋敷の者だけだったと思い直す。

百面相をしつつ安堵《あんど》の息をつき、胸をなでおろした。

しかし。呑気《のんき》に顔を上げ五人の表情を見た時、思わずぎょっとする。

彼らは一様に眉をひそめ、困っているような怒っているような、険しさに満ちた顔をしていた。

「な、なにちょっと……？　どうしたっていうの……」

こちらも困惑するしかない。何かが彼らの逆鱗《げきりん》に触れたのだろうか。怒らせるような言動を無意識にしてしまったのか？　不安に思いながら、なんとかそうしぼり出す。

一向に押し黙ったままの五人の中、ジェームスただ一人が重々しく口を開き、こう言った。

「……お嬢様……。オレたちゃ聞いてやせんぜ……？　なんだってそんな、領地の姫、お嬢様のお誕生日だなんてめでてえ日！　今の今まで教えてくれんかったんでさッ‼」

唸《うな》るような声から徐々に語気を強め、最後にはギリギリ私が驚かない程度の声量で絶叫した。

…………っそんなことかよ‼

というか、この若者たちは多少私を可愛がる傾向こそあれ、まだ適度な距離感と良識があるのかと思っていたのに！　アレか、使用人の皆と同類か！

怒らせたのかと思って不安になって損したわ！

「びっくりさせないでよ！　何を怒ってるのかと思ったじゃないの！」

「いいや、お嬢様。今回ばかりはジェームスの野郎の言うことが正しいべよ。よろしいですかい？まず領民の気持ちをわかっておられねえ。オレ達領民は、お嬢様をいかに大切に思って…………」

その後かなりの時間に及んで、彼らの説教はくどくどと続いた。

怒られた。怒られたのである。

今世に生を受けてから、この日初めて怒られたのだった。

釈然としない。父様にも怒られたことないのに！

口々に言われる文句が止むことは一切なかった。それでも当然の職務とばかりに、日が沈む前にはしっかり屋敷に送り届けてくれた。

まさかこの五人まで私の誕生日を祭りと認識する人間だとは思わなかった。

馬耳東風、どこ吹く風。

完全に聞き流していたのだが、そこで屋敷の皆には知らないフリ続行しなければならないんだった、と大事なことに気づき、

「なんにせよ、お願いだから明日はほっといてね。私は誕生日の事実を知ってちゃいけないのよ。あ

りがたいし申し訳ない限りなんだけど、『おめでとう』とも言いに来ないでほしいの。あなた達の気持ちはもうよーー…っくわかったから。ね？　頼んだわよ。明後日《あさって》以降にまた会いましょう」

渋る彼らに頑としてそう約束を取りつけ、いつものように手を振って見送ったのだった。


そして迎えた、誕生日当日。盛り上がりは尋常なものではなかった。

皆の異様なテンションが。屋敷中のあちこちに見え隠れするサプライズの痕跡が。

そして私の主演女優賞も夢ではない、キラリと光る演技が。

両親も使用人の皆も、実に生き生きとしていた。楽しそうで何よりである。そうとしかコメントのしようがない。そんないい笑顔できるんだと毎年この日に思う。

その期待を裏切るわけにはいかず、名演技は炸裂し続けた。その一方で基本部屋から出ないゴロゴロタイムをも満喫し、なんだかんだで至福の一日となった。

ギリスはここ数日旅をお休みし、食材の調達からごちそうの準備まで頑張ってくれていたらしい。

そんな唯一の新参者であるギリスだけは、私が気づききって達観していることがわかっていたらしく、ふと目が合った時に苦笑された。味方を得た気分であった。

来年からはひょっとしたらギリスの助言により、（※皆の脳内が）ハッピーサプライズパーティーを回避できるかもしれない。

ごちそうも商人時代の比ではなく、皆が祝ってくれることも併せて、前世も含めた歴年で最も素晴らしい食事になった。

私はスイーツよりも他の料理よりも、何よりスープが大好きだ。

ギリスはそれをまるで昔馴染《なじ》みのようによく理解してくれている。

これが唯一かつ初めて成功したサプライズかもしれない。私に気づかせることなく、彼は今日この日の私のためだけに、見た目も味も最高級な五種類のスープを作ってくれていたのだ。

濃厚コンソメとゴロゴロ牛肉のスコッチブロススープ。

キャロットベースの秋野菜煮込みスープ。

ハーブとガーリック、スパイスの香味が心地好い、海鮮魚介スープ。

とろける玉ねぎとグリュイエルチーズが薫る、ウィンストンの名物スープ。

あらゆる種類のキノコがバターチキンの風味を引き立てる、マッシュルームスープ。

どれもこれも最高の一品。お口の中が幸せであふれる至福のひとときであった。

サツマイモとホウキタケのキッシュを主食として時折挟み、嬉し涙に目を潤ませ、一口ひとくちに感謝しながらありがたく完食した。

私のためだけというのも言葉通りで、鍋に誰も手をつけることなく、私一人がおかわり自由。胃の容量を余裕でオーバーしつつ、ひたすら飲み干し続けた。

スープを口に含むたび、かつて天国で過ごした日々が自然と思い返される。

まさにこの世の天国。贅沢、ここに極まれり！

笑顔と祝福を一身に受けられる、こんな恵まれた環境はそうあるものではない。

皆に対して、感謝してもしきれない思いであった。

……後日。私が一番大喜びしていたのは「食事」であると統計を導き出した両親によって、ギリスには特別ボーナスが支給されたそうな……。


秋の夜長。一年で最も長い濃密な夜も明け、翌日。

門環鐘《ドアノッカー》が叩かれる音と共に、来客を知らせる執務室のベルが優しく鳴り響いた。

ホールを掃除していた私とアンリが真っ先に気づき、二人でドアの方へ向かい出迎えることにした。

するとそこには。

「「おじょうさまっ！　おたんじょうび、おめでとうございます!!」」

予想よりも遥か下、目線の先には領民と見られる子供たちの姿。

太陽に反射してきらめく水面よりも、鮮やかな紅葉よりもまぶしい輝く笑顔で、彼らは一斉に祝福を投げかけてくれた。

え……。こんなにも嬉しいことって他にあるかしら……？

胸がいっぱいだ。代表の少女二人が背伸びして手渡そうとしているものを受け取る。

それはこの時季にしてはまだ珍しい、真紅に色づいた葉と草、赤によく映える木の実だけを使って編まれた、可愛らしい手作りのブレスレットであった。

よく見ると皆の手は、遊びの中だけではつかないような引っかき傷もあり、幼いこの子たちが懸命に作ってくれたものだということがひしひしと伝わってきた。

「ありがとう、みんな……。とっても嬉しいわ！　そうだ、うちに上がっていかない？　何かお茶菓子を用意するから」

「ありがとうございますっ！　でも、おじょうさまは今日はいそがしくなるって、わたしたらすぐ帰るぞってお父さんたちにいわれてるから……」

「ねー。また、つぎの機会におねがいしますっ！」

「そうなの？　残念ね。そのお父さんたちって……」

そこまで発して、はたと気づく。

この六人の子供たちの髪と瞳の色に。

今ブレスレットを渡してくれた、黄緑がかった金髪の女の子二人はおそらく姉妹だ。そちらの灰色の髪をした男の子たちは兄弟だろうか。

外見の特徴という特徴が、いつも会っては共に仕事に取り組む――彼らのそれと酷似しているのだ。

視線を少しだけ奥へ遣《や》る。

「……やっぱり！　皆来てくれたのね！　ありがとう、わざわざこんな……」

「いいえ。渡すったら渡す、行くったら行くって聞かねえもんですから……いきなりお邪魔して申し訳ねえです」

そう、そこにいたのは。もはや立ち位置がよくわからなくなって久しい、すっかり領地の総合開発職員兼、私専属の体のいいお供と化した、ジェームス率いる若者たち五人であった。

――彼らが語るところによれば。先日私を送り届けた後、顔が広く発信力のあるこの五人は、由々しき緊急事態だと、私の誕生日という一大イベントを領地中の家々に広めて回った。

明後日までにお気持ちを用意すべきこと、誕生日当日は屋敷の者たちに知られてはならないので、領民もお嬢様と心を一つに、素知らぬフリを貫く必要があることも一緒に。

エルトからテナーレまで、驚愕《きょうがく》の新事実に阿鼻叫喚《あびきょうかん》。領地中が大騒ぎに包まれていたのだとか。

……もうどんな顔で聞いていればいいのかわからなかった。「お、おう」としか言いようがない。

複雑すぎる面持ちを浮かべる私を尻目に、彼らの話は続く。

もう審判の日が差し迫っていたので、大したものは用意できなかったが、皆それぞれ考えてできる限りのことをしたつもりだ。お嬢様にとってはつまらないものばかりかもしれないが、どうか受け取るだけでもしてやってほしい、との本当にありがたい、恐縮すぎる事のいきさつを聞かせてくれた。

「何がお好きなのか。んなことすら誰もようわかってなかったもんで……お嬢様のイメージといやぁ鮮やかな赤色だろ、って考えるヤツが多くて」

「こっちが家内たちから預かってきたヤツでさぁ。なんだっけか、ブローチ？　とか言ってやした」

そう言って金髪姉妹をそばに抱き寄せた、また紫っぽい白髪の少年の腕をそっと掴《つか》んだ、その子供たちによく似たオリバーとヒューゴが手渡してくれたのは。

色とりどりな「赤」のビーズだけで作られた、とても繊細で綺麗な薔薇《ばら》のブローチだった。

この若者たち然り、子供たちも然りで、奥さんたちもまた生まれた時から一緒の、幼なじみ同士であるらしい。

売り物と遜色ないほど完成度が高く美しい。かなり成長してからもずっと長く使っていけそうだ。

仮に学園や社交界につけていったとして、「お抱えの装飾職人に作らせましたのよ」などと吹かしても十分通用しそうである。

一枚一枚の花びらが赤ビーズの折り重ねた波によってグラデーションになっている。遠目から見ただけでは、宝石細工にも見紛《みまが》うかもしれない。

「ありがとう！　本当に素敵。こっちのブレスレットもね。セットにして使わせてもらうわ」

ブレスレットを早速身につけ、そう口にしながら微笑み、子供たちの方を見遣る。

皆はふにゃりと頬を緩ませ笑い返してくれた。

可愛い……。ずっと守っていきたい、大切な笑顔だ。

この子たちの笑顔を守っていくのは、他でもない私。領主である私の役目なのだ。

実感が湧くと共に、改めて決意と覚悟を深める。

——その時。視界の端に映るクローディア伯爵様のお墓が、ひときわ眩《まばゆ》く光を反射した気がした。

しばしの談笑の後、長居しては悪いと、子供たちを抱きかかえたり引っ張ったりして帰路についた彼ら。奥さんたちにはまた後日お礼をしたいと伝言を託した。

私よりも全員歳下であるらしい子たちに、今度絶対一緒に遊びましょうねと約束し、互いに手を振りながらその後ろ姿を見送ったのだった。

——この領地というキャンバスに、また新たな色が描き加えられた。

屋敷に戻ると、来客には気づいていたものの、何人も出ていっては迷惑かと後方から様子を窺って待機していたというユノーとリリア、メリーの三人がいた。彼女たちに今起こった素敵な出来事を話し、掃除を一時中断して歓談した。

しかしその時間も長くは続かなかった。

数時間の後再び屋敷に響いた、門環鐘《ドアノッカー》とベルの音。

偶然近くにいたことだし、父様は出仕中、母様は体調不良で寝込んでいる今、一応家主の娘である私が出た方がいいかもしれないと、なんの気なしに再びドアを開けた。

……そこで私は、先程の子供たちと若者たちが言っていた意味を知ることとなる。

「お嬢様は今日これから忙しくなる」という、あの言葉の。

「ルシアお嬢様ぁ。お誕生日、どうもおめでとうございました。今日もお元気そうで、可愛くってまあ！　年寄りにゃ眼福ですわいな。ほれ、あの二枚目の料理人さんになんか作っていただきなさんな。ババアと収穫したストロベリーとラズベリーでさ」

「なんにがババアかいね、こんジジ！　……お嬢様すみませんねぇ、どうぞと差し上げられるモンなんか、こんくらいしか思いつかんくて。採れたてのみずみずしいヤツだから、きっと美味しく召し上がってもらえっかとは思うけんどねぇ」

「お誕生日おめでとうございます、アシュリー男爵令嬢《バロネス・アシュリー》様。以前領地にいらっしゃった直後、うちの主人もなんか失礼な態度を取ったらしくて……。今までまともに謝罪にも来られてなくって、すみませんでした。これ、お嬢様の髪色にお似合いかと思って。マフラーです。こんバカ旦那にも手伝わせて作ったんですよ」

「重ね重ね……。あんの悪友共がちゃんと謝罪したって聞いて、ヤベェとは思ってたんでさ。ホントに申し訳ねえことばしました！　これ果実染めで、素材はウールなんでさ。天然素材？　っつの王都の人は好きだって聞いたもんで。これから寒くなっから、使ってくだされればありがてえです」

　決して途切れることのない、人の波。人の嵐。

　途中からはもうホールにいた使用人を合わせてもとても手が足りなくなって、母様の看病を申しつけられているジョセフとケイト、パンジーを除く全員を総動員。カラスが夕刻を告げる頃に、ようやく捌《さば》ききったのだった。

いただいたプレゼントの山がすごい。

テキパキと片づけていってているつもりでも、次から次へと積み上げられていく一方だった。

供給がストップした今、全員で手分けすればなんとか仕分けられそうである。

「忙しくなる」とは、このことであったらしい。

皆ジェームスたちからの箝口令《かんこうれい》を厳守し、一日が経った今日、解禁日だとばかりに堰《せき》を切ったようにおいでくださったのだろう。

すると人懐っこく社交的で、領民全員とすでに友人であるジル＆ジニー兄妹《きょうだい》が何やら愕然とした顔で打ち震えていた。いったい何事か、どうしたのと訊いてみると。

「りょ……領民の皆さん、全員いらっしゃいました。全員！」

本当に信じがたく、ありがたく……幸せの限りだ。

感謝やこそばゆさ、心が温かくなるような幸せなこの気持ちを、私では上手く言葉にできなかった。

皆からもらった優しさで、身体がいっぱいに満たされている。

この幸せは……リゾート領地を成功させることで、皆に少しずつ返していきたい。

――領地で迎えた初めての誕生日は。秋の物悲しさなど感じさせない、温かなたくさんの笑顔と幸せに包まれながら、こうして幕を閉じたのであった。

第六章　天使の祝福と再会ですわ！

「今日も結構な数が届いているわね……」

羽根ペンを手にした私達アシュリー家三人の眼前には、今日も今日とてたくさん届けられたお手紙。

一つひとつに返信を書く、いつもの日課が始まろうとしている。

この手紙の正体とは、何を隠そうホテルのご予約……だったならどんなに良かったことか！

悲しい事実を言えば、様々な貴族家からいただいているご招待状だ。

領地に引っ越してきてからしばらくは、アシュリー家のことなど忘れ去られているかのように、他の貴族家からなんの音沙汰もなかった。

「皆様、叙爵式の終了と同時に、私達のことなど忘れてしまったんだろう」

「きっとそうね……！　このままぜひ、一切の存在を永久にお忘れでいてほしいわね」

そうしみじみと語っていた両親に、私も完全に同意だった。

もっとうんざりするほどにお声がかかるものかと思っていたが、それは全て杞憂《きゆう》だったようだ。

良かった良かった。忘れてくれていてありがとう！　ずっとこの先放っておいてください！

……何ヶ月かの間、至極真剣に喜んでいた私達。

ところがそれは、極めて都合のいい勘違いにしか過ぎなかった。

出仕の免除と同様に、叙爵されて貴族になった新興の貴族家には、その立場と暮らしに慣れるまでの間、貴族として求められるべき役目……社交や交渉などの機会も免除となるらしい。

つまりこの数ヶ月平穏だったのは、貴族のしきたりや私達へのお気遣いから、招待がなかっただけ。名実共に貴族となった今、数々のご招待が山のように届くのは自明だったのだ。

それからというもの、届いたお手紙にお断りの返信をするのが私達の日課になっている。ただし必ず直筆で、心を込めて。

その傍ら新事業の宣伝を盛り込むことも忘れない。

『――私共アシュリー男爵家では、現在新しい価値観のもとに創出する、観光リゾート地の開設準備をしております。皆様方のご来訪とあれば、ぜひご優待させていただきますので、日々の御労苦の慰安としてご検討くださいませ。お越しをお待ち申し上げております』

お断りしておいて書く告知として、かなりギリギリのところだとは思う。ただ、さすがにご教養のある貴族様がお相手のため、「それは素晴らしいことですね。ぜひとも参りたいものです。ご事業の成功をお祈りしております」といった素敵な返信をいただくばかり。

「まだ誰からも怒られていないのでセーフ」理論で地獄のルーティンをこなす日々だ。

「こちらは先日お会いした伯爵様……こちらは東の男爵領の家門の方……。なぜだ……どうしてどなたも私達を放っていてくださらないんだ……？　社交の場だなんて絶対に行きたくはない……！　辛《つら》い、最近は毎日が辛くて仕方がない……！　生き地獄とはこのことだ……」

「……あなた……私も真実同意するけれど、きっとその反応は違うものなのよ……。『人脈にも利点にもならない、私達新興の家へのご招待……!?　なんて名誉なことなんでしょう！』というのが、おそらく本来正しい反応なのだわ……」

「父様と母様、どっちにも同感よ……。こんなすごいことを……揃《そろ》いも揃って嬉《うれ》しく思えない私達だからこそ、どうしても辛く感じちゃうわよね……」

顔色然《しか》り、覇気のなさ然り。ゾンビと見紛《みまが》おうともおかしくはない私達ながら、その手の動きは実にこなれたものだ。

毎日必死でせめて失礼にならないよう言葉を選び、丁寧な筆跡を心がけた結果、今やすっかり文章構成やら好印象の筆跡やらが上達してしまった。もはや手紙のプロと言っても過言ではない腕前だ。

「とりあえず、私が書いてたのはもう終わりそうよ……！　あとはこれだけかしら？　ねえ見て、なんだか豪華な封筒。いかにも高位の方っぽいわ。それにほら、赤い封蝋《ふうろう》じゃなくて、金と黒……っ!?」

心理的苦痛と罪悪感に死屍累々《ししるいるい》ながらも、ようやく今日の担当分の手紙を書き終わりかけていた私。最後に手に取った一通だけ、これまで見たことのない紋章が刻印されているうえ、紙質から装丁まで絢爛《けんらん》仕様のお手紙だと気づいた。

私の言葉にこちらを見遣《みや》った両親と共に、心臓が止まりそうになるほど驚愕《きょうがく》した。

自分自身の言葉に。その言葉通りの、特徴ある封蝋に。

誰かから聞いたことがある。アトランディアにおける封蝋とは、貴族によるものは赤い封蝋。赤蝋《ろう》燭《そく》を垂らしたものに、指輪の刻印を押しつけてシーリングをする。

……そして、王族の封蝋は特殊なのだと。

各国を象徴する国色を使い、貴族家のものとは一目で区別がつくのだと。一色ではなく二色仕様。濫用を防ぐべく、国色の蝋は一般には出回らず、王家のみに献上されているのだと……。

自身の手にある封筒が、何か信じられないものに見えてくる。

その封には、黒色の蝋。黒を象《かたど》る紋章は、羽を空高くに掲げる気高き大鷲《おおわし》。印影を残すだけに留《とど》まらず、大鷲には金色の蝋が微細に垂らされ、かの身分をありありと伝えていた。

瞳が示す感情は、期待。思い返すのは不用意に、かつ身の程を弁《わきま》えずにした、再会の約束。

横髪に揺れる紺色のリボンが。柔らかな風にそよぎ、光にきらめいた。

幼い指の動きすらももどかしく取り出した便箋。一人読んだ文面には自然と笑みがこぼれた。

この手紙の差出人、その名は――……。

『あなたがまたひとつ歳《とし》を重ね、その美しさに磨きをかけられたことを聞き及びました。

無知にもそのめでたき日に、あなたのおそばにいられなかったこと、とても残念に思います。

……今からでも、僕にお祝いさせてはもらえませんか。

恩人であるアシュリー家のあなた方が、貴なる一族に列せられてから。今日までどんな素敵なことがあったのか、ぜひ僕にもお聞かせください。

つきましては、エレーネ王城へご招待いたします。

クラウス陛下から賜った僕の宮がありますので、そちらにお越しください。

あなたとお話しできる時が、あなたに再びお会いできる時が今からとても楽しみです。

――親愛なるルシアちゃんへ
リアム・スタンリー』

それはあの日――父様が保護した、寒さと恐怖に震えていた少年。最初こそ当惑した様子だったが、すぐに花が綻んだような笑顔を見せてくれるようになった、私の可愛《かわい》い弟。

「またいつか」の再会を誓った、リアム・スタンリーからの手紙だった。

「リアム……！　ありがとうね。この手紙、宝物にするわ……」

この場にはいない彼に向けて呟《つぶや》く。一足遅れでやってきた「幸せ」の贈り物に、つい先程まで感じていた暗鬱とした気持ちなど吹き飛んでしまった。

少し背伸びをした、気取った文面が可愛らしい。エレーネ文字に慣れていないのか、たどたどしく幼い筆跡。リアムの気持ちがいっぱいに込められており、一生懸命書いてくれたことが伝わってくる。

お祝いの言葉をもらえるだけで最高に嬉しいのに、これはエレーネ王宮への招待状でもあるようだ。

直接お祝いを伝えてくれるつもりなのだろうか？　それとも公務なんかで忙しかった中、都合がつけられるようになったりして、ただ私に会いたいと思ってくれている？

「リアム。これ、約束のしるしよ。――また会えるわ！」

……今日までずっと、このリボンを身体《からだ》のどこかにつけてきた。

髪に飾る時もあれば、腕に巻いたり、服のワンポイントにしてみたり。

咄嗟《とっさ》のことだったと言えど、もう少し男の子が持ちやすいものを渡せば良かったかもとは思った。

しかしリアムは身にはつけずとも、今もきっとあのリボンを捨てずに持ち続けてくれている。それこそなんの確証もないけれど、そんな気がした。

リアムもまた、この約束を忘れずにいてくれたのだ。

なんともなしに手紙をヒラヒラとひっくり返したりして、期待のまま勝手に手が動く。

これほど楽しい気持ちで招待状を手にしているのは初めてだ。

私だけでなく、連名で両親の名も記されている。

二人もまるで息子のように可愛がっていたことだし、さぞかし喜んでいることだろう。

「楽しみみね」そう声をかけようと思って、顔を上げて二人に視線を向けた。

すると。微笑《ほほえ》んでいることに違いはないが……二人は血の気をなくした顔色で、息もつかず押し黙っていた。表情と感情が全く一致しておらず、ひどい言い方をすれば不気味にさえ感じた。な……何？　この空気。そのなんとも言えない表情……。

「……え？　ちょっと、父様母様どうしたの……。せっかくリアムがまた会える機会をくれたっていうのに。二人ともあの時、可愛がって喜んでいたじゃない」

問いかけた言葉から数秒経《た》って、ようやく父様が口を開いた。

「……いやルシア、お前は再会を心から喜んでいていいんだよ。私達だってもちろん嬉しいさ。ぜひとも招待を受けようじゃないか。……しかしなぁ……」

「私達はいい歳して散々な無礼行為を働いてしまったもの……」

「！　た、確かに……！」

そう言えばそうだ。

あのわずか二日の間に、私達一家は馴《な》れ馴れしいで済まされるレベルではない、相当な無礼の数々をしでかしているのである。

いったい私達はどれだけのことをやらかしたんだったっけ？

――まあ普通に抱きかかえたり、なで回したり……服を脱がせて入浴もさせたでしょ、あとは抱き枕がわりにして同じベッドで同衾《どうきん》もさせたな。そしてこの間、全員当然のようにタメ口だった。

「いくらでも出てくるな……」

「私達、無礼行為のプロね……。しかも私達、なんだかんだで結局謝罪できていないのよ……」

「これって謝って許してもらえることなのかしら……」

国王陛下からの勅令をお届けくださった、あの日のフォスター子爵様のお言葉が脳裏によぎる。

リアムは無礼などとは感じていない、楽しく過ごしたと周囲の貴族に語って聞かせるくらいであったと。そして王宮でも咎《とが》める声はなく、皆アシュリー家の功績を讃《たた》えるばかりだ、と。

(これがどの程度本当の話なのか……)

この時三人の思考は、言葉に出さずとも全員一致していた。

子爵様のお言葉を疑うわけではないけれど、最悪真実は違い、あくまでフォスター子爵様とそのごく身近な、限られた方々だけのご所感だった可能性もあるのでは……。

……今さらながらにこのとんでもない事態を再認識し、滝のような冷や汗が全身を伝った。


「……おお……ついに……ついに来てしまったな、王宮……」

「大丈夫よね? きっと大丈夫よね、私達……。せめてリアムだけは怒ってませんように……!」


森を抜け小高い丘を越えて、数時間。

領地では風と共に木々がざわめき、一斉に景色に紅が舞うが、ここの木々は寝息を立てているかのように大人しい。

民家の屋根や煉瓦《れんが》造りの街路をただ引き立て、その鮮やかな彩りを添えるのみ。

だがそれも、自然豊かな森の領地とは一風変わった、都会の洗練された美を静かに主張していた。

王都の街並みは懐かしく……さわさわと揺れる優しい秋風は、ふるさとの住民である私達に気がついた様子で。まるで街が「おかえり」と言って出迎えてくれているような、吸い込む空気がなんだか暖かいような。そんな素敵な気持ちに――……なりながらも。身を震わせる緊張と恐怖もまた、同様に感じ取っていた。

エレーネ王都、そしてエレーネ王宮。ついに来てしまった。

さすがに何かの罠《わな》だとまでは思わないが、リアムの周囲にいる貴族様や使用人さん達が、私達に少なからずの悪感情を抱いていることは十分有り得る。針《はり》の筵《むしろ》に座って会話を楽しめるほどの強靭《きょうじん》なメンタルは持ち合わせていない。少々不安を感じるのは仕方がないと言えよう。

しかしそれでも、再会への喜びが勝った。

数日に及ぶ話し合いの結果、礼節を尽くしたうえで招待を受けると決めたのだ。

やはり私の誕生日のために手紙を書いてくれたことは、私だけではなく、両親もとても嬉しく感じたらしい。私達としてもぜひ再会を果たし、直接お礼を伝えたかった。

ただし。仮にリアムがなんとも思っていなかったとしても、あの日彼の身分にそぐわない無礼な行いをしたことは事実。謝るべきタイミングが訪れたら誠心誠意謝罪しよう、という話でもまとまった。

「最悪の場合、土下座も命乞いも厭《いと》わない。長期的保身を得意とする商人の心意気、見せて差し上げようじゃないか。不穏な気配を感じたらすぐに繰り出してみせる！」

そう意気込む父様に、母様は救いの光を見たような顔で強く同意していた。そんな父様の発言こそ不穏というか、不要なフラグを立ててしまっている気がしないでもない。

「いいんですね？　ホントにいいんスね？　……だいじょぶスか、マジで！　馬車出しますよ⁉」

もはや青いのか浅黒いのかもわからない、ヤバい顔色の私達を心配してくれるハロルドが運転する馬車に乗せてもらい、はるばる王都へやってきた。

男性使用人たち三人は、すっかり馬車を扱えるようになり、道中非常に快適な旅路であった。

……こんな精神状態でさえなければ。

これならば観光リゾート業が本格スタートしてからは、馬車係を任せてもいいかもしれない。

若者たち五人と使用人三人、皆見目も麗しい。領地の顔としても活躍してくれそうだ。

今度穏やかな気分の時に、再度乗せてもらってじっくり考えることにしよう。

馬車を停めてもらったのは元アシュリー商会の近くだ。

この辺りは貸馬車もよく通る路地。停車するにはちょうどいい。

それにここからなら、引きこもり一家の私達でも王宮までの道筋がわかる。徒歩で十分の距離だ。

ついでに実家に顔を出すというハロルドと、夕方にまたここで待ち合わせることを約束して、一旦別れを告げた。

彼の実家の所在地はわかっているし、もしすれ違ったとしてもなんとか落ち合えるだろう。

こうして私達は……約束の地へと到着したのであった。

どうか不穏な想像が、想像だけで終わりますように……。せめてリアムの使用人さんにご挨拶くらいはさせてもらいたい。今できることは、懸念が現実に変わらないことを祈るばかりだ。どうかリアムと平穏に過ごせますように……！

緊張感、期待と嬉しさ、一抹の不安。いろいろな感情に爆発しそうになる心臓を手で抑えながら、城門付近を三人バラバラにうろついてみる。門番の兵士さんがいれば案内してもらおうという魂胆である。

というのも、招待されたリアムの「宮」とやらがどこにあるのか、父様ですら知らないそうなのだ。おそらく宮殿とは直結しない、離宮のようなものが敷地のどこかにあるのだろう、と父様は話す。招待状にはリアムの名前と共に、「ガーベラ宮《パラティヌス・ガーベラ》へお越しください」と明記されている。しかし何度かの出仕の際にも、そのような宮の存在を話に聞いたこともないのだとか。

それも考えれば当然かもしれない。

なんと言っても彼は、子爵様からお伺いしたように、ヴァーノンとエレーネ、両国の友好と信頼の証《あかし》として身柄をお預かりしている隣国の王太子なのだ。

一般人や下級の使用人さんはおろか、宮殿で働く貴族の面々にも認知できない、存在自体が秘匿された場所にあるのではないかというのが父の予測だ。

確かにそれならば、自分たちで探そうとしていても見つけられないだろう。

結果として、こちらから声をかけるまでもなかった。父の赤髪はよく目立つ。ありがたいことに向こうから先に挨拶をいただき、近寄ってきてくれたのだ。

そのうえ一発で話が通っただけには留まらなかった。真っ先に気づいてくれたのは一番年少に見えた年若い兵士さんだったが、その場における一番の上官らしき方を呼んでくれ、わざわざその方が広大な庭園を通り抜け、城内の奥深く。堂々とそびえ立つ石造りの建物へと案内してくださったのだ。

後日聞き及んだ話によれば、どうやらすでに命が下されていたらしかった。

目の前の建物は、もはや小さな城だ。ここがリアムのためだけに与えられたお城……。

周囲に花々が咲き誇るアーチ門が点在し、正面には女神エレーネと王神ロイの彫刻が象られた、高く水の立ち上る立派な噴水が。

完全に独立した離宮ではなく、よく見れば視認しにくいものの、一部が細い渡り廊下で本城と結ばれている。あそこを通じ、専属の使用人など限られた人物が行き来するのだと思った。

宮そのものは堅牢《けんろう》で剛健な造りでありながら、周辺は華やかで心和む雰囲気を感じられる。

おそらく内部からも美しい景色が眺められるのだろう。

ここは多分、門から真逆方向。お城の真裏だ。

そこでふと疑問を抱く。このガーベラ宮についてだ。

リアムの留学のためだけに造ったにしては、随分年季が入っているように見える。

加えて、ここに来ることができる人物は非常に限定的だ。

ここまで来る間、他の建物を迂回《うかい》したり、入り組んだ道に入ったりと、やたら遠回りをしたように感じた。繋《つな》がる道へ入るまで、この宮を視認することもできなかった。

途中には宮廷貴族《ロード・カーター》様の休憩テラスや、運が良ければ打ち合い訓練が見られるという騎士団の訓練場があったりして、今にして思えば「あえて派手なモノばかりを配置」しているようにも思える。

偶然にここへ繋がるルートへ入っても、行き着くまでに関心を失うように設計されているのだ。

にも拘《かかわ》らず、これほど立派に手入れされた噴水や庭園があるのはどうしてなのだろう？

そんな私の表情を受けてか、両親はそれぞれ自分の考えを話してくれた。

「きっとこれは、この宮で過ごす方のお心を癒《いや》すため。限られた人が身分も関係なく、手入れを欠かしていないんだと思う。それから、もし誰かがここを見つけてしまった場合に備えて、カモフラージュの役目もあるんじゃないかな。宮ではなく、庭や噴水に目が向くように」

「そうね。おそらく、本来の用途は……ご病気を召された王族の方の療養。それから老齢の王族の方が、穏やかに余生をお過ごしになるために使われる宮なのではないかしら」

二人の予想は、きっと正しいと思えた。

エレーネの国民にとって、そして神の血を引くエレーネ王族にとっても大切な御方を、厳かに守護するための建物なのだろう。

クラウス国王陛下はきっとそれもおわかりの上で、リアムにこの宮をお与えになったはずだ。

私達の勝手な想像かもしれないけれど……リアムは、他国の王族からも大切に思われているんだな。

なんだかそれが自分のことのように嬉しく、こそばゆく感じた。

いつまでも建物を眺めていても仕方がない。招待状を決意新たに握りしめ――ついに扉を開く。

重そうな扉を力を込めて押すと、意外にもすんなり開いて重心を崩す。慌てて父様が受け止めてくれなければ、危うく前のめりに転ぶところだった。

威厳あふれる外観から、ギィ……と音を立ててようやく開くイメージを自然と抱いていたが、よく考えると私の発想は朽ち果てた廃墟《はいきょ》に押し入るそれだ。

「ごめんくださ～い……」

入ったはいいものの、まずなんと言ったらいいものやら迷う。

何か貴族らしい適切な挨拶があるのかもしれないが、とりあえず無難な挨拶をしておく。

「いらっしゃいませ！　アシュリー男爵家ご一同様でございますね。お待ち申し上げておりました！」

すると、年若いメイドさんがそれを聞きつけ、すぐに駆けつけて来てくれた。

彼女の声に他の使用人の方々も玄関口へ現れ、続々と歓迎の意を告げてくれる。

……良かった。懸念は懸念のままに終わった。どうやら本当に歓迎されているようだ。

この期に及んでもまだ不安は心の内を占めていたのだ。開口一番罵倒されたらどうしようかと思っていた。本当に良かった……！

「お荷物をお預けくださいませ」

「男爵様、上着をこちらでお預かりいたします」

「はは……どうもすみません……適当に床にでも置いておいてください……」

「な、何をおっしゃいますか！　滅相もないことですわ！」

そんなやり取りが行われているのを横目に見ながら、何かが近づいてくる足音を感じていた。

猫が屋根裏を走っているような、タッピング音のような軽やかな足取り。なんだろう、この音……。

そこまで考えたと同時に、腹部に強い衝撃を受け、意識が一瞬完全に飛んだ。

「うぐあっ⁉」という令嬢どころか女としても遺憾の呻《うめ》きを残して。

状況を理解するまでしばらく時間がかかった。

視線を落とした先には、亜麻色が映る。

「ルシアちゃ――んっ‼」

「……リアム…………！」

ふわりと波打つ亜麻色の髪が、私の腹部に連続すりすりを仕掛けていた。

な、何この可愛い生き物……。メガウルトラ可愛い！

「ルシアちゃん！　会いたかったよ！　ボク、ずっとずーっと会いたかったんだよ……っ！」

「リアム……。私もよ。私もあなたにずっと会いたかった。また会えてとっても嬉しいわ」

その言葉を皮切りに、ぎゅっと抱きつかれる力が強まる。

心から私との再会を望んでくれていたことが、体温ごしに伝わってきた。

私はいったい何を恐れていたのか。

出立の前に考えていたことも忘れ、私も彼の肩の上から強く抱きしめ返す。

リアムはしばらくの間、そのまま動こうとはしなかった。

どれくらいの時間そうしていたのか。

先程の輪の中にはいなかったおばあちゃんメイドが、リアムに微笑ましそうに声をかけた。

「あらあら、殿下。アシュリー男爵令嬢《バロネス・アシュリー》がいらしたら、カッコよく決めてお出迎えするんだ、とおっしゃっていたではありませんか」

優しい声色に、「あ、そうだった……！」と徐々に力を抜き、私の腕からゆっくり起き上がるリアム。

……その目の周りは赤くなっていたが、あえてそれには触れないことにした。

改めてこちらに向き直ると、彼はおもむろに紳士の礼を取った。

それに面食らう私を尻目に――あろうことかリアムは、その場に跪《ひざまず》いたのだった。

「ちょ、ちょっとリアム……」

そこまで発するのが精一杯であった。

片手が持ち上がる感覚。

「……今日の日を、ずっと心待ちにしておりました！」

片手が浮いていたのは、いつの間にか彼の手の上に重ねられていたからであったらしい。

指先に柔らかい感触を覚える。

視線を移すと。………リアムは私の指に口づけしていた。

それを頭が認識するより先に、みるみる頬に熱が灯《とも》ってゆく。

「り、リアム！　な……何を……！」

「またお会いできて光栄です。レディ」

満面の、花が咲いたような愛らしい笑み。

天使の微笑みであったはずのその顔が、今の私には。悪戯《いたずら》な小悪魔の表情にしか見えていなかった。

白く小さな、まだ私よりも幼い手。

重ねられた指先からは、柔らかな感触がしばし消えず。慈しむように、愛《め》でるように。唇を離そうとはしてくれなかった。

「リアム！　ちょっともう……」

やっとの思いでそう発するものの、それ以上続いて言葉が出てこない。頭が上手《うま》く回ってくれない。

………長い。長いって！

やめてほしいわけではないけれど、平民上がりの男爵令嬢如《ごと》きにすることではないだろう。

こんな淑女な扱いを受けたことなど、前世を併せても初めてだ。

いや違う、「やめてほしくはない」っていうのは他意はなくてね？

レディ扱いされたのが嬉しいとかではない。少しときめいてしまった、なんてことはない。

ただ嫌ではないよ、ってだけであって……。

……誰に何を説明してるんだろう、私は……。

「リアム、わかったから！　私も会えてとっても嬉しい。だからもういいでしょう。お願いだから、もうやめて……ね？」

顔に熱が集まっているのが自分でもわかるだけに、非常にいたたまれない。

周囲にいる使用人の方々、そして両親にも情けない顔を現在進行形で晒《さら》しているのだ。

さすがに振りほどけるわけもないので、彼に懇願するより他に手はなかった。

「えー……うん、わかった……。ルシアちゃんの言うことだからね」

その返答を発する瞬間まで、リアムはついぞ口を離さずにいた。

やっと恥辱の拷問から解放される、そう思ったのも束の間《つかま》。

身を起こした彼は、添えられたままの手を動かさずに立ち上がり。そして私の指の間に、その形の良く細い指をきゅっと絡めてきたのであった。

ゆる恋人繋ぎだ。

……何が「わかった」だよ!!　なんにもわかってないじゃないか、この小動物王子！

こんなのさっきまでと大して変わらんわ！

私への精神攻撃が止《や》むことなど、期待してはいけなかった。私が甘かった。

当の本人はと言えば、さもご機嫌とばかりにニコニコしており、大層ご満悦の様子。

今日はもう、心臓が持つかわからない。覚悟を決めた方がいいかもしれない。

いや、いいよ。あなたがこれで楽しいのなら、別にいいけども。

もっとこうさ。好きな女の子とか、身分相応のご令嬢とかにこういうことをするのならともかく。

私なんかにジェントルな振る舞いをしたところでなんら得にはならないのに。

右を見ても左を見ても高位の方々しか身の回りにおらず、食傷気味だということだろうか。

指先が絡み合い、楽しげに揺らされる手をなされるがまま。抵抗しても無駄だろうと達観し、ため息をついて力を抜いた。

「…………は……」

ん？　何この声……。

そこで急に地の底から聞こえてくるような、地を這《は》う蛇の恨み声のような低音が聞こえた。……というより、本当に地面から聞こえていた。

声の主を捜そうと、頭で考えるよりも先に目が自然と下に向けられる。

すると、私の視線の先には。

「……早い……！　……まだルシアには早すぎる……！」

「うわびっくりした……！　父様、仮にも男爵としてどうなの？　その声と体勢……」

床に両肘をついて苦悶《くもん》に歪《ゆが》む顔で、力なく声を絞り出す父と、それをなだめながらも、自らも床に座り込む母の姿があった。

リアムが小悪魔王子だとすれば、さながら地獄の亡者の呻き声そのものであった。

どうやら精神攻撃を受けていたのは私だけではなかったらしい。

私がいいように弄ばれている間、別の意味で連続ダメージを喰《く》らっていた人物がここにいた。

父は今、言わば「ステータス：猛毒　体力赤ゲージ」状態である。

実に痛ましい。私を溺愛する両親、特に父様。

娘の狼狽《ろうばい》する姿を目の当たりにし、心に深い傷を負ってしまったようだ。

特に私自身は悪いことはしていないのだが、なんか申し訳ない。

父様の体力が回復するまでは相当の時間を要した。

やがて母に肩を借り、生まれたての仔馬《こうま》の如き震える足で立ち上がった父は、その場で脱帽しリアムに向かって頭を下げようとした。

「遅くなりましたが、リアム殿………」

私もまた、そこで今日の目的の一つを思い出した。あの日の無礼を今こそ詫《わ》びるべき時だ。

しかし異様な事態を映した金の瞳は、ぎょっとした様子を見せ、肩を跳ねさせる。

そして恋人繋ぎ続行中の私をも引きずるように、中腰の父の右肩をガッと掴《つか》んだ。

いきなりの方向転換に対応できず、一瞬身体が宙に浮くスピードを体感した私は、思い切りバランスを崩してしまい、咄嗟に父の左肩に掴まり事なきを得た。引きこもりは急には止まれないのだ。

リアムは「ごめんねごめんね！　ルシアちゃんケガしてない？　あとでお薬塗ろうね！　それとも飲むお薬にする？」と大げさに謝ってくれる。さすがにこれくらいでケガはないから大丈夫よと伝えた。

……仮にケガしていたとして、飲むお薬……？

両親視点では私が急に寝返り、二人がかりで謝罪を止めたように映ったかもしれない。ただこれは裏切りではなく、不可抗力だったのだと後で言っておこう。

本来ならば「リアム殿下、本日はご招待をいただき誠にありがとうございます。あの日のご無礼、またあの日以来謝罪に伺えていなかったことをお詫び申し上げます」……と続く予定であったのだが、五分の一も言い切る前に遮られてしまったことになる。

ならば私から謝らねばと、隣に立つリアムの目をしっかり見据え口を開いた。

「リアム……あのね。ちゃんと謝らなくちゃいけないって思っていたの。言い訳になってしまうけど、今日までその機会がなかった。今ここで謝罪させてほしいわ。あなたに馴れ馴れしいことをたくさんしてしまった。それなのに、今日こうして招待してくれて。誕生日おめでとうのお手紙もくれて、ありがとうね。……あの日のこと、本当にごめんなさい……！」

必死に思案しながら紡いだ言葉。

しかしこの謝罪すらも、果たして適切なものだったのか？

不安を映し取るように、一時の沈黙が流れた。

恐る恐る瞼《まぶた》を開けると……リアムはそれをよそに目をまんまるに開けて、呆《ほう》けていた。

そしてやはりと言うべきか、徐々にその瞳には怒気がこもり出す。俯《うつむ》いていた私と目が合い、やがて大きな声を出した。

「や……もうっ！　やめてよね！　アシュリーさんもエイミーさんも、ルシアちゃんも！　謝られることなんてないんだよ！　怒ってることも嫌だったことも！　ボク……あの日アシュリー商会で過ごせて、ホントに楽しかったんだよ！」

……しかし荒らげる声は、予想だにしないものだった。肩を掴んだまま、体格に大きな差のある父様を実力行使で身体を引き起こそうと奮闘するリアム。

可愛い。大きなおもちゃを動かそうとする仔犬のようだ。一挙一動が可愛い。

いや、今はそんなこと言ってる場合じゃなかった。

「リアム……私達は、あなたに許してもらえるのかしら……？」

「当たり前だよ！　怒ってることなんて最初からないんだから！　特にルシアちゃん！　ルシアちゃんは今日の主役なんだからね。今度謝ったりしたらボクぜったい許してあげないから！」

息継ぎさえも許さぬ勢いで、不安を形にした問いをすぐさま肯定される。

……どうやら本当に、彼の尊厳を害してしまったわけではないらしい。

「みんな、応接間に行こう！　座ってお話ししようよ」


応接間のソファに腰を落ち着けた一同であったが、その質の良さ、調度品の品の良さに驚く。

この場において真に「腰を落ち着け」ているのは、リアムただ一人だけだった。

そんなリアムは頬をぷくっと膨らませ、ぽこぽこと可愛らしくご立腹していた。

「あのね、三人とも普通に話してね！　敬語と殿下呼びはぜーったい禁止だよ！」

「い……いいの……？」

そうとしか言いようがなかった。両親は緊張からか一様に押し黙るばかりで、必然的に口を開くのは私だけになる。

リアムは意に介さず、そんな私達の態度こそむしろ不思議と言わんばかりだった。

「うん。もちろんだよ。今日はルシアちゃんのお祝いが一番だけど、ボクからもありがとうが言いたかったんだ。ボク……あの日、『殿下』じゃなくてリアムとして。街の子たちとおんなじようにしてくれたこと、すっごく嬉しかったんだ」

……嬉しかったとはどういうことだろう？

無礼をそう捉えていなかったばかりか、それが嬉しいというのは……？　少々酔狂な発言のようにも感じられる。

だが逆に、貴族になったことや多くの招待状をいただくことを、全く嬉しく感じていない酔狂の極み家族がここにいるのだ、人のことを言えた立場ではないと気づき、それを口に出すのをやめた。

「リアム……それはどういうこと？」

数分が経った頃。そう問いかけたのは母様だった。

リアムは絨毯《じゅうたん》に視線を遣ったまま、ぽつぽつと静かに言葉を紡ぎ始めた。

「……みんなはボクの話、どれくらい聞いたのかな」

返答することは口を挟むことになるかと思い、続きを待った。しかし語られることはなく、彼からの質問であったことに気づく。

それに答えたのは父様だ。父はフォスター子爵様からお伺いしたお話の概要や、王宮で聞いたお話、私達一家が共通して認識している事柄を、言葉を選んで話している。

彼はどこか納得したように頷《うなず》いたあと、わずか一瞬眉をひそめたように見えた。

「そっか。フォスターって言ったら、外交官のじいやだね。アシュリー商会に行くって知ってたなら、ボクも連れてってくれたらよかったのにな」

冗談めかした様子で笑ってみせたリアム。しかしそれは苦笑に過ぎず、困り顔のままでしかない。

「リアム……もしかして何か失礼なことを言ってしまったのかしら……」

肯定も否定もなく、彼には似つかわしくない困り顔だけを見せるリアムに、新たな不安が生じた。

フォスター子爵様のおっしゃったことを、私達が認識違いしている可能性も考えられるからだ。

それなら双方に失礼であるし、何しろリアムの身分と尊厳にも関わること。そう質問したのは自然の成り行きと言える。

しかしそれに対しては即座に否定が飛んだ。

「ううん、ぜんぶ正しいよ。……ボクは王太子としてエレーネに来た……。国民向けなのかな？　表向きは友好留学ってことにして。それでフォスタージいやが言ってたように、本当は信頼のあかしとして。危険なヴァーノンから避難して、安全なエレーネで守ってもらうために。でもね、それも実は表向きなんだよ。エレーネ王宮向けっていうのかな……。本当は……祖父上の遺《のこ》した言葉と、父上の意向だったんだ。『ヴァーノンにはないものを学んできてほしい』って……」

……呟くように吐き出したことで、きっと意を決したのだと思う。

彼はとつとつと語ってくれた。衝撃的……そう言い表すことしかできない、エレーネの人間が知る由もない内情を。そして、小さな胸の内にのみ秘め、独り耐え続けてきた思いを……。

負け知らずの神軍、ヴァーノン帝国軍。威厳と風格ある帝都。それを武と知で統率するヴァーノン皇族。権威の全てがそこにはあった。ヴァーノンはただ、孤高で在り続けた。

双子神に思いを馳《は》せ哲学を語り、詩を編んで平和を歌うエレーネ、それを敬慕し追随する他国とは真逆を向く、完全に道を違《たが》えた存在。

かつてヴァーノンの皇族は——神話の記憶を歴史から抹消した。

権力こそが正義。武力こそが統治。

幻影の神と妄想に縋《すが》り続ける隣国とは違い、神軍の総統たる皇族のみが正しく「神」であるのだと。

一人、また一人神話を忘れ。双子神を祀《まつ》るエレーネ王国との交易は、いつしか自然と途絶えた。

軍拡により領土を広め、国力は大陸随一のものと化した。

その終焉《しゅうえん》は突如内より現れ、呆気《あっけ》なく国を包んだ。

リアムのお祖父《じい》様である、ヴェアナー・スタンリー＝フォン・ウント・ツー＝ハイリゲス・ヴァーノリヒ様の手による改革が起こったのだ。

――それは言うなれば、皇帝自らが引き起こしたクーデターであった。

かの方は幼い頃より、武力によってのみ成り立つ国の在り方に、疑問を感じ続けていたらしい。

戴冠を終え、ある時。信頼に足る家臣だけを招集し、帝政を放棄。軍の大部分を切り捨てた。

隣国にとって青天の霹靂《へきれき》であったその出来事は、ヴァーノンにとっても同様だったそうだ。リアムのお祖父様の……言わば独断で。帝国の滅亡は強行されたのだ。

それは国民を混乱に陥れるには十分すぎた。

これまで信じてきたこと全てが、よりにもよって……崇《あが》め奉っていた誰より尊い方に、突如として否定されたのだから。

武勲がもてはやされる中で、平和を志す。その先見の明は逸脱している。どれほどの勇気を要することだっただろうと思うのは、おそらく私が外野にしか過ぎない証左である。

ヴェアナー陛下が切望したのは、ヴァーノンにはない全て。平和による統治を志した。でも漠然としたそれを理解する人間は、ご自身も含め……ヴァーノン国内についぞ現れなかった。

……それからのヴァーノンは、私達の知る歴史を辿《たど》る。

先王陛下は失意のうちに冷たい床に伏せ、御隠れになった。リアムのお父様であるアクセル陛下へ全てを託して。現王となったかの方もまた、ご遺志を継いで平和な王国の姿を夢見た。

そうして、一粒種であるリアムの留学が決まったのだという。先程彼が言ったように、ヴァーノンの人々が知ることのない、エレーネにしかない「何か」を見てきてもらうために。

それは……王国を支持する国民の期待を託されると同時に、帝国回帰を望む国民の憎悪をも、幼く小さな一身に受けるということでもあった。


「ボクは……ボクはね、祖父上と父上のことがわからなかった。だって祖父上が改革を起こすまでは、他の国との仲は悪かったのかもしれないけど、ヴァーノンは強くて立派な帝国だったんでしょ？……ヴァーノンにいた頃、何人かのお付きの貴族からそう言われたよ。確かにそこには、帝国ヴァーノンなりの『平和』があったんだ。それなのに、祖父上と父上のわがままで、それを壊しちゃった。それを『幸せ』って感じてた国民を傷つけちゃったんだよ」

だから……だからボクは、エレーネなんかに行きたくなかった。

しぼり出された声の後、リアムは一分も経たず慌てて打ち消そうとしたが、三人は示し合わせたかのように、手だけでそれを制した。

これはリアムがずっと抱えていた思いなのだ。エレーネで生まれ育ち、エレーネ王族に仕える貴族ともなった私達に遠慮してのことだと、考えずともわかる。私達はむしろ、彼が信頼して思いの丈をぶつけてくれていることが嬉しかった。

リアムの思いは、エレーネに来てからも変わることはなかったという。

彼は常に、誰にとっても大切な「殿下」であり続けたのだ。

ヴァーノンの王国支持者にとっては、リアムは「平和を統べる君主《王太子殿下》」。政権打破を望む帝国回帰派にとっては、リアムは「名誉を取り戻す英雄《皇太子殿下》」。そしてエレーネ王宮にとって……彼はここでも「友好と無戦の人質《殿下》」だった。

あからさまな敵意を浴びせられていたお祖父様やお父様とは違い、どの立場に置かれた人からも丁重に扱われる。自分はとてもとても大切な存在。大切にされている、それは痛いほどにわかる。

しかし彼らの誰もにとって、大切なのはリアム・スタンリーじゃない。ハイリゲス・ヴァーノリヒの亜麻色を見ているだけなのだと。いつも頭を占めていたのは傍観と諦観。

ボクは「頂点に君臨する血筋《殿下》」。お人形のように座って動かないことが役目なのだ……。

そんな最中のこと、あの事件が起こった。

「……誰か。よく知っている顔だった気がする。聞き慣れた声と言葉だった気がする。ボクはなぜだか初めて安心して、いろいろなことを話した気がする……」

思い返す記憶は、それのみだという。

気がつけば、信頼しかけたその人物などいなかった。真っ暗闇の中に一人きりでいた。

当初、まともに涙も出なかったそうだ。自分は何者かに利用され、今まさに人質にされようとしている。……そんな状況は今に始まったことではない。程度は随分悪くはなったけれど、誰かの目的のために利用される人形。いつもの自分《殿下》の扱いと全く同じものだったからだ。

そのうえ、身体に痛みはない。いざ誘拐するならば、もっと目が覚めることのないよう徹底的に痛めつけるか、手足を拘束するくらいしてもおかしくないはず。

……それをしないということは。目的がなんであれ、誘拐の犯人たちにとっても自分は「殿下」。

大切な大切なお人形であるからなのだろう。

……ボクはとても便利な道具。どこにいようと、誰にとっても。貴重で大切な殿下《人質》でしかない。

ヴァーノンからエレーネに所有者が変わったように、また別の誰かの人質になるだけ。むしろキラキラした王宮なんかじゃなく、こういう場所こそボクに相応《ふさわ》しかったのかもしれない。

ボクの人生は、きっとずっとこのままなんだ……。

生まれて初めて絶望が胸を覆った。勝手にあふれる涙を止めることができなかった。

「そんな時だった。『大丈夫かい⁉』って声がして、綺麗《きれい》な赤い光が見えた。アシュリーさんが助けてくれた……。──みんな、ボクのことをリアムって呼んでくれたよね。アンティークの人形みたいに誰も触れてこないボクを、優しくなでてくれた。殿下のための食事じゃなくて、みんなと同じ美味《おい》しいごはんを、同じテーブルで食べさせてもらった」

皇帝の亜麻色と金細工の金色。強者の色で、暗い闇を映した黒色。その二つの色しか存在しなかった世界に、まぶしい赤色の光が現れた。綺麗な赤……アシュリー家の皆が、ボクを救ってくれた。ボクに光をくれたんだよ。

そう言って笑ったリアムの顔は、私達が再び見ることを望んだ、あの花の綻ぶような笑顔だった。

それに、大事なことにも気づけたんだ。そう話す彼には、もう先程のような陰は見られない。

あの日迎えに上がった騎士団員に連れられ、エレーネ王城への帰還を遂げたリアムを待ち受けていたのは──周囲の人々の心配。笑顔。それまで彼が嘘《うそ》偽りと信じ込んできた、愛情であったそうだ。

皆が彼を気遣い、中にはリアムの姿を目に収めた瞬間、その場で泣き喚《わめ》く者さえいたのだとか。

やがて彼は、皆が夜を徹して安否を憂い、ただその身の無事だけを祈り続けていたことを知る。

「……大事な『人質《殿下》』を失ってしまっただけなら、貴族はともかく、使用人や官僚たちまでボクを心配する必要なんてない。ヴァーノンに対してだって、上手い言い訳のしようがあったはず。……でもみんなは、ボクがケガもなく無事に帰ってきたことを。アシュリー家で過ごしたことを嬉しく話すのを、とっても喜んでくれた」

ほら、これ見て！　と言って懐から取り出されたのは、大事にファイリングされた数枚の紙。

紙質は粗悪ではないが……彼から以前もらった招待状のように、彼の周囲にいるような高位の人々がリアムに手渡したりするための、身分相応なものには見えない。

少し日を通すだけでも、一枚の紙全体にびっしり文字が書き連ねられているのがわかる。

いい紙を手に取る時間すら惜しいとばかりに、その辺りにあった紙を引っ掴み、スペース一つなく書き殴り。それでもなお足りずに何枚にも及んだ。そんな形跡が見て取れた。

「何かしら？　重要な書類か何か……。ううん、誰かからのお手紙？」

遠目から見ているだけでは、何が書かれているのかわからない。字が細かすぎて読み取れない。

近づけば読めるかな、と考え彼のそばへ歩み寄り、その手の先に視線を落として。……そこで自分の盛大な勘違いに気がついたのだった。

文字が小さいとか細かいとかではなかった。これ全然知らない言語じゃん！

さすがは国交断絶されて久しいヴァーノン。話し言葉が違おうとも、筆記にはエレーネ文字を使用する他国とも一線を画し、全く独自の文字を使用しているらしい。

「これは……ヴァーノン語なの？　初めて見たわ。エレーネとは使われている文字の形も違うのね」

「ふふ。そう！　これはね、父上があの後送ってくれた手紙だよ！」

「え、お父様から……！　国王陛下からのお手紙だったのね。やっぱりリアムが心配で送ってきてくださったの？」

「えへへ……ホントにそうなんだ。父上はエレーネからの勅使を受けてすぐに、この手紙をヴァーノンの勅使隊に預けて届けてくれたんだ。これはね、ボクが父上からもらった、初めてのプレゼント。ボクの宝物なんだよ」

リアムの身を案じた方々はエレーネ王宮だけではなかったらしい。

クラウス国王陛下は、逐一早馬を出し、ヴァーノンに報告を送っていたのだそうだ。それだけ責任を痛感されていたということだろう。

そしてリアムの無事を確認した直後には、正式な勅使隊を結成。事の次第を全て報告すると共に、深い謝罪の念、いかなる処罰も受け入れる旨を面々に託した。そしてヴァーノン国王アクセル陛下からは、エレーネに対する厳格な処遇が託された使者が戻ってくる……はずだった。

実際に現れたのは、大陸横断の行幸かと思えるほど壮大な、貴族も多く含まれるヴァーノンの勅使隊。そこにはかねてより殿下が気がかりだった側近や、留学に反対だった大臣の顔も。国政や思想に一切関わらず、ただ「リアム」を大切に想《おも》う人々の姿がそこにあった。

どうしたのみんな！　と驚く彼を見て、ヴァーノンの人間もまた、一様に安堵《あんど》の笑みを浮かべた。

もうそれは、「もっともらしい理由をつけてリアム殿下に会いに行きたい者集まれ部隊」だったそうな。そしてその方々からヴァーノン国内の意向を聞かされ、陛下からの手紙を預かったという。

「……それでね。もしあの日、アシュリーさんに見つけてもらえなくて、商会でルシアちゃんに出会えることもなくて……。そんな何かがちょっとだけ違った世界だったとしたら。……そんな怖い世界でも、きっと父上はこれと全く同じ手紙をくれたと思う。でも『そのボク』は、きっと迷いもせず破り捨てていた。ヴァーノンの皆だって、見向きもせずに追い返していただろうね」

手紙をきゅっと握りしめ、彼は愛《いと》おしそうに呟く。

何かがちょっとだけ違う、私達が出会わなかった世界。

無意識に数拍不整脈を立てた。——そんな世界の可能性は、確かにあったのだ。

例えば。「私」に引きこもり生活を夢見た前世の記憶なんてなくて。甘やかされるがまま、貿易商人の道を親に選ばせ、際限なしの贅沢《ぜいたく》を送る。その境遇は「彼女」にとり、ごく当然のもので。

ルシア・エル＝アシュリー。

……そんな少女がいたはずの世界を、私は知っている。

私が「吉川祈里《よしかわいのり》」としての意識など持ち合わせていない世界。

そんな「正史」の世界の中で、起こっていたはずの歴史に身を震わせた。

あの日父様が彼を見つけたのは、ごく一部の商人しか使わない物資倉庫。人通りも少なく、知っている者もあまりいない。そして貿易商人は、あの倉庫を使わない。

「正史」の世界で暮らすアシュリー家は、その日どうしていた？　今まさに誘拐事件が起こっていながら、それを知らずに悠々と暮らしていた。父様は倉庫になど行かなかった。

——あの日私達は、交わることはなかった。

ならばリアムはどうなっていた？　……考えるまでもない。みすみす誘拐が成功している——！

恐ろしい想像でありながら、それは実際に起こり得たはずの、私達が偶然通らなかっただけの分岐。

有り得た恐怖にただ身がすくむ。冷や汗が一筋、顔を滑り落ちる。

リアムは物語の舞台裏で、どのような恐怖と苦痛の中に身を置いて、生き続けていたのだろう……？

誘拐を未然に防いだ功績、国への忠義そのもの。いろいろな人にそう褒め称《たた》えられたけれど、今一つ現実味がなくて。今日まで頭が追いついていなかった。

しかし、私が「私」であったから。

「前世の記憶」を持った、〝間違った世界〟の住人であったからこそ。私達は、貿易商人のアシュリー家ではなかった。街の雑貨屋の、寂れた物資倉庫を使うアシュリー商会だった。

あの日、リアムを助けてあげられた。あの日出逢《であ》うことができたのだ。

私達はリアムの命を、この愛らしい一人の少年の心を……ちゃんと救えていたんだな。

今やっと、自分たちアシュリー家の功績とやらを。心から認めて、称賛してあげられる気がした。

隣にくっつくようにして座り、明るい光に満ちた金色の瞳で私を見上げて、彼は笑った。

「この手紙は父上からもらったものだけど……ルシアちゃんからもらった宝物でもあるって思ってるんだよ。アシュリー商会のみんなと出逢えて、大事なことに気づけたから、価値のあるものになった。……祖父上と父上がどうしても見たかった『何か』が、その時なんとなくわかった気がする」

そこで言葉を区切り、私達全員を交互に見渡す。

「だからね、今日はちゃんとお礼が言いたかったの。……ボクはエレーネに来られてよかった。エレーネに来なかったら、みんなと会えなかった……。みんな、ボクを助けてくれてありがとう。一緒に過ごしてくれてありがとう！　見つけてくれたのが、アシュリーさんでよかった」

「リアム……！」

私達にはかけるべき言葉が思い浮かばなかった。誰からともなく彼を抱きしめ、温かい涙が頬を伝うのにも構わず、その温《ぬく》もりを腕の中に留め続けていた。

謝る必要など、最初からなかったのだ。

彼は「殿下」などではなく、私達の家族。可愛い大切なリアムなのだから。


そこからしばらく、談笑に花を咲かせた。当然ながらリアムは私の膝の上。思う存分なで回し続けているが、抵抗の素振りもなく身を委ねてくれている。まるでおねむの仔猫のようだ。

まだ小一時間も経たない頃だろうか。

応接間の扉の先に、三、四人ほどのメイドさんがこちらの様子を窺っているのが視界に入った。

気づいたのはリアムの方が早かった。使用人たちに聞こえるよう、少しばかり声を張り上げた。

「あ、みんな準備できた？　持ってきてほしいな」

それを聞いた彼女たちはこちらに恭しく礼をすると、長く広い廊下の先へと足早に移動していった。

……それにしても、準備？　「持ってくる」とはなんのことだろう。

その心の声に応えるかのように、リアムは愉《たの》しげにこう告げる。

「ふふふ。ルシアちゃん、楽しみにしててね！　ボク、今日はごちそうもプレゼントも用意してあるんだよ！　肝心のお誕生日は過ぎちゃったし、きっと領地でも素敵なお祝いをしてもらっただろうけど、ボクがいちばん素敵にお祝いするから！」

キリッ、と眉と口角を上げるリアム。それはキメ顔なのかもしれないけれど、そこには可愛さしか存在しなかった。

そんなに気を遣ってくれなくともいいのに。こうして再び会えたことが何よりのお祝いだし、もらった手紙はすでに最高のプレゼントとなっているのだから。

「ところで……どうしてそもそも、私の誕生日のことなんてわかったの？」

「そう、それ！　ひどいんだよ、聞いてよ!!　ボクもっと早くに知ってたなら、ちゃんと当日にスマートにお祝いしたのに！」

何気ない私の発言に頬をふくらませて憤るリアム。

いったいどんなひどい話が始まるのかと思いきや、彼が憤慨しながら語った回想は、どこまでも平和で優しいものだった。両親に至っては、終始微笑ましい表情で優雅に紅茶を啜《すす》っていたほどである。

なんでも、リアムは王宮に帰還した直後から、再会の手立てを懸命に探ってくれていたらしい。

私達が男爵に叙せられたのを最も喜んでいたのは、他でもない彼だったという。

貴族の身分は王宮に立ち入る許可証も同然。お忍びで会いに行ったり等、互いを危険に晒すことなく、堂々と正式に招待することができるからだ、と。

せっかくの機会ならば、感謝と再会の喜びを伝えるだけではなく、何かお祝い事をしてあげたいと考えてくれたそうだ。例えば商会の設立記念日や、それこそ私達の誰かの誕生日など。

いざ下調べを開始しようとしたところ、貴族名鑑にアシュリー家の情報が何も載っていないことに気づく。よく考えれば当然だと彼自身悔恨していたが、確かについ最近できた新興貴族家が、すでに編纂《へんさん》された蔵書に掲載されているはずがないのだ。

それなら直接聞けば良いと考え、アシュリー男爵領を案内したという役人との面会を望んだ。

しかしその者は役人の中でも最下級であり、王太子であるリアムと直《じか》に繋げられる身分ではないと、お付きの大臣様に懇々と諭されてしまったという。

今それを命令として承っても、省庁のトップから次官へ、次官からその部下へ……と逆に遡る必要があるため、非常に時間がかかる。また実際の場には所領大臣も同席することにもなる。それでもよろしいかと、本当にくどかったと遠い目をしていた。それでいい、すぐに事を進めてとげんなりしながら命令を出したが、結局面会が叶《かな》ったのは、新版の貴族名鑑の完成とほぼ同時期だったそうだ。

……それって……案内役の役人さん……？

会話を楽しみながらも、三人が目と目で語り合っていたことを、おそらくリアムは知らない。

そして一番の誤算は、アシュリー商会が影も形もなくなっていたことだったという。

ヴァーノンでもエレーネでも、宮廷貴族《ロード・カーター》たちは廊下を移動しつつ経済動向を語り合ったり、休憩時間に投資の勉強をしたりしていた。貴族と商人は密接に結びついているもので、両立するものだと考えていた。だからこそ、まさか叙爵と同時に商会を畳み、領地へ引っ越してしまうなど思いもよらなかったのだ……と、半泣きで回想していた。ギュッと抱きしめる力を強めたのは言うまでもない。

それを聞いた私達は苦笑しつつ納得していた。宮廷貴族様方《ロード・カーター》は商家へ出資してくださっているだけであり、ご自身が商売に携わっているわけではない。そこにはいわば、社員と株主くらいの違いがある。しかしリアムには、それらがなんとなく同等だと感じていたのだろう。王子様ならではの可愛らしい勘違いかもしれない。

そんなこんなで、ついにリアムの手元に、アシュリー男爵家を含む貴族名鑑が届く日がやってきた。

心躍らせページをめくると……そこに書かれていたのは。――「ルシア・アシュリー　創始紀千年九月二十一日生」――。

……その日は今から五日前。ゆうに一ヶ月以上が経過した、十月末のことであった。

『うわあぁ!! 言ってよ! みんな教えてよ!! もう遅いよおぉー……!!』

その日エレーネ王都全域に、絶望に満ちた絶叫が響き渡ったという……。

「リアム、ありがとうね。とっても頑張ってくれていたのね」

実に微笑ましい回想ながら、痛々しく愛おしくもあった。今日の再会のため、絶え間なく心血を注いでくれていたようだ。私とリアムの心はずっと繋がっていたらしい。

届かない可能性があったにせよ、私達の方から手紙を出したり、連絡を取る努力をするべきだった。

両親も同様に考えたらしい。「ごめんね」とリアムをなで、謝罪を告げていた。

その時だった。ノックウッドによる規則的なノック音の後、「失礼いたします」との言葉に続き、大きなクローシュを載せた台を押し、数人の使用人の方々が入室してきた。

「ふふ、やっと来たね! みんなありがとう!」

あの可愛らしさのかたまりでしかないキリッとした表情に戻り、そうお礼を言うリアム。きっとそもそも、この待ち時間のために今の話を始めたのだろう。

お気遣いなく、と母様が声をかける。

リアムはぱあっと顔を輝かせ、待ちきれない様子で足を揺らしていた。

そうして運ばれてきたものは。――芳《かぐわ》しい香りが鼻孔をくすぐる、視覚と嗅覚からすでに「美味」を感じさせる。早く口に含みたい衝動が抑えられない、いかにも美味しそうなスープ!

レモンの鮮やかな黄色と、ゆずの淡黄色が美しく焼き目を引き立てるタルトであった。

「じゃじゃんっ！　見て見て！　ルシアちゃんが喜びそうなごちそうを用意したんだよ！」

「リアム……ありがとう………。私、今感動のあまり言葉も出ない……」

私のこの、胸を打つ感動の念を上手く表現できない。「ありがとう」を呟くことしかできなかった。

特に彼が期待したような、高貴な方々がするような洗練されたリアクションは得られなかっただろうに、リアムはそんな私の姿に非常に満足げだった。

得意満面といった表情で、私の手に柔らかな髪をなでられながら解説をしてくれる。

「えへ、やっぱり気に入ってくれたみたいで良かった！　こっちはルシアちゃんが好きそうな、柑橘《かんきつ》のソルトタルト！　最初はベリータルトもいいかなって思ったんだけど。調べてみたらアシュリー家の領地がある、ヴァーノン境の西方領地では、いろんなベリーが特産だって書いてあったんだ。もしかしたら、領地で食べ飽きてるかもしれないなって。だから柑橘系の爽やかタルトにしてみたよ！」

す、すごい……！　これが高貴な人間のする、上流の「気遣い」というものか……！

それをスマートに、嫌味なくこなしてしまう辺り、この子はまさに「王子様」だなと実感する。

そしてその気遣いも、実際に正解だ。

領民の皆さんがたくさんのベリーをよくおすそ分けしてくださるため、私達はそろそろベリーだけを食べて生きる妖精に進化を遂げても不思議はないほど、日々ベリーを摂取する食生活を送っている。

そんな私には、リアムの素敵な気遣いがとても嬉しい。レモンとゆずのタルト、すごく美味しそうだ。口にするのが楽しみである。

「そして、メインはコレだよ！　ルシアちゃん、スープが大好きって言ってたもんね。きっと喜んでくれると思って。このスープはね、各国の王族がよく飲むものなんだ。その名も、『オリオスープ』！」

「オ……っ……！　オリオスープ……‼」

まさかその名を、ここで聞くことになろうとは！　忘れもしない。かつて夢見た至高のスープ！

いつか飲んでみたいと考えながらも、ついぞ口にせず生涯を終えた、我が因縁《いんねん》のスープよ……！

何が因縁かと言うと、その食材費だ。存在を知り、いざ実食とレシピを調べたところまでは良かったものの、給料生活の庶民には縁遠いものだった。こんなもの作ったら一ヶ月分の食費が飛ぶわと正気に引き戻され、泣く泣く断念した苦い思い出がある。

次の給料日までの一ヶ月、大鍋のオリオスープだけを啜って生き抜く覚悟はさすがにできなかった。私はそこまで気合の入ったスープジャンキーではない。

それを今こうして……特別な友人からのお祝いとして飲める日がやって来るだなんて、過去の私は思いもしなかった。

「リアム……本当に、本当にありがとう……！」

改めて感謝を伝え、抱きしめることしかできない。幸せでいっぱいだ。

リアムは嬉しそうに私の胸にしがみつき、頬を擦り寄せてくれた。

「えへ、よかった。いっぱい食べてね！　ルシアちゃんのためのお祝いなんだから。遠慮したらダメだよ！　アシュリーさんとエイミーさんも。おかわりもあるから！」

「ええ、ありがとうリアム。あなたと全ての食材に感謝して、一口を噛《か》み締めながら食べるわ。……いただきます！」

「ルシア……ここ、王宮だからね…………」

その後――地平線の彼方《かなた》を見つめる両親を尻目に、私は鍋を空にするまで食べ続けたのだった……。

また、リアムはとても素敵なプレゼントをくれた。

「ルシアちゃん、遅くなっちゃったけど。改めてお誕生日おめでとう！　この本がボクのプレゼントだよ。ヴァーノンから持ってきた、ボクのいちばんのお気に入りなんだよ。……ルシアちゃんと出会って、王宮に帰ってきてから大好きになった本。だからぜひルシアちゃんに読んでもらいたいなって」

そうして、二冊の本をくれた。一冊は装丁が美しい『海の王女さま』と題された本。もう一冊は……この重みからすると、どうやら辞書のようだった。

それから察するに、辞書はおそらくエレーネ語とヴァーノン語の相互翻訳辞書。この『海の王女さま』という本は全てヴァーノン語で書かれており、その解読のために使ってほしいということだろう。

小説？　絵本？　それとも詩や随筆だろうか？

「この本ね、ちょっと古い本なんだ。ルシアちゃんも気に入ってくれたらいいな。それにボクが持ってるより、ルシアちゃんが持ってる方がこの本も嬉しいと思うんだ」

……何しろあの未知の言語だ。きっと古代の石版を読み解く覚悟が必要になる。それでもこんな嬉しい名目で、しかも大切なリアムから贈られた本である。面白いことに間違いないだろう。ぜひ読破を目指し、いつか彼と感想を語り合いたいと思う。

そして、この本が私にとっても宝物となる未来は、すぐそこにあると確信してもいた。

本を包んでいるのは、えんじ色のリボン。

「リアム……これ、もしかして」

「そう。約束のしるしだよ！　こっちはレプリカで、本物はほら。いつもボクが身につけてるんだけどね。本に結んでおけば、今度はこの本がリボンの代わりに、またルシアちゃんと会わせてくれるかなって……」

とても詩的で心ときめく考え方だと、そう思った。

きっとリアムの言う通りだ。これはきっと、私達の新たな「約束のしるし」となる。えんじと紺のリボンのように、また必ず私達を繋ぎとめ、引き合わせてくれるはずだ。

「素敵な考えね。……そうだ！　ねえリアム、こうしない？　私の紺色のリボン、あなたが持っていてほしいの。もらったこの本……新しい『約束のしるし』は、私が持っている。もともとの約束のリボンは、ほら！　半分ずつで結んでみたわ。色が混ざり合って綺麗だと思わない？　もう願いを叶えてくれた実績のあるこのリボンはあなた。新しい約束は私。きっと最強のお守りになるわ！」

長い赤髪を結っていた紺のリボンをおもむろに解き、リアムの差し出してくれたえんじのリボンに巻きつけてゆく。二色を合わせたダブルリボンだ。

それはまさに、強い想いと約束が互いに絡み合ったもの。

私のもらった本が絶対に訪れる「次」への引換券だとすれば、リアムに渡したリボンは「次」の機会を自然と創出してくれる、縁結びのお守り。

「新しい約束と、結び合った約束か……。うん、いいねいいね！　このリボン、ボク改めてずっとずっと大切にするよ。そうすれば絶対ぜったい、また会えるもんね！」

考えを稚拙に伝えれば、彼は満面の笑みで強く肯定し、そっと新しいリボンを受け取ってくれた。

――楽しい時間が経つのは早く、もう日が暮れる間際だ。

一応言っておくと、ずっと私のひたすらスープを食すターンでお開きになったわけではない。

リアムにフォークで食べさせたり、近況を語り合ったりと、とても充実した時間を過ごした。

「もうこんな時間かぁ……。ルシアちゃん、今日はありがとう！　アシュリーさんもエイミーさんも。おうちでゆっくりしたいところを来てくれて、本当にありがとう」

リアムは一瞬俯いて表情を暗くしたが、すぐにパッと明るい笑顔で気持ちを切り替えていた。

お互い後ろ髪を引かれることのないよう、精一杯振る舞ってくれているのだろう。

「リアム、今日は楽しい時間をありがとう。お礼を言うのはこちらの方よ」

「本当にお世話になったね。娘のためにここまでのことをしてくれてありがとう。私達夫婦もとても楽しい時間を過ごせたよ。そうだ。月に一度の出仕の際、良かったら今度からはルシアも連れてこよと思うんだが、どうだろう？　ぜひまた遊んでやってほしい」

微笑むその表情は、実の息子を見る目そのものであった。

父の提案に、「わあ、さすがアシュリーさん！　お願いします！　ね、ルシアちゃん！　いいよね？」と飛び跳ねて喜ぶリアム。

やはりあのリボンのおかげだろうか。効果は二度実証されたことになる。こうして早速、次の再会への約束ができたのだった。

きっと私達は今日この一日で――本当の家族になれた気がする。

「じゃあリアム、名残惜しいけれど……」

「うん。寒くなるから、エイミーさんも身体に気をつけてね。絶対また来てね！」

母様の言葉を皮切りに、ゆっくり城門の方角へと足を向けた。

……そこでやっぱり名残惜しくて……私一人踵《きびす》を返し、リアムのそばまで駆け戻る。

たくさんの話を楽しんだ今、目を丸くしているリアムに対し、新たな話題はない。

しかしそれでも、あとわずかでいい。もう少しだけ彼との時間が欲しかったのだ。

両親はその思いを汲み取ってくれたらしく、歩みを止め振り返り、何も言わずただ待ってくれていることが気配で伝わってきた。

「リアム……ねえ、領地には。アシュリー男爵領には来てもらえないのかしら……？」

何度となく繰り返した話だった。先程までは残念には思いながらも、納得していたこと。

『領地で今度リゾート観光業を始めるの！　もうそろそろオープンなのよ。リアムもぜひ来られないかしら？　最高のおもてなしを約束するわよ』

「……うん。ごめんね、ルシアちゃんのお願いなのに……」

そう、返答はわかりきっていた。自分でも忘れてしまったわけでも、押し通せると思ったわけでもない。ただ何か、なんにもならない会話がしたかっただけ。

……しかし、それを聞いたらなぜか落ち着いてしまった。私は本当にあと何か一言が聞きたかっただけらしい。

「そっか……そうよね、ごめんなさい。わかってたのに」

リアムはこの宮を離れることはできないという。

厳重な警護は、事件の後さらに強まった。一歩出歩くのにも許可が必要な中、王宮どころか王都をも出て、辺境領地へ踏み入れる許可などもらえるはずもない。また、彼を大切に思う家臣や使用人の方々のためにも、無用な心配はさせたくないのだと。

そして。もう一つ理由があった。

——リアムは「人質」であることを、自ら選択したのだ。

悩んで絶望して、知って、気づいた。「ただのリアム」でありたかった。「殿下」というネームタグが大嫌いだった。

でも——周囲の人間は、ちゃんと自分を「リアムとして大切」に思ってくれていた。平和の存続、栄光の渇望、信頼の友情。その数多《あまた》の希望を背負えるのは、「リアム王太子殿下」にしかできない。ただのリアム・スタンリーには決してできないこと。皆は便利な道具としてその名を呼んでいたのではない。これは希望の称号。全ての人にとっての希望を、この身に託してくれていたのだ……。

あどけなさが残る口調で、しかしはっきりと。自身の新たな希望の道を、決意を聞かせてくれた。

『だから。その希望に応えたいんだ。何ができるのかは全然わからない。わかんないけど、考えてみたの。……「隣国の殿下」として、大人しく王宮で過ごしている。それが今のボクがエレーネと、ヴァーノンの王国派と、帝国派と……いろいろな人にしてあげられる、唯一できることだって』

……確かにそれを聞いておきながら、私は何をやっているのか……！

「ごめん。ごめんね、リアム。違う、こんなことが言いたかったわけじゃなくて……」

リアムは周囲への期待に、希望に応えようとしている。その幼い身には確かな覚悟が灯っている。

……私は何が言いたい？　私はそんなリアムに、どう応えられるだろう？

「……リアム。私、頑張るわ。領民の皆の幸せのために。皆からもらった幸せを返したい。……今までにない新しい事業を始めるんだもの。失敗もあるかもしれない。でも……私にしかできないことだから。あなたがそばにいなくても、頑張ってみせるわ」

「う……うん！　だいじょうぶ、ルシアちゃんならできるよ！　ボクも応援してるからね」

少し面食らった様子。突拍子もない言葉にも、優しいリアムは応援で返してくれた。

「ありがとう。あのね、リアム。あなたもよ。リアムならできる。私達、全部一緒なのよ？　誰かのために、わからないことを頑張ろうとしてるのも。きっと自分にしかできないことだっていうのも」

「あ……！」

「ね？　だからあなたも大丈夫！　私はリアムの応援をもらったから。私にしかできない、領地の運営を頑張る！　だってリアムも王子様として、違う国で頑張っていることを知ってるから。……リアム、頑張って！　離れたところにいても、私達はずっと一緒よ」

伝えたいことをやっと伝えられた気がした。

……自分の言葉に納得する。そうだ。立場が違っても、私達は全部が一緒。いつも一緒なんだ。

「ルシアちゃん……。うん、そうだよね！　ありがとう。ボクも頑張る。だっていつもルシアちゃんと一緒だもんね。頑張るよ！　王太子殿下を頑張る。ルシアちゃんも領地の運営、頑張ってね！　ずっとずっと、ここから応援してるから！」

これはまた次に会うための、一時だけのお別れだ。

空はまだ青々と澄み渡り、橙《だいだい》を軽やかに散らす木枯らしの涼しさが心地好い。

しかし雲一つない青空は、やがて夕刻の訪れることを、人々に静かに告げるかのように。端の方から少し、また少しと。薄紅だった細雲をたなびかせ始めている。

その時リアムが見せてくれた表情は……一番素敵で、頼もしくて。とても愛らしい笑顔だった。

懐かしき王都の風が、約束のリボンを柔らかに揺らした。

第七章　リゾート領地、開幕ですわ！

奏でる笛の音のように吹きつける風が軽やかに踊る。

冬を目前に控えた今日。私達アシュリー家は、完成したホテルの最終視察へと訪れていた。

「ついに……竣工か。長かったような気も、非常に早かったような気もするな。ルシアの考えてくれた案が、今こうして形になったわけか」

領地の中心にそびえ立つ白亜の城は、森の葉波と陽光に輝き、威風堂々の風格を見せつけていた。

領民の皆、使用人の皆に、経験豊富な職人さんたち。微力ながら私達も。そしてきっと、天国のクローディア伯爵様も。全員が一丸となって協力し合い、ついに竣工を迎えることができた。

いつしか現場には、一世一代の大仕事へ共に取り組む仲間としての熱い思いが芽生えていた。

父様の言葉には、口調こそいつもの穏やかさがあったが、抑えきれない感動に熱がこもっている。

母様の表情からも、普段なら見せない興奮が感じられた。

私も全く同様の思いだ。

――今日この日を、どれほど待ちこがれたことか！

エスコートされ、初めて内部を視察した。外観も内装も、その全てが理想を上回っていた。

まさに夢描いた貴族のお城そのものだ。

ホールに繋《つな》がる玄関門のなめらかなゲートと、壁面の黒い組み木が特徴のテューダー様式。丸みを帯びた高い塔と、半円アーチの可愛《かわい》い窓が特徴のロマネスク様式。こだわり抜いた内装デザインは、上品ながらに絢爛《けんらん》なロココ様式。

私の知り得る限りの建築様式を自己解釈でいいとこ取りし、組み合わせたものとなっている。

絵心も論理性もない私の話を、何度も聞いて理解し、再現するのは本当に大変だったと思う。

皆の努力が見事に光っている！

ホールにパーラー、パーティーホールや応接間、食堂や画廊など、貴族邸の構造にもこだわった。

ただし「こだわった」というのは、あくまで各空間におけるイメージ。壁紙などで雰囲気を演出している。その一つひとつが客室として改装されているのだ。

平民のお客様には華やかで満ち足りた気分を。そして本物の貴族邸をご存知である貴族のお客様にとっても、普段見慣れた本来の用途とは違う部屋が、寝室として設《しつら》えられている「楽しい違和感」を感じていただけるはず。誰にとっても夢のようなワクワクを敷き詰めた空間となっている。

もしたくさんの需要が求められ、さらなる要望をいただけるような嬉《うれ》しい事態になれば、その時には増築するのも手だろう。

――ホテルが毎日埋め尽くされ、それを真剣に考えねばならない日が、いつか本当に来ればいいな。

一通りホテルをじっくり見て回り、何一つ問題が見当たらないことを、三人で改めて確認し合った。

皆を心から信頼していたし、たびたび視察に訪れて進捗を共有してきたのだから、当然のことではあるのだけれど。

よって！　これにて「完成」とすることが満場一致で決定した。

最近ようやく身につけるのに慣れてきたという、アシュリー男爵家を象徴するトネリコの紋章が刻まれた指輪で、承認書に刻印する父。

承認書があることで、この事業が領主貴族《ロード・ノビリティー》公認、かつ主導のものであるという証明になるのだそう。

「ついにここまで来たのね……」

ぽつりと呟《つぶや》く母様の顔は恍惚《こうこつ》に満ちていた。そして、母様と両手を取り合って喜ぶ私。そんな私達を静かに微笑《ほほえ》み見守りながら、父様は力強く頷《うなず》く。

「ああ。考えていた予定とは大違いだ。もちろん、最高の方向でね。ここで完成の宣言をしたいところだけど……できれば領民の皆さんにお礼を伝えたうえで、一緒に完成を祝いたいものだな」

「あっ、それいいわね！　初めの頃みたいに、皆のおうちを回ってお礼を言いに行く？」

「素晴らしい考えだと思うわ。何かお祝いの品を持っていくのはどう？　ウィンストン産の高級葡萄酒《ワイン》なんて喜ばれそうではないかしら」

父の発案は大歓迎だった。皆の協力あってこそ、ここまで来られた。皆で一緒にこの喜びを分かち合い、労《ねぎら》いたいものだ。

しばらくその場で話し合いをしたが、現時点でまとまることはなかった。

「今すぐ決めるべきことではないし、一旦持ち帰ろう。より良い案を考えようじゃないか」という父様自身の提言により、行き場をやや失った高揚と達成感を胸に、とりあえずの帰宅の運びとなった。


夜もとっぷり更け、森の夜陰が窓枠を彩る頃。

執務室において、未《いま》だ会議は混迷を極めていた。

使用人の皆は寝静まっているため、本当ならば声が屋敷全域に通りやすい執務室ではなく、厨房《ちゅうぼう》など奥まった場所で話し合いたいものだ。

しかし、そういった本来貴族の主人一家が立ち寄ることが有り得ないらしい場所にいるのを、うっかり起き出してきた誰かに見咎《みとが》められれば、確実に怒られる。そのため仕方なくこの執務室で、ささやきに近い声のひそめぶりで。一見極秘っぽい会議を執り行っているのである。

ホテルの完成は、これからのアシュリー男爵領にとって大切な節目となる。言わば私達は、まだスタートラインに到達したに過ぎない。オープン、そして実際の営業に向けて、大きく気持ちを切り替えたいところだ。気持ちを新たに、今度は走り出す覚悟を決めなければならない。

だからこそ、皆の尽力を盛大に労いたい。何か良い方策はないものだろうか……？

「おや。こんばんは、皆様方。大変失礼《ボンソワール》いたしました」

急に聞こえた他の誰かの声に、三人揃《そろ》って飛び上がるほど肩を跳ねさせた。

ウィンストンなまりの耳に心地好いその声は、我が家の誇る料理長《シェフ》ギリスのものだった。

どうやら執務室に立てかけてある出勤札をめくる目的だったらしい。こんな時間に、こんなところに主人一家がいる方がおかしいので、心底驚いたのは彼の方だったのかもしれない。

「ギリス、おかえり。すまなかったね、驚かせてしまって……。私達のことは気にせず、お湯をもらって休むといい。明日もきっと早いんだろう？」

父の言う通りだ。長旅を終えての帰還で疲れていることだろう。明日もまた、朝食を作ってくれた後はすぐに出立するはず。一日の終わりに変な心労をかけて申し訳ない。一刻も早く休んでほしい。

「お気遣いに感謝いたします。……ですが、そのご懸念は無用と言っておきましょう！　私の旅路は、本日をもって終了を迎えたのです。本来明朝にと考えていましたが……これは双子神の思《おぼ》し召《め》しだったのでしょう。ぜひ皆様方に紹介させていただきたい者たちがおります！」

ふと外を見遣《みや》れば、玄関の扉はわずかに開いていた。ということは、ギリスは完全に帰邸したつもりではなかった？　そう考えた矢先。扉の向こうには乗りつけられた馬車と、複数人の気配があった。

ギリスが私達に紹介したい人とは……旅が終わったとは、まさか……！

「ギリス……そうか。そうか！　おめでとう。そしてありがとう！　一日にこれほどの節目を迎えられることになるとは！」

両親もまた、私と同様のことに思い至ったらしい。再び私達は歓喜に湧いた。ギリスだけは事態についていけず、珍しく呆《ほう》けた表情を浮かべていたが。

「この会議にも意味があったな。帰ってきたギリスに会えるようにという思し召しだったんだ」

「ええ。皆さんも交えて、盛大にお祝いの会をすべきということね。……それから節目と言えば、あの方たちのこともそうだわ」

確かにそうだった。母様が言うように、彼らもまた潮目にいる。三つの節目が同時に訪れたのだ。

「……決まりね！」

これはもう決定事項だろう。――盛大な落成式の開催が！

「ギリス。お願いがあります。あなたの連れてきてくださった方々……正式なご紹介の場は、後日別に設けさせてくださる？」

「え……ええ。もちろんです！」

母様の言葉を引き継ぐ形で、私が高らかに告げる。

「そうね……その日は十日後！　新しい仲間もご一緒に、皆で領地の門出をお祝いしましょう！」

新生領地の記念日になる、落成式。

計画をしっかり練ってから、皆に改めて通告することを伝えて。満月と星々が夜空と沼を同時に輝かせる時間、全員まだ醒《さ》めやらぬ高揚感のままに宣言した。

落成式のその日が、今から楽しみだ！


それから、三日後。

昨日までの晴天は、残念ながら今日は見られない。

もくもくとした秋の雲が領地全体を覆い尽くし、突き刺す肌寒さの中。私のお世話係……もとい領地総合開発職員、さらにもとい労役従事者たる五人が、続々と屋敷に訪れていた。

昨日は午前のうちから外出し、彼らの奥さんたちに言伝《ことづて》を頼んだのだ。

さっきまで全然関係のない話をしていたはずなのに突如として嫁自慢が始まる夫ズとは違い、非常にスムーズに会話と事が運んだ。さすがとしか言いようがない。

五人全員が揃ったタイミングで、なるべく厳かな雰囲気を醸し出しながら口を開く。

「みんな、今日は呼びつけてしまってごめんなさい。来てくれてありがとう。――今日来てもらったのは他でもないわ。いよいよ出発の時が来たわね！　アシュリー男爵領の一大事業、観光リゾート業。ホテル完成のその日が！」

私の言葉を受け、堰《せき》を切ったように意気込みと興奮にあふれた声が飛び出す。

この五人は最初期から各種開発に尽力してくれていたのだ。その喜びは、きっとひとしおだろう。

「はい！　ついにここまで来やしたね！　お嬢様とご一緒させていただいて、ゼロから動いて造って、やっと……！」

「……元はと言や、オレたちのとんだご無体から始まったご縁でしたが……領地の連中への説明といい、ここの一番の目玉、ホテルの建設といい。田舎モンの大根にお目をかけて、いろいろなことに携わらせていただきやして。……まだなんも始まってもねえのに、もう充実感でいっぱいでさ」

「これから本番開始ってなわけですね。オレたちも、他の領民も！　全力でお客様のために、領地のために。そして何より、アシュリー男爵家のために！　頑張っていきやす！」

感慨深げに息を詰まらせるラルフの発言に、オリバーが呟くように言葉を継ぐ。ヒューゴの声色は興奮が隠し切れていない。

「このなーんもねぇ、でもオレたちが……そして伯爵様が愛した土地が。アシュリー家の皆様のおかげで、日の目を見る時が今来るんだ……感謝してもしきれやせん！」

ジェームスはそう言い切るや否や、勢い良く頭を下げてきた。彼の後に他の四人も続く。

予想以上の反応だったので焦ってしまった。少し慌てて頭を上げさせ、話を続ける。

「ううん、感謝するのは私の方よ。みんながいてくれなかったら、あの日出会ったのがみんなじゃなかったなら。ここまでは来ることもなかったかもしれないわ」

思わず頬が緩み微笑みかけるが、威厳を意識して顔の筋肉を引き締め直す。

「今日まで、本当にありがとう。仕事の面だけじゃなく、あなたたちにはとってもお世話になったわ。途中からはもう私のお目付け役みたいになって。領地にもなんの利益もないのに、私のわがままを聞いてくれたり、抱えたまま移動してくれたりしたわよね。あなたたちに代わる代わる抱っこされたり肩車されたりして、一日全く歩かなかった日もあった」

聡《さと》いバートは、私の言葉にどこか違和感を覚えたようだ。端正な眉根がピクリと動くのがわかった。

しかし、一応領主一族である私を立てるためか、話にそのまま口を挟むことなく黙って聞いている。

「ホテル完成はこの領地にとって、大事な節目の日になるわ。だからこそあなたたちを呼んだの。あなたたちにはこれまで罰として、労役の名目で日々働いてもらっていたけれど……今日この日をもって、刑期の満了を言い渡すわ！」

「え？」

そう漏れた呟きは、もはや誰のものだったか。

「あなたたちはもう十分すぎるほどにお勤めを果たしました。あの投石事件のことは、これで一切不問とします。刑罰は今日でおしまい。領地開発のお仕事は、もう義務ではなくなったってことよ」

「……は？　………はい⁉」

「今日までお勤めご苦労さま。そして、本当にありがとう。処罰者と受刑者であった私達の関係は、これで解消よ。今ここに、全ての罰の終了を宣言します！」

「「「「………え？　えぇえええ！！？」」」」

「ん？　……と、いうわけで……。あなたたちには新たに――」

「ちょ、ちょっとお待ちくだせえお嬢様！　事業も始まるって時に、ようやっと人手として使いもんになってきたって時に！　今クビ切られたらオレたちゃどうすりゃいいんで⁉」

本題に入ろうとしたちょうどその折に、バートの悲鳴に近い訴えによって遮られる。

五人全員での絶叫にも驚いたが、「ちょっと待って」はこちらの台詞《せりふ》だ。

彼は他の四人よりも早く意識がこちらへ向いていたために、反応するのも早かったらしい。

今なんだか、聞き捨てならない単語が耳を掠《かす》めた。クビを切るってなんの話？

「バートの野郎の言う通りでさ！　充実して安定した暮らしっつうもんを、お嬢様のおかげで与えていただいた矢先に……！　お願いです！　なんでもいたしやすからクビだけはご勘弁を！」

「嫁と子供を食わしていけなくなっちまいます！　なんも関係ねえ仕事でも構いやせん、下働きでもゴミ漁《あさ》りでも、なんでもやってみせましょう！　ですからどうか……！」

オリバーとラルフによる、畳みかけてくる口撃。

額に玉の汗を浮かせる彼らの焦りよう、あまりの語気の強さや勢いから、何かとんでもない誤解をされていることはわかった。

「待って、みんな待って！　話聞いて」

張り上げたつもりの声も、皆の熱量にかき消されてしまう。

どうしてこんな事態になっているのか。私はただ、「刑期は終了」って言っただけでしょう！

いつの間にか無意識に立ち上がったまま、いよいよ収拾がつかなくなり始める。

タイミングを見計らい割って入ろうとはするのだが、私の不用意な発言に混乱するばかりの皆に、声が届いてくれることはなく。私はただ口をぱくぱくと動かし立ちすくむだけで、未だに一言も発することができずにいた。

そこでしばしどこを見つめているのか、斜め下を向いたまま独り無言だった、後にして思えば放心していたジェームスが、私の戸惑う様子に気がついてくれたらしい。

目に光が灯《とも》り、「おぉら！　お前ら静かにせえ！　お嬢様がお話しされたがってんべ！」と一喝してくれた。

その言葉にハッとした様子で、たちまち水を打ったように静まり返る。

先程までの喧騒《けんそう》が嘘《うそ》のようだ。

驚いて、というわけではなく、それはきっとジェームスへの信頼。

ジェームスの声にはそれだけの発言力と影響力があるのだろう。

リーダーである彼の号令に瞬時に従うことが、身体《からだ》に染みついているのもあるかもしれない。

さすがは最年長。領地の若い世代皆から慕われる兄貴分である。

やっとまともに話ができる。「ありがとう、助かるわジェームス」と礼を言ったうえで、複雑に絡み合ってしまった糸をほどくべく、弁解を始めた。

「何を誤解してるのかはわからないけど、もう一回言うわよ！　私は『刑期』の終わりって言ったの！　義務として働かせるんじゃなくて、これからは『正規職員』として。お仕事に応じたお給料と待遇で、新しく雇用しようと思ったのよ！」

「………………へ？」

労役というものは、劣悪な労働条件も法律で認められている。

理由は簡単で、雇用ではなく刑罰だから。

「賃金を支払っても良い」とも認められてはいるが、受刑者と正式な労働者との区別を明確にするため、また苦役を課すことで罪を自覚させるために、むしろ無給の方が多い。

しかし、この若者たちの場合は事情が違う。

一番の被害者であると言えるのは私だが、私を傷つけようとする目的ではなかったことは明白。

あの行動の根底には、家族や仲間を心から思う気持ちと、やり場のない怒りがあったのだ。

それに、これは私達家族固有の信念になるが、「見返りのない労働」を課すなど、いっぱしの商人としてとても許容できるものではない。

――時間とお金、労働力の適切な投資。それらが巡りめぐって、いつか利益となって返ってくる。労働者と取引先の扱いは、その資金力によらず、全て等しくあれ。労働者というものは、商家の資産の一つ。守り大切にしてこそ、商人としての矜持《きょうじ》である――。

アシュリー家に伝わる家訓らしい。それをもとに、両親がよく話し合って決めていた。

やはりいくら刑罰であるとはいえ、タダ働きなどさせるわけにはいかない。彼ら家族の生活も考え、きちんと「刑務料」は支払ってあげよう、と。

よってこの五人には、低賃金ではあるが給与は支給していた。

だがそれも、法が定める限りの「最高刑務料」。労役に従事する者はあくまで犯罪者。０シュクーからここまでしか支払ってはいけません、と決まっているのである。

この世界に最低賃金という概念はないが、最低賃金の反対語とも言える。

なぜこれほど私が労役について詳しいのかと言えば、いつでも受刑者を受け入れる側になる可能性が存在したからだ。

刑の執行者は、王都ならば管轄区域の僚人さん。貴族領ならば領主貴族様《ロード・ノビリティ》。

領主による執行であれば、大抵労務先は領地内。領地や領主のために働かせることが多い。その領地の特産品を作る仕事に長時間従事させる、というのが一般的。

しかし王都となれば、その区域内の商家が受刑者の受入先に完全にランダムで選ばれる。

なんでも、刑罰と実践的な職業訓練を同時並行させることで、刑期を終えた後の早期社会復帰を目的としているらしい。

商会があった区域でもし労役の受刑者が発生した場合、アシュリー商会が受入先に選ばれていた可能性は十分にあったのだ。お役人さんの都合で。

「私達の万一の事態も考えられるし、通達が来た時に仕入で長期出張に行って、留守にしていることも有り得る。だからルシア、商会の次期当主として、仕組みをよく理解していないといけないよ」

そう言われて、実務に関することなら教育の手間は惜しまない両親から、そのシステムと法について学んだことがあったのだ。

結果としてその時は訪れずに済んだ。受け入れる側ではなく、貴族として執行する側になるとは想像もしていなかったけれど。

「さっき言ったでしょう？　もしあなたたちがいなかったら、ここまでは来られてなかった……って。あなたたちは罰の範疇《はんちゅう》を超えて、期待以上に働いてくれたわ。多分、普通に求人募集をかけていたとしても、あなたたち以上の人材なんて来てくれなかったと思うの」

刑期の終了は、いつだってできた。

最初は同情から。彼らの生活、家族のため。

そして、猫の手さえ借りたかった矢先のこと。まさに鴨《かも》が葱《ねぎ》を背負《しょ》ってやって来たも同然。

もっと適当に手を抜くこともできた。雑な荒い仕上げにすることもできた。私の目の前でだけしっかりやって、あとはサボっていることだってできたはずだ。

ところが、この若者たちは毎日懸命に、熱意をもって働いてくれた。

私達が頼んではいないこと、自分たちでやるつもりだったことを、先回りしてこなしていてくれた。

おかげでどれだけ計画が順調に進んだことか、彼らの功績は計り知れない。

当初の予定なら、この五人と出会っていなかったなら……きっと今はまだ計画段階だ。

必要な書類の準備。法律の下調べ。領民からの信頼もまだまだ危ういと信じていただろうから、できるだけ毎日挨拶回りにも行って。父様の出仕もあるし、私の家庭学習もあるから、なかなか計画自体を進めることもできずにいる。

ホテルなんてまだ着工にすら入っていないだろう。

オープンなんて、そんなものは夢のまた夢だったはずだ。

それに比べて、現状はどうだろうか？

一週間後は待ちに待った落成式の日だ。

これからここはどんどん魅力が広まって、大陸中の人々から愛される領地になる。その第一歩が間近に迫っている。あとはもう運営していくだけ。

ホテルは森の木漏れ日を浴びて堂々とそびえ立ち、想像以上の出来映え。どんなにご立派な貴族様のお城にも負けやしない。

全部彼らがいてくれたからこその成果ばかりだ。

この五人はもう、誰が見たって立派な領地の幹部。アシュリー男爵家の、大事なパートナーである。

彼らの仕事に対して、現在の待遇は全くそぐわない。もはやタダ働きも同然と言える。

おまけとして、私をまるで自分たちの子供と同じように可愛がり、大切にしてくれてもいる。

私はそうして過ごすうちに、そんな彼らのことが大好きになっていた。使用人たちと同じく、兄か父が増えたような気分でいる。

両親もまた仕事の面以外でも、今や一人の人間として若者たちを信用している。

――今日の目的は。ちゃんと新しく、正しく。彼らを雇用すること！

これほどかけがえのない存在にも拘《かかわ》らず、今のままでは最高刑務料分しか支給できないのである。

「私達はこれからも、あなたたちに一緒に働いてほしい。これからはちゃんとお仕事に応じたお給料でね。それから、今までは『身柄預かり』だったけれど、正規職員として身分の保証もできるようになるわ。……お仕事とか関係なく言えば……。私はこれからもずっと、あなたたちにそばにいてほしいの」

知らず知らず、語気にも手にも力がこもる。

机に散らばっていた書類がくしゃくしゃに握りしめられていた。それにも構わず言葉を続ける。

途中からは自らの感情に追い込まれてしまっていて、彼らの表情を見ることはなかった。

依然として静かな室内。

最初に口を開いたのは、いち早く頭が冷えたのか、普段の冷静さを取り戻したバートであった。

「……て、ことは……。雇い止めではないと？　明日からまたご一緒してもよろしいんですね？　クビでねくて、新しく雇っていただけるっつうお話で」

「当たり前じゃない！　クビだなんて一言も言ってないでしょう……！　何度でも言うわ、私はね、『刑期は終了』。そう言ったの！　そもそもどうしてあなたたちみたいな貴重で優秀な人材を、みすみすクビにしなくちゃいけないのよ！」

感情が昂《たか》ぶり、バッと勢い良く顔を上げる。

その時、灰色の層模様の瞳でこちらをじっと見据える、バートと目が合った。

そのまま見つめ合うこと、おそらく数秒。

私には永遠とも思える時間だった。でも、目を逸《そ》らしてはいけない気がした。

彼はきっと、私の目から真意を読み取ろうとしている。言葉で考えたわけではなかったが、そう感じたから。

「はぁあぁ…………」

突然、バートは肺の空気を全て吐き出す勢いで、大きくため息をついた。

場違いにも感じられる、気の抜けたその声に少し驚く。今の私はきょとんとした顔が隠せていない。

すると、ドサッと全体重がかかった音を響かせ、突如バートが床に崩れ落ちた。腰が砕けたかのように見受けられた。

何事が起こったのか、未だ状況を把握しきれていない。

私が駆け寄り、その身体に触れようとする前に。俯《うつむ》きがちになっていた首を後ろに倒したバートが、先に言葉を紡いだ。

「あ――……良かった、どうなることかと……お嬢様、紛らわしい言い方しねえでくだせえな……心臓止まるかってくれえ驚いたんですぜ……」

彼の表情は緩み、晴れ晴れとした笑顔であった。

一気に脱力し、腰が抜けたという。首をこてりと傾けたまま、くくくと笑っていた。

バートを見て状況を認識するや、他の四人も息を思い切り吐いたり、肩をガクッと落とした後つられて笑い出したりと、次々気が抜けてゆく様を見せた。

風船の空気が全部抜けた。張り詰めていた糸がぷつりと切れた。そんな様子だった。

バートはこの若者たちの司令塔であり、ブレーンだ。

私の意志を見抜く役目を、みんな無意識と無言のうちに、バートに任せていたのだろう。

そんな司令塔の様子から、これは安心しても良さそうだと判断したらしい。

立ち込めていた緊張感が、風に吹き飛ばされる暗雲のように晴れ渡ってゆく感覚がしていた。

落ち着いた後に話をよくよく聞いてみると、やはり私の言い方が悪かったらしい。

誰が聞いてもクビとしか思えないだろうとのこと。

新たな出発点にすべく呼び出した、この大事な節目の一つにこれではかたなしだ。

「ごめんね、みんな。今度からは誤解されないような物言いを心がけるわ……。せっかくの日に嫌な思いをさせてしまってごめんなさい」

申し訳なさが頭を占め、自然と声も落ち込んでしまう。

それを見た彼らは慌てて私を慰めて、「いえいえ、勝手に早とちりしたオレらが悪いんでさ」「お嬢様は謝ることなんてございやせんから！」と逆に謝ってもくれた。本当に彼らは私に甘い。

「今日から改めてよろしくね！」

気を取り直し、全員を見渡して張った声。背伸びして交わした握手に、皆は威勢良く応えてくれた。

私達はきっと今、本当の意味で仲良くなれたのだと思う。

なんでも言いつけてくだせえ、この正規職員に！　と誇らしげに言う彼らの言葉に、早速甘えることにした。実は今日の目的はあともう一つあるのだ。

「じゃあホントに早速なんだけど、正規職員として最初のお仕事を依頼したいの。――実はね、七日後に男爵家主催のホテル落成式を開くのよ！　領民の皆のお疲れさま会ってところね。だから皆に伝言を伝えてほしいわ。『七日後の午前十時にホテルの前に集合して』って。ああ、あと都合が悪ければ無理しないでっていうのも。大事な発表もあるのよ。楽しみにしててね！」

五人それぞれが力強く返事をしてくれた。実に頼もしい。これからも彼らと共に仕事がしていける幸運を感謝しなければなるまい。

正確に伝達さえしてくれればなんでも構わなかったが、話し合いの末、彼らは自分の居住区域を担当とすることにしたらしい。

ちなみにジェームスはテナーレのカンファー区域、ラルフは同じくファンティム区域。オリバーはポンドウィスト区域で、ヒューゴはエルトのアイヴィベリー区域。バートはこのアシュリー男爵家と同じ、人口最少のマーシュワンプ区域に住んでいる。

必然的に分担に偏りが出るため、バートは残るエルトのラズクラン区域も担当することに決まったようだ。端から見ても、時間もかけず順序良く計画を立てている。

もともと彼らのことは信頼しているし、これなら任せ切っても大丈夫そうだと安心できたため、そこで解散となった。

重ね重ね感謝と熱意を伝えられながら、意気揚々と深い森を抜ける彼らの背中を見送ったのだった。

◇◇◇

——そしてついに！　今日という落成式を迎えた。

暗雲立ち込める昨日からはうって変わり、天は高く蒼映で。煌々《こうこう》と日輪が浮かび上がる。

紅化粧の森を遥《はる》か突き抜け、遠い山々の向こうまで続く清爽の秋は。喩《たと》えるならば広大な宮殿の、なめらかな青の天井が敷き詰められているかのよう。

樹木の葉から差し込む日の光と、沼の神秘的な反射をいっぱいに浴びて。森にそびえる白亜の城。

貴族ぐらしの里、その根幹を担う「ホテル」。

領地に住まう者の実に全員が、今この場へ集結していた。

「皆さん、お集まりいただきありがとうございます！　私共からほんのささやかなお礼の会とさせてください。これまでのご協力、感謝の限りです。本日は慰労と落成のお祝いを兼ねておりますので、どうぞごゆっくりお過ごしください。では、これからの決意もここに表して。――乾杯！」

「乾杯!!」

この地の領主、ヴィンス・アシュリー男爵のかけ声と共に、たちまち湧き上がる歓声。

場は一斉に華やいで、静かな森の領地は熱気と興奮に包まれる。

今日この日を、皆で迎えられて本当に良かった！

領民の皆が続々と集まり出し、やがては全員が勢揃いしたことが判明した時は、とても嬉しかった。

またこのたび晴れて正規職員となった若者たちの初仕事と、その人望にもいたく感心した。

……したはずだったのだが。

会話の流れの中で、今日皆に集まってほしいそもそもの理由が、領民のほとんどに全く伝わっていなかった事実が明らかとなった。

状況を整理していくと、認識と情報量には区域ごとに差があった。

まず第一に、「『一週間後、十時。ホテル前に集合せえ。一家総出で準備して、雁首《がんくび》揃えて来い』と言われて来た」という勢力。うち、「決闘だと思った」が五十二パーセント、「遠足だと思った」が四十八パーセント。

第二に、「『オレ正規職員になったんだで！　すげぇべ？　な、すげえべ！　んでな、七日後！　一週間後に十時集合な！　来れなかったらいいから、ホテル前に来いや！　……オレ、今日から正規職員なんだで！』とまくし立てられて来た」という勢力。この勢力の内訳は、「よくわからないが、遊んでほしいのかと思った」が実に九十八パーセントを占めた。

このように、認識が大きく二つに分類されることがわかってきたのだ。どっちも大差ないけど。

全然伝わってねーじゃねーか!!

思わず声を荒らげてツッコミそうになったが、すんでのところでそれは堪《こら》えた。

……「ホテル完成のお祝い」という正しい目的を理解していたのは、統計の結果わずか数パーセント。足りない言葉や感情を読み取って、その裏の事情を推測できる彼らのご家族たち。そして、ジェームスに伝言を伝えられたテナーレのカンファー区域の住人だけであった。

もう話を聞いただけで、どれが誰によるものなのかがわかる。

最低限の情報だけを伝え、あらぬ誤解を生んだのはバートとオリバーが担当した地区の住人だ。

二人共、クールだからなぁ……。正規雇用された喜びを懸命に抑え留めながら、伝言の任務はしっかり果たそうとした結果、言葉足らずになってしまったのだろう。

集合時間と集合場所という必要事項は伝わっていたが、決闘だと思って来た人は警戒心と緊張感を顕《あら》わにして来ていたし、奥さんや子供に革素材のものをたくさん着せて防具にしていた。護身用と思われる武器を持たせている人も。

また遠足だと思って来た人は、テンション高く家族揃ってリュックと登山靴の完全装備で現れるという、傍《はた》から見る限りは面白い事態となっていた。

そのため十時時点において、エルトのラズクラン区域とマーシュワンプ区域、テナーレのポンドウィスト区域の住人たちは、皆が思い思いの格好とテンションでの集合となったのだった。

……この三地区の誤解が解けるまでには、時間を要した。

「何がなんだかさっぱりようわからんが、機嫌が良いことと、十時にホテル前に行けばいいことはわかった」と疑問符を浮かべたまま来てくれたのは、ラルフとヒューゴが担当した地区の住人である。

伝えるべきことは伝えてくれたようではあるが、とにかく終始嬉しそうにしており、大はしゃぎしていたそうだ。「アイツらがまだチビだった頃を思い出した」と、おじいちゃんとおばあちゃんたちはほのぼのしていた。彼らの子供たちと何が違うんだ、体格だけかという声も出ていた。

彼らと歳《とし》が近いがグループが違うらしい若いご家族なんかは、「で、何して遊ぶよ？」と遊ぶ準備万全で来ていた始末。

完全に遊んでほしいだけだと思われている、この二人……。子供扱いされてるじゃないの……。

「遊んでほしくて声かけて回るわきゃねーべ！」とマジギレしていたが、そういう解釈をされても文句は言えないだろう。

それに可愛いからね、この二人は。

ヒューゴは成人男性ながら、幼女の私から見てもどことなく可愛らしい雰囲気があるし。

ラルフは感情と連動して、犬耳にしか見えない髪が謎にぴこぴこ動く。高速ぴこぴこ。

あまりにも可愛いので、ジェームスに持ち上げてもらいながら頭をなでさせてもらったこともある。私には怒らないし。

そうして、エルトのアイヴィベリー区域とテナーレのファンティム区域の住人は、老若男女を問わずとりあえず遊ぶ気満々。やる気と熱気に満ちて集結したのである。

なんだこの状況。

まあ今回は勘違いなわけだけれど、これから様々なイベントを企画していく過程で、皆のその気概、その若い心は必ず役に立つ。大切にしていきたい。

子供たちは遊ぶ準備万端で連れてこられていたので、やがて大人しくしていられなくなったのか。小難しい話を始める周囲の大人にはお構いなしに、鬼ごっこなどをして遊び始めていた。

「今日は男爵様方のお心遣いで、ホテル完成のお祝いと慰労の会を開いてくださるんですってな。ほんにありがたいこってす」

そう言いながら、テナーレのカンファー区域の住人たちが集まってきた時には、逆に驚いてしまったほどだ。ちゃんと事態を認識してくれている！　と。唯一の伝言ゲームの成功例だった。

そんなこんなで、すでになんだか収拾のつかない状況。非常にカオスな雰囲気での開幕となった。

「皆さん、よくいらしてくださいましたわね。お忙しい中、ご都合をつけるのも大変でしたでしょう？」と母様が問うたが、皆が言うには。

「よくわからねえまま来たけども、あんの悪友ども五人が呼んで回るってことは、そもそもがアシュリー男爵家のお望みだっつうことにまんず間違いねぇから。たとえ目的がなんであれ、皆様方のためなら当然全員集まります」

――そのように、嬉しい返事をもらえた。

辺りに温かい空気が流れるのを感じた。小春日和の祝福の風が、皆を一斉に包み込む。

全領民に状況を説明し、改めて今日の目的を伝え。もう十一時に差しかかる頃だったか、ようやく全員が事情を理解した。

その後は私達家族や使用人、領民皆で和気あいあい。今日までの苦労や、ホテルが完成した瞬間の言いようのない感動、また恐縮する一方だったが……アシュリー家に対する感謝の思いなどを聞かせてもらったりしながら、楽しい会話が続いた。

軽食をつまみながら歓談し、お酒が入り始めてきた頃。領民からちらほら訊《き》かれ始めた。

「ところで、あの五人が『正規職員』になったっつうのはどういうこと？」と。

最初に質問をもらうまで考えてもいなかったのだが、当然の疑問だった。

ご年配の領民たちは、ジェームスを始めとする五人が私に顎でこき使われ……いや、私達アシュリー家に見込まれ、働き始めるようになった経緯を知らない。

皆にとっては、とっくに彼らは「正規職員」であるという認識だったはずなのだ。

ふと視線を感じた方角へ目を遣ると、ヘレンさんやサラさんたち、彼らの奥さんたちが申し訳なさそうな表情でこちらを見つめ、頭を下げているのが視界に映る。

なんとなく事情を知っている他の若い世代の人たちは、どこか居心地悪そうに苦笑していた。

今では真に信頼している彼らの傷口を抉《えぐ》るかのように、「実はあの五人は以前私達に石を投げてきて……」と、別に気にしてもいない過去の話をバカ正直に説明するのも気が引ける。

そのため、「今までは試用期間だったんです！　試用期間を満了して、これからも領地の最前線で働いてほしいと思ったから、もっともっといい待遇とお給料で本採用することにしたって話よ！」と真実に十パーセントくらいの嘘を織り交ぜた、良い感じのことを言っておいた。

おじいちゃんたちは、「なんだ、そうだったんけ！　良がったな、おめぇら！」とそれで納得してくれた様子で。若者たちの肩を抱き、自分のことのように嬉しそうに彼らを祝福していた。

その後も特に深く聞かれなかったので、嫌な話を蒸し返すことなく、この件は円満な形で収束した。


越冬のための餌集めに駆け回る森の動物や鳥たちが活発になり始め、沼を彩る睡蓮《すいれん》が眠りから覚めて花開く時分。式次第は新たな領地の仲間、その紹介の場へと移行した。

うちの料理長《シェフ》、ギリス主催。これからホテルで働いてくれることになる、料理人さんたちの大発表会である！

まずは、副料理長《スー・シェフ》がお二人。

ギリスと同じく、前菜から肉料理まで総合的に作れ、監督能力もある人たちだ。

一人は、ある料理店で副料理長《スー・シェフ》になりかけていた人を直前で発見。よりハイグレードの条件を掲げて引き抜いたらしい。もう一人は、実力は十分であるのに出世の機会に恵まれずにいた、かつての同僚を探し出し抜擢《ばってき》したそうだ。

彼ら三人のうち、毎日誰か一人が責任者として必ずシフトに入ってくれるという。

続いて、ソテー担当《ソーシエ》さんが一人。

将来性があると目を輝かせてギリスが語っていた、期待の女性コックさんだ。

肉料理担当《ロティシエ》さんは、全部で三人。

そのうち、ロティ部門長が一人。残る二人のうち一人は、肉の調理《ロティシエ》と直火焼き《グリラーダン》を兼任。もう一人は、肉の調理《ロティシエ》と、揚げ物料理《フリティリエ》を兼任してもらうことになった。なったと言っても、私達はギリスの采配をただ承認したに過ぎないけれど。

前菜料理担当《アントルメティエ》さん、野菜担当《レギュミエ》さん、スープ担当《ポタジエ》さんはそれぞれ一人ずつ。

魚料理担当《ポワソニエ》さんたちと、お菓子担当《パティシエ》さんたちは二人ずつだ。

お菓子担当《パティシエ》さんは一人が男性、もう一人が女性。

紅二点で実に華やかだ。アトランディアでは双子神のもと、尊き二柱の下に属する人間は全て平等という意識が根づいており、男女の待遇に差はない。男性職人にも負けないその素晴らしい才能と実力を活かし、ぜひとも活躍していってほしいものである。

この充実した、完璧なる布陣。アシュリー男爵領のグルメ列伝が、今（※多分）幕を開ける！

ひっそり森の中に佇《たたず》む、若い人口の少ない領地。

新たに加わる仲間を、領民の皆は優しい笑顔と盛大な拍手で迎えていた。少し懸念していたが、この様子では打ち解けられる日も早そうだ。

——この領地は、きっとこれからどんどん豊かに。住む人も……そして訪れる人も。皆が毎日笑って過ごせる土地になっていくだろう。一人、そう確信していた。

そしてなんと、料理人さんたちは私達に内緒で豪華な料理の数々を用意していてくれた。発表だけで終わるはずだったところ、完全なサプライズに。本当の意味でのメインイベントとなったのだった。

主宰者側である私達の面目はまるでなかったと言える。

プロの料理人さんが作る、舌も喉もとろけてしまうような美食が振る舞われ、舌鼓を打つ音はしばし止《や》むことはなかった。

宴もたけなわ。

満を持して――一応今日の目玉としていた、ホテルの名前発表に移る。

別にそんな指示はしていなかったが、使用人の皆は私のためだけのステージを用意してくれていた。

普段仕事がないから仕方がないかもしれないけれど、無駄に手がこんでいた。

どこに労力をかけているのか。きっと喜々として作ったんだろうな……。

ベロンベロンになっているおじさん方を始めとした、男性陣から「お嬢様ー！」とかけ声が飛ぶ。

それに片手を挙げてキザに応えながら。自分ではわりと上手に書けた部類の、カリグラフィーが書き記された巻紙を勢い良く広げ、皆に聞こえるよう声を張り上げ。得意満面に告げた。

「これから領地のシンボルになっていくこのホテル。その名前は！　――『森緑の宮殿《ブリッツェン・ヴァルト・パレスト》』よ！」

おお、とざわめく声が徐々に聞こえ出す。一拍置いて。ワッと広がる歓声と拍手が場に響く。

若者たち五人は先に知っていた優越感からか、どこか得意げな表情をしていた。

ちなみに両親や使用人たちには、今初めて聞かせた。

父様は顎に指を当てて、感心したような顔。母様は領民の女性たちと一緒に、優しく微笑み私に拍手を贈っていた。

（リアムからもらったヴァーノン語辞典、今役に立ったわよ……！）

「では皆さん、今日までお疲れさまでした！　もうじき、ついにオープンの時を迎えようとしています。また決意を新たに、そして皆が共に！　気を引き締め邁進《まいしん》していきましょう！」

父様の挨拶と共に、皆で一斉に最後の盃《さかずき》を高らかに掲げる。

現在は夕闇の誘いが間近に迫る、四時を迎える直前。

これ以上この場に留まっていてしまっては、エルトの住民は帰宅に危険が伴うことになる。

暗闇の森は足を取られ、思わぬ事故が起こりかねない。今日は全領民が集まってくれたので、小さな子供もいる。無理は禁物だった。

皆それをわかっているので、少しの名残惜しさを滲《にじ》ませながら。……でも、今日は終わりの日などではなく。期待と発展の始まりの日であることも、ちゃんとわかっているから。

父様が宣言する乾杯の合図が静かな森に響く頃には、皆が満面の笑みを見せてくれていた。

そこで私にバトンタッチだ。最後の締めは私でと、なぜだか屋敷の皆から頼まれていたのだ。

「えっと……みんな、今日までありがとう。そして明日からもよろしくね！　この領地が、これからは唯一無二の観光リゾートに変わる。他のどこにもない素敵な領地、これからも一緒に作っていきましょうね。……それじゃあ皆、いいかしら？　森緑の宮殿、ならびにアシュリー男爵領――始動！」

この美しき森の領地、アシュリー男爵領。

きっと大陸中から愛され、後世にも大陸一のリゾート地と名を遺《のこ》すことになる伝説は……この瞬間、華々しく幕を開ける。

男爵令嬢の領地リゾート化計画！　――ついに本格始動だ！

番外編　拝啓、領主様へ

「見て！　今日もたくさん届いたわよ！」

背の高い木々にはうっすらと白雪が積もり、冬は目前。装いを純白に改めた山は荘厳かつ壮麗だ。他のどこにもない、静謐《せいひつ》で心を癒《いや》す神聖な美しさが、このアシュリー男爵領には存在していた。

私の両腕いっぱいに抱えられたのは、たくさんの手紙。机全体に並べても崩れ落ちそうなほどだ。

「すごいわ……！　日々ご予約が増えていくわね。皆さん、とても楽しみにしてくださっているのね」

「ああ。少しずつ話題を集めているんだろう。待ち遠しいのはむしろ私達の方かもしれないね。オープンのその日には――きっと大盛況を迎える。この小さな領地に、笑顔があふれる日が訪れるんだ」

そう！　私達が今手に取る書状の山は、紛《まご》うことなきホテルご予約の手紙だ！

サロンやお茶会、舞踏会に晩餐会《ばんさんかい》、競馬鑑賞からオペラ鑑賞、ロータリークラブ……。

社交時期である冬を控え、貴族の方々が領地から街屋敷《タウンハウス》へと居を移し始めた今。それらは日を追うごとに数が少なくなり、すっかり落ち着いてきている。

毎日のようにいただいていた、そうした数々の招待状。

……ご招待は大変ありがたく、また本来喜ぶべきことだとわかってはいるのだが、私達アシュリー家にとっては督促状も同然だった。外出している自分達を想像しては寒気がし、恐縮さと申し訳なさに気力を消耗する……。そんな日々にもついに終止符が打たれたのだ。社交時期、そして冬万歳！

それに加えて、「ああ、こいつら何に誘おうとも絶対に来ないんだな」という理解・認識が広がりつつあるのも一因かもしれない。お断りの手紙を丁寧に書き続けた甲斐《かい》があったというものである。

その代わりに届くようになったのが、「貴族ぐらしの里」――アシュリー男爵領の一大事業、ホテルへのご予約のお手紙だった。

お断りの返信には必ず告知を添え、領地へ通商に来ていただいている貿易旅団の方々に、父様は王宮でお会いした貴族様に、私は家庭教師《ガヴァネス》の先生達に……と、地道に宣伝を続けてきたことが功を奏したらしい。

今や国籍も身分も問わず、様々な方からご予約が舞い込む日々。ついつい緩み綻ぶ顔を引き締めながら、予約受理とリスト作成に勤《いそ》しむのが私達の日課となっている。

とても嬉《うれ》しいのは言うまでもないけれど、いただく手紙、差出人それぞれに特色があるのが面白い。

特に他国のお客様からの手紙がそうだ。知らない単語や独特の言い回し、エレーネ王国にはない発音記号が、私には新鮮で楽しく感じられる。

貴族様からいただく手紙もまた然《しか》り。

お家ごとに異なる封蝋《ふうろう》の印影、高貴な雰囲気のお名前を眺めているだけで楽しい。お断りのために開封していた、罪悪感に神経をすり減らして眺めていた時にはなかった楽しみである。

また、やはり予測した通り、非爵位貴族様《ヤンガーサン》からのご予約が割合を占めている。

この方はもう二回目の予約になる。まだオープンを迎えてもいないというのに、ありがたいことだ。きっと大変楽しみにしてくださっているのだろう。

そんな今日この頃。私にはずっと気にかかっていることがあった。

「あのね、最近考えてたんだけど……こうしてお手紙をもらって、はい受理はい完了でそのまま終わらせちゃうのも、なんだか味気ないと思わない？　私達から受付完了のお返事を出すのはどうかしら？　その方がきっと喜ばれると思うの。返事をもらうことでお客様も安心だし、当日の予約確認書にもなるわ。私の担当した分だけでも、書いてみてもいい？」

それは予約の受付について。これが地球のようにデジタルシステムが確立しているならば、画面を見つつ、即時その場で予約の相互確認ができるというものだが、当然そうもいかない。

そこで考えていたのが今の提案だ。単純だが、重要な仕事と言える。

「そうね……私もルシアに賛成よ。確かに、お客様ご自身が受理を確認できない今の状況はまずいわ。行き違いでご迷惑をおかけしないためにも、事務局の仕事の一つにするべきではないかしら」

「うん、良い考えだと思う。ルシアの担当分だけと言わず、返信までを私達全員の作業の流れに組み込もう。サービスの一環にも、関所係の皆の負担削減にもなるな。これからいただく分はもちろん、時間はかかるかもしれないが、これまでにいただいた分へも順次返信していこうじゃないか」

手間等を考慮し、却下も有り得るつもりで出した提案は、しかし満場一致で採用となった。

話し合いと会議を重ね、そして熟考の末。私の脳裏にとある名案が浮かんだ――……！

「いいこと思いついたわ！　リゾート領地からのお手紙なんだもの、せっかくならこうしましょう！――あのね…………」

「お嬢様！　手紙お持ちしやした」

「今日もずんぶがっぱり届いておりやす」

「バート！　ヒューゴ！　ありがとう！」

――あれから数週間が経った。毎日増え続けるお手紙の量は、もはや私の手には抱えきれないほど。今日も大袋に詰めた手紙を、サンタクロースの袋さながらに携え、側近の二人が届けに来てくれた。

郵便制度がないこの世界では、配達物を地域ごと、数日分ごとに分け、商団など旅の者に預けるか、貴族や有力者が雇った使者に直接託すかといった方法で、受取手のもとへと届けられる。

各地域に届いた配達物は、各人が確認し取りに行く。領主あてのものは大抵、気を利かせた領民が貴族邸まで届けてくれる場合が多い。ちょうどこの二人のように。

当初アシュリー男爵家あての配達は、一番のご近所さんであるアーチャー家……つまりバートのご一家が担ってくれていたのだが、あまりに量が増えた最近は、若い男手であるバートが専任に。しかし「お嬢様独占禁止法に抵触する」「調子こくなや」とか何とか、他の側近四人が騒ぎ始めてしまった。

使用人も含む若者世代により、本人抜きで制定されていた謎の掟《おきて》には釈然としなかったが、仲裁した結果、アシュリー家への郵便当番は、毎日側近五人のうち、誰か二人の輪番制に決定したのだった。

「近頃にゃ、何回もお見かけする名前、紋章もありやすね。そったらに同じ予約が入ってるんで？」

ヒューゴの質問も当然だろう。今ざっと見ただけでも、見慣れたお名前や便箋、封蝋が多数ある。

「ふふ……実はね、最近のは予約のお手紙だけじゃないのよ！」

懐から取り出し見せたのは、私が書いたもの。今まさに彼らに託し、送ろうとしていた手紙だ。

『拝啓、領主様へ

だんだん寒くなってきましたが、いかがお過ごしでしょうか？　お手紙ありがとうございます！

領主様はお城でのお仕事がとっても素晴らしくて、私達の領主様に選ばれたんだと、領地の大人たちから聞きました。きっととっても素敵な方なんだろう、早く会いたいなと、いつも考えています』

そう、これこそが名案にして光明！　「領民からの手紙」である！

この方からのお手紙はもはや何通目だろうか？　今や予約だけではなく、完全に「領民」との文通目的のお客様も複数人……いや、数十人規模で存在しているのだ。

「どう？　いいでしょ！　父様と母様と私で分担して、全部にこうしてお手紙を書いてるのよ」

過去の予約分をも遡《さかのぼ》るのは少々骨が折れたけれど、その価値は確かにあったと思いたい。

良識ある落ち着いた文面が書ける父様、育ちが良く上品な言葉遣いを知る母様。幼く純粋な筆跡を装える私……と、お客様ごとに適任を決め、都度分担している。

自画自賛ながら……これは「理想の領民」の姿をそこに見出《みいだ》せる、最高の妙案だと思う。

何しろ、私達はついこの間まで平民かつ商人だった身。臨場感も現実味も、接客態度も満点だろう。

「…………お……」

「ん？　お……？」

二人の呟《つぶや》きが協奏する。聞き返す私の脳裏には、なぜか――かつての出来事が鮮明によぎる。

「お、おもしれえ……!!」

「水臭《みずくせ》えべや、お嬢様！　なして教えてくださらなかったんでさ、こったらおもしれえこと！」

「こんなおもしれえこと、他の奴らが乗ってこねえわけがねえ。領民からの手紙……オレ達にもやらせてくだせえ！　何せオレたちゃ、『本物の領民』なんでさ。あなた様のためならやってみせやしょう！　よし、あいつらにも早速伝えんべ！」

……それはいつかの再現。あの日のデジャヴが今、目の前に起こっていた。

急展開に頭が追いつかず、「い……いいの？」と目を白黒させる私に、二人は「お任せくだせえ！」と爽やかに笑ってくれた。あの日と違っていたのは、森の小道を勢いづいて駆け抜ける背中に、信頼と期待を確かに託していたこと。この試みが成功だったと、ひとり強く確信していたことだけだった。

それからは早かった。現在のアシュリー男爵領では、領民全員が手紙の書き手だ。

若い女性には、同性にモテるヘレンさん。面倒見の良いリリアやサラさんは小さな子供あてに……と、一人ひとりに専任のお客様がいる。皆の日課であり、共通の楽しみのひとつとなっていた。

「「「おじょうさまっ！　おじゃましまーす！」」」

「みんな！　いらっしゃい！」

今日も私専属の側近たちが来てくれたようだ！　彼らによく似た、若者たち五人に手を引かれて。

私達が担当しているのは、ご家族で予約をくださった方や、若い宮廷貴族様《ロード・カーター》など……子供の無邪気さが喜ばれそうなお客様。

バートの歳《とし》の離れた弟、ロバート。バートの息子のギルバート、オリバーの娘のオリビアとオリアナ。ラルフの息子のクリフに、ヒューゴの息子であるショーン。皆は今や私の側近であり、友人。大事なお仕事のパートナーでもあるというわけだ。

「さあっ！　みんな、今日も心を込めてお手紙を書きましょうね！」

「「「はい！　おじょうさまっ！」」」

◇◇◇

――俺はとある子爵家の庶子として生まれた。とはいえ、生母と過ごしたはずの市井の暮らしは、あまり記憶にない。幼いうちに母を亡くし、父が領主を務める子爵家へと迎え入れられた。

父は優しく、時に厳しかった。正妻である奥様は、俺を実子と分け隔てなく扱い、俺の「お母様」

であってくれた。そして優秀な嫡男である弟は、似つかぬ俺を……兄と呼び慕ってくれた。

やがて子爵領の全ては弟の手へ。領民から慕われる弟の姿は、在りし日の父と瓜《うり》二つだった。

その姿が誇らしかった。弟は俺にとっても自慢の領主。俺はあいつを、真に尊敬している。

……もし俺が庶子ではなかったら？　もし子爵家の嫡男だったなら？　もし俺が極めて優秀だったなら？　もしも、俺が領主となれる未来があったなら……？

時折有り得ない「もしも」を想像しては、そんな自分に嫌気が差した。

先日。職場の紋章院で、諸侯たちの噂《うわさ》を聞いた。西方領地で面白い事業が始まるらしい……と。

その名も、「貴族ぐらしの里」。……上手《うま》い商売を始めたものだ。ちょうど俺のようなしがない貴族の端くれを客にしたいのだろう。初めはそう思ったものの、強く興味を惹かれたのもまた事実だった。

気がつけば手紙を書いていた。オープン直後となる、次の休みに予約を入れた。

……ある日、「領民」から返事が来た。字が書ける子が教えながら一生懸命書いたのか、少したどたどしい子供の文字。色蝋《クレヨン》を使って描かれた、思い思いの「俺」の想像画が同封されていた。

『領主さまへ！　領主さまに　あえるのを　たのしみに　まっています！』

……頬を涙が一筋流れ落ちる。ぱたりと、手紙を濡らした。

「貴族ぐらしの里……俺の領地、か……」

俺の領地と領民は、俺が夢見た「もしも」は、ここにあったんだ――……！

笑顔を、希望を。すでに多くの人々に与えていることを、まだこの地の民は知らない……。

――『領民の皆へ。心優しい皆に会えるその日を、今から心待ちにしています』――

拝啓、まだ見ぬあなたへ。

あとがき

皆様、はじめまして！　もしくはいつもご愛読ありがとうございます！

相原玲香と申します。お手に取っていただき誠にありがとうございます……！

本作品が処女作＆初書籍となります。応援してくださった皆様のおかげで、本にしていただくことができました！　感謝感激の限りです！

昨今なかなか旅行に行けないご時世ではありますが、主人公達と私、そして皆様と一緒に森のリゾート領地を作り上げ、一緒に観光していけたらいいなと思います。

最初は自分でも読みづらく、小説ではなく設定資料集のような有様でした……。

この本はすでに皆様との共同著作だと思っております。様々なご意見やご指摘、ご感想をいただき、真に作品と呼べるほどには、こうして成長することができました。

感謝の気持ちでいっぱいです。しつこいですが、本当にありがとうございます！

ルシアのリゾート化計画はまだまだ続きます。また皆様とお会いできることを、また、皆様と一緒にアシュリー男爵領を作っていけることをお祈りしております……！

ぜひまたこの場でお会いできますように！　皆様、どうかお身体ご自愛ください。

男爵《だんしゃく》令嬢《れいじょう》の領地《りょうち》リゾート化計画《かけいかく》！
～悪役令嬢《あくやくれいじょう》は引《ひ》きこもりライフを送《おく》りたい～

2021年8月5日　初版発行

初出……「男爵令嬢の領地リゾート化計画！」
小説投稿サイト「小説家になろう」で掲載

著者　相原玲香

イラスト　昌未

発行者　野内雅宏

発行所　株式会社一迅社
〒160-0022 東京都新宿区新宿3-1-13 京王新宿追分ビル5F
電話　03-5312-7432（編集）
電話　03-5312-6150（販売）
発売元：株式会社講談社（講談社・一迅社）

印刷所・製本　大日本印刷株式会社
ＤＴＰ　株式会社三協美術

装幀　今村奈緒美

'8-4-7580-9386-6
香／一迅社2021

ı JAPAN

おたよりの宛て先
〒160-0022 東京都新宿区新宿3-1-13 京王新宿追分ビル5F
株式会社一迅社　ノベル編集部
相原玲香《あいはられいか》 先生・昌未《まさみ》 先生